聊齋志異

原著／蒲松齡
編撰／曾珮琦
繪圖／尤淑瑜

好讀出版

一窺《聊齋》的宗廟之美，百官之富

文／盧源淡

《聊齋志異》是值得一看再看的好書。

這部小說光在清朝就有近百種抄本、刻本、注本、評本、繪圖本，截至目前，相關詮釋與討論的文字數以億計，根據它的內容所改編的影劇與戲曲也有上百齣，而這部中文短篇小說集到現在已有將近三十種外語譯本，世界五大洲都可發現它的蹤跡。這不是好書，什麼才是好書？

我很高興此生能與這本書結下不解之緣。

小時候，我和《聊齋志異》的首度接觸，是在兒童月刊《學友》。這本雜誌會不定期刊載童話版的志怪小說，當時只覺得道人種桃、古鏡照鬼的情節很好看，根本不知道、也不會想知道這些故事是怎麼來的。另外，《良友》之類的雜誌也會穿插短篇的《聊齋》連環圖，至今還依稀記得〈偷桃〉、〈妖術〉、〈佟客〉的精彩畫面。初中時，看過樂蒂和趙雷演的《倩女幽魂》，無意間從海報認識「聊齋」這個詞彙，後來聽老師講述，這才明白以前看過的那些鬼狐仙妖，都是從這本小說孕育出來的。

五十多年前的《皇冠》雜誌偶爾也有白話《聊齋》故事，印象較深的有〈胡四娘〉、〈局詐〉等等，都改寫得非常精彩，這也激起我閱讀原文的念想。就讀大學時，曾向圖書館借到一本附有注釋的《聊齋》，不過那本書品質粗糙，不但排版草率，聊備一格的注釋對讀者也毫無助益。後來雖在書店發現一些性質類似的「精選」本，但情況毫無二致。最後好不容易買到一套手稿本，卻讀得一頭霧水，即便手邊擺著一套《辭海》，仍舊跨不過那百仞宮牆。幸好，這一盆盆的冷水並沒有完全澆熄我對《聊齋志異》的滿腔熱火。

由於《聊齋志異》的手稿本斷簡殘編，因此幾十年前學者研讀的都以「青柯亭本」或「鑄雪齋本」爲主。呂湛恩與何垠的注解本雖在道光年間就有了，但不易取得。而一般讀者看的則大多是白話改寫的選本，通常都是寥寥二三十篇，實不容易滿足向慕者的需求。一九六二年，大陸學者張友鶴主編的《聊齋誌異會校會注會評本》問世，這對專業學者與業餘讀者來說，眞不啻爲一則天大的福音，有了這套工具書，研讀《聊齋志異》就相對輕鬆多了。後來，「康熙本」、「異史本」、「二十四卷本」，還有蒲松齡的相關文物陸續被發現，這些珍貴資料爲專家開闢不少探微索隱的幽徑，也造就一波波研討的浪潮。五十多年來，世界各地專家學者針對蒲松齡及《聊齋志異》所提出的論著和輯校的圖書，就像雨後春筍般出現，如：路大荒的《蒲松齡年譜》、盛偉的《蒲松齡全集》、馬瑞芳的《聊齋志異創作論》、于天池的《蒲松齡與聊齋志異脞說》、馬振方的《聊齋藝術論》、任篤行的《全校會注集評聊齋志異》、袁世碩與徐仲偉的《蒲松齡評傳》、朱一玄的《聊齋志異資料匯編》、朱其鎧的《全本新注聊齋誌異》等，數以千計。另外還有《蒲松齡研究》季刊和不定期舉辦的研討會，爲專家提供心得發表的平臺。「蒲學」遂一時蔚成風氣，足以與國際「紅學」相頡頏。

拜「蒲學」潮流之賜，我的夙願也得以逐步實現。兩岸開放交流後，我就經常利用暑假前往大陸，不是在圖書館蒐集資料，埋首抄錄，便是到書店選購「蒲學」相關文獻。我還三度造訪淄川蒲家莊和周村畢自嚴故居，向紀念館內的專業人士請益，並流連於柳泉、綽然堂，與「短篇小說之王」作穿越時空的交心偶語。我也曾趑趄濟南的大明湖畔，想像「寒月芙蕖」的奇觀；我也曾彳亍荷澤的牡丹花徑，領略「曹國夫人」的丰采。每次返臺，行囊、衣襟盡是濃郁的書香，這才體悟到梁任公所揭櫫的道理：「任何一門學問，只要深入的研究，必能引發出趣味來。」這是我畢生最引以爲樂的個人經驗，特地在此提出來與各位讀者分享。

在紙本文字日益式微的當前，好讀出版仍不惜耗費鉅資，禮聘學者點評、作注，出版一系列古典小說，促成多本曠世名著以最新穎的編排及更精緻的內涵增進大眾閱讀樂趣。這是經營者崇高的理念，更是使命感的展現，既獲取讀者的口碑，也贏得業界的敬重。而在決定出版《聊齋志異》全集時，好讀出版精挑的專家則是曾珮琦君。

曾珮琦君是位詠絮奇才，在學期間尤其屬意於中文，國學根柢扎實深厚。就讀研究所時，專攻老莊玄學，在王邦雄教授指導下，完成論文〈《老子》「正言若反」之解釋與重建〉，取得碩士學位。另外著有《圖解老莊思想》、《樂知學苑・莊子圖解》等書，字字珠璣，鞭辟入裡，備受學界推伏。近年來，曾君醉心《聊齋志異》奼紫嫣紅的幻域，含英咀華，芬芳在頰，乃決意長期從事注譯的編撰，將這部古典巨著推薦給青年學子，目前已發行《義狐紅顏》、《倩女幽魂》兩集單冊。我發現書中注釋引經據典，精確賅備，對理解原文必有極大裨益；白話翻譯則筆觸流利，既無直譯的生澀，亦無擴寫的模糊，文白對照，可獲得閱讀樂趣，並有助國文程度提升。此外，尤淑瑜君的插畫也能引領讀者進入故事情境，頗具錦上添花之效。我相信全書殺青後，必足以在出版界占一席之地。

馮鎮巒曾在〈讀聊齋雜說〉謂：「讀聊齋，不作文章看，但作故事看，便是呆漢。」馮鎮巒是清嘉慶年間的文學評論家，這句話說得眞夠犀利，同時也道出《聊齋志異》的特色。然而，從功利角度而言，但看故事實已值回書價，再涵泳辭藻便是物超所值了。總之，手執一卷，先淺出，再深入，則如倒吃甘蔗，樂即在其中矣。現在就請諸位在曾君的導覽下，跨進蒲松齡的異想世界，一窺《聊齋》的宗廟之美，百官之富。

盧源淡

淡江大學中文系畢業，桃園市私立育達高級中學退休教師，從事蒲學研究工作三十餘年。著有《詳注．精譯．細說聊齋志異》全八冊，二百七十餘萬言。

中國第一部彰顯女性地位的故事集

文／呂秋遠

在我年輕的那個世代，大學國文只有《古文觀止》可以學習；不過運氣很好，一年級下學期時，學校開放選修文學名著，我選擇了《聊齋志異》。不過，這並不是我的第一次接觸，早在小學就已經開始接觸白話文版本。

《聊齋志異》所使用的語言，並不是艱深的文言文。事實上，作者蒲松齡身處十七世紀的中國，使用的文字已經不是那麼艱澀，而且他所蒐集的故事素材，也是透過不同的訪談及自己所聽說的故事撰寫而成，因此不至於過度艱澀。

有學者以爲，《聊齋志異》這部書，是一個落魄文人對於男性情愛幻想的烏托邦故事集。然而，如果把這部小說放在十七世紀的脈絡觀察，則可以看出當時保守的中國，有多少的女權情慾流動已經躁動萌芽。在《聊齋志異》中，女鬼、狐怪往往是善良的，而男性卻有許多負心人。女性在這部書中的愛情角色是主動積極、毫不畏縮的，如果與故事中的男主角相較，更可以看出其批判禮教迂腐與封閉之處，這點在書中隨處可見。

蒲松齡筆下的俠女、鬼狐、民女，都具備勇氣且勇於挑戰世俗。在那個婚姻奉媒妁之言、父母之命的年代，他藉由這些鬼怪故事，塑造出「嬰寧」、「聶小倩」、「白秋練」、「鴉頭」、「細柳」等人，她們遇到變故時總是比男性更爲冷靜與機智；而男性在他筆下，無能者多、負心者眾。因此，論這部書，說它是中國第一部彰顯女性地位的故事集也不爲過。

因此，我們可以輕鬆的來閱讀《聊齋志異》，但是當我們讀這些精彩俠女復仇記，或狐仙助人記的同時，別忘了，蒲松齡隱藏在故事中，想要說、卻不容於當時的潛言語其實是——女性的千言萬語。

呂秋遠

宇達經貿法律事務所律師、東吳大學社工系兼任助理教授。雖為法律背景，然國學根柢深厚，近年經常在FB臉書以娓娓道來的敘事之筆分享經手案例與時事觀察，筆力之雄健、觀點之風格化，贏得了「臺灣最會說故事的律師」讚譽。

熱愛文字與分享，著有《噬罪人》《噬罪人II：試煉》二書，曾於書中提到「希望讀者在書中找到自己人性的歸屬，也可以理解天使與惡魔的試煉，都是不容易通過的。如果能因此讓自己更自在，則一切的經驗分享也就值得了」，巧妙的與蒲松齡在《聊齋志異二．倩女幽魂》〈蓮香〉一文中的精闢結論，若合符節——「唉！死者求生，生者又求死，天底下最難得的，難道不是人身嗎？只可惜，擁有人身者往往不懂珍惜，以至於活著不知廉恥，還不如一隻狐狸；死的時候悄無聲息，還不如一個鬼。」

讀鬼狐精怪故事　讀懂蒲松齡用心

文／曾珮琦

談到《聊齋志異》這部小說（共四百九十一篇故事），給人的印象大多是講述些鬼狐精怪故事，歷來更有不少故事被改編成影視作品（且風行不輟、改編不斷）——其中最膾炙人口的是〈聶小倩〉，講述書生與女鬼之間的戀愛故事；〈畫皮〉也被改編為電影，然原本故事僅講述女鬼變化成美女迷惑男子，裡面並無愛情成分。無論是人鬼戀，抑或鬼怪迷惑男子的故事，《聊齋志異》的作者蒲松齡，於屢次科舉失意後日益醉心蒐羅並撰寫鬼狐精怪、奇聞「異」事，其眞正用意不只是談狐說鬼，而想藉由這些故事諷刺當時官僚的腐敗、揭露科舉制度的弊病，反映出社會現實。

書裡收錄的各短篇故事，均為奇聞異事，情節有趣、奇妙且精彩，不僅滿足讀者一窺天底下新鮮事的好奇心，還寓有教化世人、懲惡揚善的意涵，這也是這部古典文言文小說能從清朝流傳至今逾三百年的原因。當我們隨著蒲松齡的筆鋒遊覽神鬼妖狐的世界時，或可一邊思考故事背後隱含的思想，這些思想，很可能才是作者眞正想透過故事傳達的。

不過，《聊齋志異》中除了宣揚教化、諷刺世俗的故事，確實不乏浪漫純眞的愛情故事，如〈小翠〉、〈青鳳〉、〈聶小倩〉等均歌頌了人狐戀，意寓眞摯的愛情本質並不爲人狐之間的界限所侷限，此等故事相當感人。

《聊齋志異》第一位知音——清初詩壇領袖王士禎

至於蒲松齡的寫作素材來自哪裡？他是將聽聞來的鄉野怪譚予以編撰、整理，亦有各地同好提供故事題材。他蒐羅故事的經過，傳說是在路邊設一個茶棚，免費提供茶水給過路旅客，條件是要講一個故事（但也有人認爲不太可能，因他一生一直爲生計奔忙，在別人家中設館教書，怎有空擺攤）。明末清初，蒲松齡的家鄉山東慘遭兵禍，當時屍橫遍野，於是流傳了許多鬼怪傳說，由此成了他寫作的題材。

《聊齋志異》這部小說在當時即聲名大噪，知名文人王士禎對此書更是大力推崇。王士禎（一六三四～一七一一），小名豫孫，字貽上，號阮亭，別號漁洋山人，人稱王漁洋，諡文簡。蒲松齡在四十八歲時結識了這位當時詩壇領袖，王士禎讀了《聊齋志異》後十分欣賞，爲之題了一首詩：「姑妄言之姑聽之，豆棚瓜架雨如絲。料應厭作人間語，愛聽秋墳鬼唱時（詩）。」不僅如此，王士禎也爲書中多篇故事做了評點，足見他對此書的喜愛，而其評點文字的藝術性之高，亦廣泛成爲後代文人研究分析的主題。蒲松齡對此甚感榮幸，認爲王士禎是眞懂他，亦做了詩回贈：「志異書成共笑之，布袍蕭索鬢如絲。十年頗得黃州意，冷雨寒燈夜話時。」還將王士禎所做的評點，抄錄收進書中。王士禎的評點融入了他個人對小說創作的理論與審美觀點，這點影響了後世《聊齋志異》的評點家，如馮鎭巒等人。王氏評點貢獻有三：一、評論小說的藝術描寫與生活寫實。二、評論小說中人物形象的刻畫（然，他的評點往往過於簡略，未切合重點）。三、總結與簡述《聊齋志異》裡頭的佳作，所使用的高超寫作手法與傑出藝術成就。例如，他將〈連瑣〉評爲「結而不盡，甚妙」，點出小說的敘事手法，亦表達出他的小說美學觀點。

在介紹《聊齋志異》這部小說前，先來談談作者蒲松齡的生平經歷。他是個懷才不遇的文人，參加鄉試屢次落榜，於是一邊教書，一邊將精力放在編寫奇聞怪譚故事上。讀這部書，可發現蒲松齡實際上將自己的人生經歷與思想寄託在其中——例如〈葉生〉，便是講述一個於科舉考試屢屢名落孫山的讀書人，而後遇到一個欣賞他才華的知府。後來他病重，知府正好在此時罷官準備還鄉，想等葉生一起回去。葉生後來雖病死，魂魄卻跟隨知府一起返鄉，並教導知府的兒子讀書，知府的兒子一舉中榜，這全是葉生的功勞。以此故事對照蒲松齡的經歷來看，可發現他屢經落榜挫折時，也曾受到江蘇寶應知縣孫蕙（字樹百）的青睞，邀他前往擔任文書幕僚，也就是俗稱的「師爺」，兩人不僅是長官與下屬關係，更是知己好友；也正是在此時，蒲松齡看盡了官場黑暗，對那些貪官汙吏、地方權貴深惡痛絕。

在〈成仙〉中，地方權貴與官府勾結，將成生的好友周生誣陷下獄，還隨便編派罪名，要置他於死地；於是成生後來看破世情，出家修道。蒲松齡本人並未如主人翁成生那樣出家修道，反倒將心中的憤懣不平，藉著他手上那支文人的筆宣洩出來。足見，《聊齋志異》不僅寫鬼狐精怪、奇聞異事，更抒發了蒲松齡懷才不遇的苦悶。難怪他在〈聊齋自誌〉中要說「三閭氏感而為騷」，意即將自己比喻成屈原——屈原被楚懷王放逐後，才作了《離騷》；同樣的，蒲松齡也因失意於考場，才編著了《聊齋志異》。

《聊齋志異》的勸世思想——佛教、儒家、道家及道教兼有之

蒲松齡除了將自己人生經歷融入這些奇聞怪譚中，還不忘傳遞儒釋道三教的懲惡揚善思想。如〈畫壁〉，故事主人翁是一名朱姓舉人，和朋友偶然經過一間寺廟，進去參觀，看到牆上壁畫有位美女，心中頓時起了淫念，隨後進入畫中世界展開一段奇妙旅程。朱舉人在壁畫幻境中，與裡面的美女相好，但擔心被那裡的金甲武士發現，最後躲了起來。朱舉人心中非常恐懼害怕，最後經寺廟中的老和尚敲壁提醒，才總算從壁畫世界逃了出來，脫離險境。蒲松齡在故事末尾評論道：「人有淫心，是生褻境；人有褻心，是生怖境。」（人心中有淫思慾念，眼前所見就是如此；人有淫穢之心，故顯現恐

怖景象。）

可見，是善是惡，皆來自人心一念，此種思想頗似佛教所謂的「一念三千」。「一念三千」是指，我們在日夜間所起的一念心，必屬十法界中之某一法界，與殺生等之瞋恚心相應的是地獄界，與貪欲相應的是餓鬼界。所以，顯現在我們眼前的是哪一個法界，源於我們心中起的是什麼樣的心念。〈畫壁〉一文，不僅蘊含了佛教哲理，苦口婆心勸戒世人莫做苟且之事，通篇還使用許多佛教詞彙，足見蒲松齡佛學涵養之深厚。

至於蒲松齡的政治理想，則是孔孟所提倡的仁政——他尊崇儒家的仁義禮智，講求道德實踐，因此《聊齋志異》書中時常可見懲惡揚善的思想。值得注意的是，孔孟所提倡的仁義禮智，並非外在教條，而要我們發自內心理性的自我要求。《孟子・告子上》提到：「仁義禮智，非由外鑠我也，我固有之也，弗思耳矣。」（仁義禮智，不是由外在的制約逼迫、強制自己必須這麼做，而是我發自內心想這麼做。）孟子還舉了個例子——只要是人見到一個小孩快掉進井裡，都會無條件的衝過去救他。這麼做不是想博得美名，也不是想巴結小孩的父母，純粹只是不忍小孩掉進井裡溺死罷了。

這個「不忍人之心」，每個人生下來即有，也就是孔子所說的「仁心」。而孟子將此仁心的十字打開，發展成「仁義禮智」，其實此四者簡言之，就是「仁」而已。清代政治腐敗，貪官汙吏橫行，權貴爲一己私慾，不惜傷害別人，甚至做出剝奪他人生存權利之事。孔孟所提倡的仁政與道德蕩然無存，這些貪官汙吏無視、更無法實踐，實是人心墮落與放縱私慾的結果。蒲松齡有感於此，藉著這些鄉野奇譚，寄寓了諷刺當時政治腐敗與人心黑暗的想法。因而，《聊齋志異》不僅是志怪小說，更是一部寓言。書中可看出蒲松齡試圖撥亂反正、爲百姓伸張正義的苦心；現實生活中的他無能爲力，只好將此憤懣不平心緒，藉自己的筆寫出，宣洩在小說中。

此外，《聊齋志異》也涵蓋了道家與道教的思想，像是書中時常可見《莊子》的詞彙與典故，亦有神仙方術、洞天福地等道教色彩。老莊等道家哲學，是以「道」爲中心開展的哲學，追求人的心靈之自由自在，解消人的身體或形體對我們心靈帶來的束縛。而道教則認爲，人可以透過神仙方術長生不老、飛升成仙。《聊齋志異》書中多篇故事，於是出現了懂得奇門遁甲法術、捉妖收妖、符咒的道士，這些奇幻的神仙色彩，增添了故事的精彩與可讀性，也讓後世之人改編成影視作品時有更多想像空間。

《聊齋志異》寫作體裁——筆記小說＋唐代傳奇

大陸學者馬積高、黃鈞主編的《中國古代文學史》，將《聊齋志異》分成三種體裁：一、短篇小說體：主要描寫主角人物的生平遭遇，篇幅較長，細膩刻畫了人物性格及曲折戲劇化的故事情節，此類作品有〈嬌娜〉、〈成仙〉等。二、散記特寫體：重點在於記述某事件，不著墨於人物刻畫，此則受到古代記事散文的影響，此類作品有〈偷桃〉、〈狐嫁女〉、〈考城隍〉等。三、隨筆寓言體：篇幅短小，將所聽之事記錄下來，並寄寓思想在其中，此類作品有〈夏雪〉、〈快刀〉等。

《聊齋志異》深受魏晉南北朝筆記小說、唐代傳奇小說的影響。筆記小說，是隨筆記錄下聽到的故事，比較像在記筆記，篇幅短小。此種小說乃受史書體例影響，十分重視將事件確實記錄下來，而非有意識的創作小說；且多爲志怪小說，又以干寶的《搜神記》最著名。《聊齋志異》裡頭有多篇保留了筆記小說特點的篇幅短小故事，如〈蛇癖〉、〈眞定女〉等。

唐代傳奇，則是文人有意識的創作小說，內容是虛構的、想像的，題材有志怪、愛情、俠義、歷史等等。像是《聊齋志異》中的〈葉生〉，葉生死後，魂魄隨知己丁乘鶴返鄉，直到回家看見屍體，才發現自己已死；此種離魂情節，乃受到唐傳奇陳玄佑〈離魂記〉的影響。由此可見，蒲松齡無論在創作手法或故事題材上，無不受到古代小說影響，此乃《聊齋志異》之承先。

《聊齋志異》之啓後在於，蒲松齡將六朝志怪與唐宋傳奇小說的主要特色融爲一體，給予後世小說家很大啓發，進而出現許多效仿之作，如清代乾隆年間沈起鳳的《諧鐸》、邦額的《夜譚隨錄》等，以及現代諸多影視作品。不過値得注意的是，改編後的電影或戲劇，爲了情節精彩與內容多樣化，不一定按照原著思想精神呈現，若想了解《聊齋志異》的原貌，實應回歸原典，才能體會蒲松齡寄寓其中的思想精神與用心。

此次，爲讓現代讀者輕鬆徜徉《聊齋志異》的志怪玄幻世界，才有了這套書的編撰，畢竟古典文言文小說在我們現代人讀來相當艱澀且陌生。因此，除收錄「原典」，還加上了「評點」、「白話翻譯」、「注釋」。其中，評點部分要感謝元智大學中國語文學系兼任助理教授張柏恩（研究專長：文學批評、古典詩詞創作、明清詩學），提供了許多寶貴資料，特在此銘誌感謝。至於白話翻譯，儘管已盡量貼近原典，然而任何一種翻譯都是主觀詮釋，裡頭融合了編撰者本身的社會背景、文化思想等因素，這些都會影響對經典的理解。但這並不是說白話翻譯不可信，而想提醒讀者，本書白話翻譯僅止於一種詮釋觀點，並不能與原典畫上等號。眞正的原典精華，只有待讀者自己去找尋了。

本書使用方法

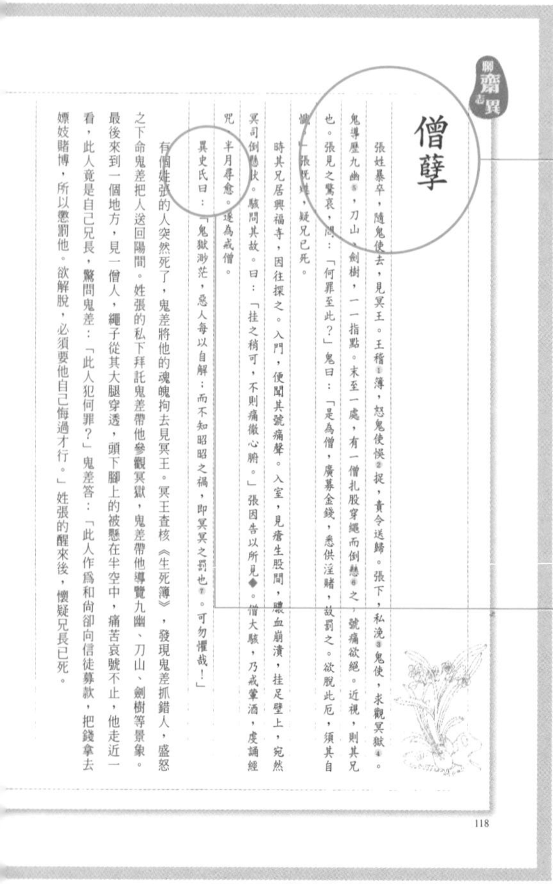
聊齋志異

僧孽

張姓暴卒，隨鬼使去，見冥王。王稽①簿，怒鬼使悞②捉，責令送歸。張下，私浼③鬼使，求觀冥獄④。鬼導歷九幽⑤，刀山、劍樹，一一指點。末至一處，有一僧扎股穿繩而倒懸⑥之，號痛欲絕。近視，則其兄也。張見之驚哀，問：「何罪至此？」鬼曰：「是為僧，廣募金錢，悉供淫賭，故罰之。欲脫此厄，須其自懺。」張既甦，疑兄已死。

時其兄居興福寺，因往探之。入門，便聞其號痛聲。入室，見瘡生股間，膿血崩潰，挂足壁上，宛然冥司倒懸狀。駭問其故。曰：「挂之稍可，不則痛徹心腑。」張因告以所見。僧大駭，乃戒葷酒，虔誦經咒，半月尋愈。遂為戒僧。

異史氏曰：「鬼獄渺茫，惡人每以自解；而不知昭昭之禍，即冥冥之罰也⑦。可勿懼哉！」

有個姓張的人突然死了，鬼差將他的魂魄拘去見冥王。冥王查核《生死簿》，發現鬼差抓錯人，盛怒之下命鬼差把人送回陽間。姓張的私下拜託鬼差帶他參觀冥獄，鬼差帶他導覽九幽、刀山、劍樹等景象。最後來到一個地方，見一僧人，繩子從其大腿穿透，頭下腳上的被懸在半空中，痛苦哀號不止，他走近一看，此人竟是自己兄長，驚問鬼差：「此人犯何罪？」鬼差答：「此人作爲和尚卻向信徒募款，把錢拿去嫖妓賭博，所以懲罰他。欲解脫，必須要他自己悔過才行。」姓張的醒來後，懷疑兄長已死。

118

原典，值得信賴

原典以一九九一年里仁書局出版的張友鶴《聊齋誌異會校會注會評本》（簡稱《三會本》）為底本。

張友鶴是以蒲松齡的半部手稿本，以及鑄雪齋抄本（乾隆十六年抄本，抄者為歷城張希傑）為主要底本，從而編輯了《三會本》。他的版本最為完整，且融合了多家的校注、評點，極富參考與研究價值。

好讀版本的《聊齋志異》，為求彩圖與文章流暢搭配之版面安排，每卷裡頭的文章或有可能調動次序，尚祈見諒。

「異史氏曰」，真有意思

《聊齋志異》有些故事在正文結束後，會有一段以「異史氏曰」開頭的文字，這是蒲松齡對故事及人物所做評論，或是陳述他自己的觀點、見解（但他亦有些評論，不見得都冠上「異史氏曰」）。這種作法沿用自史書，如《史記》的「太史公曰」，即司馬遷自己的評論。值得注意的是，有些「異史氏曰」相關文字，不僅僅做評論，還會再加附其他故事，以與正文的故事相應和。

文章中除了蒲松齡自己的評論，亦可見以「友人云」為開頭的親友評論，其中最常出現的是蒲松齡文友王士禎以「王阮亭云」或「王漁洋云」為開頭的評論；這些評論由蒲松齡親自收錄在文章中，與後世所作評點不同。

注釋解析，增進中文造詣

針對原典中的艱難字詞加注，既有助讀者領略古人的用語，亦可賞讀蒲松齡作文之美。每條注釋，均扣緊原典的上下文文意而注，惟該字詞自有它用在別處的可能解釋，注釋意涵恐無法盡括。

注釋盡可能跟隨原典擺放，以收對照查看之效。

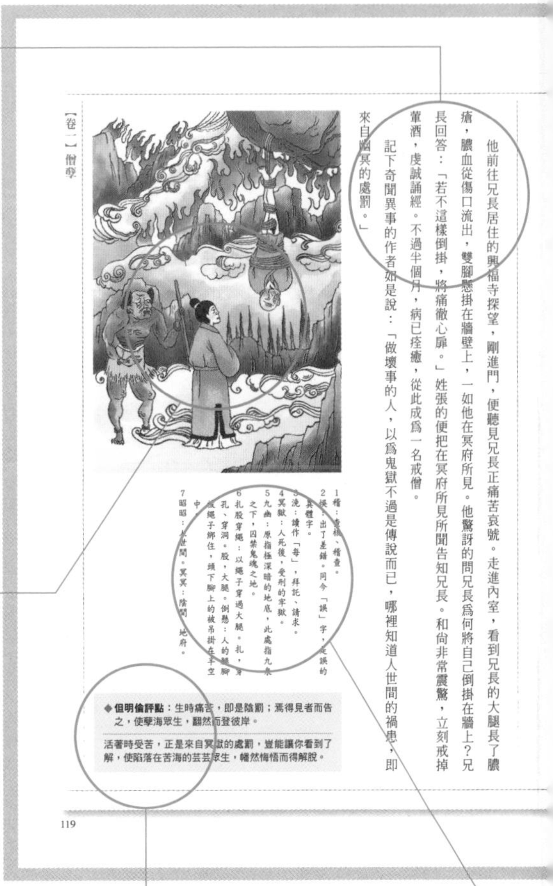
【卷一】僧孽

他前往兄長居住的興福寺探望，剛進門，便聽見兄長正痛苦哀號。走進內室，看到兄長的大腿長了膿瘡，膿血從傷口流出，雙腳懸掛在牆壁上，一如他在冥府所見。他驚訝的問兄長為何將自己倒掛在牆上？兄長回答：「若不這樣倒掛，將痛徹心扉。」姓張的便把在冥府所見所聞告知兄長。和尚非常震驚，立刻戒掉葷酒，虔誠誦經。不過半個月，病已痊癒，從此成為一名戒僧。

記下奇聞異事的作者如是說：「做壞事的人，以為鬼獄不過是傳說而已，哪裡知道人世間的禍患，即來自幽冥的處罰。」

1 稽：查核、稽查。
2 悞：出了差錯。同今「誤」字，是誤的異體字。
3 浼：讀作「每」，拜託、請求。
4 冥獄：人死後，受刑的牢獄。
5 九幽：原指極深暗的地底，此處指九泉之下，囚禁鬼魂之地。
6 扎股穿繩：以繩子穿過大腿。扎，穿孔、穿洞。股，大腿。倒懸：人的雙腳被繩子綁住，頭下腳上的被吊掛在半空中。
7 昭昭：人世間。冥冥：陰間、地府。

◆**但明倫評點**：生時痛苦，即是陰罰；焉得見者而告之，使孽海眾生，翻然而登彼岸。

活著時受苦，正是來自冥獄的處罰，豈能讓你看到了解，使陷落在苦海的芸芸眾生，幡然悔悟而得解脫。

119

白話翻譯，助讀懂故事

為了讓讀者能輕鬆閱讀，每篇故事均附白話翻譯（採取意譯，非逐句逐字譯）。

值得注意的是，由於《聊齋志異》為古典文言文短篇小說集，作者蒲松齡講述故事時有時過於精簡，白話翻譯將視情況需要，於貼合原典的準則下，增加一些補述，以求上下文語意完整。

插圖，圖文共賞不枯燥

為了更增《聊齋志異》故事閱讀的生動，一方面盡可能收錄晚清時期珍貴的《聊齋志異圖詠》線稿圖畫，另方面亦邀請廿一世紀新生代繪者尤淑瑜，以藝術家的眼光、樸實的全彩筆觸，讓故事場景更加躍然紙上。

評點，有助理解故事

評點，是中國獨特的文學批評形式，近似讀書心得或讀書筆記。礙於篇幅關係，無法將《三會本》所收錄的評點全都附上，每篇僅擇最切合故事要旨、或發人深省哲思的一家評點，供讀者參考。由於《聊齋志異》並非每篇故事都有評點，若無，即從缺。

常見的代表性評點有與蒲松齡同時代的王士禎評本（清康熙年間）、馮鎮巒評本（清嘉慶年間）、何守奇評本（約清道光年間），以及但明倫評本（清道光年間）。其中，以馮、但這兩家的評點特別能顯出故事中隱藏的思想精神，他們皆以儒家的道德實踐為準則，著重揭露蒲松齡寫作的思想要旨、故事中人物的心理活動，同時也涉及社會現象等層面。

目次

【卷七】

唐序[1]

諺有之云：「見橐駝謂馬腫背[2]。」此言雖小，可以喻大矣。夫[3]人以目所見者為有，所不見者為無。曰，此其常也；倏有而倏無則怪之。至於草木之榮落，昆蟲之變化，倏有倏無，又不之怪；而獨于神龍則怪之。彼萬竅之刁刁[4]，百川之活活，無所持之而動，無所激之而鳴，豈非怪乎？又習而安焉。獨至於鬼狐則怪之，至於人則又不怪。夫人，則亦誰持之而動，誰激之而鳴者乎？莫不曰：「我實為之。」

夫我之所以為我者，目能視而不能視其所以視，耳能聞而不能聞其所以聞，而況於聞見所不能及者乎？夫聞見所及以為有，所不及以為無，其為聞見也幾何矣。人之言曰：「有形形者，有物物者。」而不知有以無形為形，無物為物者。夫無形無物，則耳目窮矣，而不可謂之無也。有見蚊睫者，有不見泰山者；有聞蟻鬬[5]者，有不聞雷鳴者。見聞之不同者，聾瞽[6]未可妄論也。

自小儒為「人死如風火散」之說[7]，而原始要終之道，不明於天下；於是所見者愈少，所怪者愈多，而「馬腫背」之說昌行於天下。無可如何，輒以「孔子不語[8]」一詞了之，而齊諧[9]志怪，虞初[10]記異之編，疑之者參半矣。不知孔子之所不語者，乃中人以下不可得而聞者耳[11]，而謂《春秋》[12]盡刪怪神哉！

留仙蒲子[13]，幼而穎異，長而特達。下筆風起雲湧，能為載記之言。於制藝舉業[14]之暇，凡所見聞，輒為筆記，大要多鬼狐怪異之事。向得其一卷，輒為同人取去；今再得其一卷閱之。凡為余所習知者，十之三四，最足以破小儒拘墟之見，而與夏蟲語冰也[15]。余謂事無論常怪，但以有害於人者為妖。故日食星隕，鷁飛鵒巢[16]，石言龍鬬，不可謂異；惟土木甲兵[17]之不時，與亂臣賊子，乃為妖異耳。今觀留仙所著，其論斷大義，皆本於賞善罰淫與安義命之旨，足以開物而成務[18]；正如揚雲《法言》[19]，桓譚[20]謂其必傳矣。

康熙壬戌仲秋既望[21]，豹岩樵史唐夢賚拜題

1 唐序：唐夢賚為《聊齋志異》所作的序。唐夢賚（讀作「賴」），字濟武，號嵐亭，別字豹岩，山東淄川人，是蒲松齡的同鄉，兩人交情甚好。唐夢賚是清世祖順治六年（西元一六四九年）進士，授庶吉士；八年，授翰林院檢討，九年罷歸，那時他才廿六歲，從此著書作文，閒居鄉里。

2 見槖駝謂馬腫背：看到駱駝以為是腫背的馬。槖駝，讀作「陀陀」，駱駝的別名。

3 夫：讀作「福」，發語詞，無義。

4 萬竅：世間所有的孔洞，如山谷、洞穴等。典出《莊子．齊物論》：「夫大塊噫氣，其名為風。是唯无作，作則萬竅怒號。」（大地間的呼吸，人們稱為風。要不就是靜止無聲，然而一旦吹起，世間的孔洞都會隨風怒號。）刁刁：草木動搖的樣子。

5 鬬：同今「鬥」字，是鬥的異體字。

6 瞽：讀作「古」，盲眼，眼睛看不見。

7 小儒：指眼界短淺的普通讀書人。人死如風火散：與「人死如燈滅」同義，人死了就如同燈火熄滅，什麼也沒有。

8 孔子不語：典出《論語．述而》：「子不語怪，力，亂，神。」（孔子不談論神怪以及死後之事。）

9 齊諧：古代志怪之書，專記載一些神怪故事，另一說為人名；後代志怪之書多以此為書名，如《齊諧記》、《續齊諧記》。

10 虞初：西漢河南人，志怪小說家。

11 乃中人以下不可得而聞者耳：典出《論語．庸也》，子曰：「中人以上，可以語上也；中人以下，不可以語上也。」（中等資質以上的人，可以告訴他較高的學問；

中等資質以下的人，不可以告訴他較高的學問。）

12 春秋：書名，孔子據魯史修訂而成，為編年體史書；所記起自魯隱公元年，迄魯哀公十四年，共二百四十二年；其書常以一字一語之褒貶，寓微言大義；因其記載春秋魯國十二公的史事，故也稱為「十二經」。

13 留仙蒲子：指蒲松齡。

14 制藝舉業：科舉考試。藝：即時藝，指八股文，科舉考試所用的文體。

15 破小儒拘墟之見，而與夏蟲語冰也：破解一般讀書人的見識淺薄，進而談論超出見識的事物。拘墟之見、夏蟲語冰，典故皆出自《莊子．秋水篇》：「井鼃（同「蛙」字）不可以語於海者，拘於虛也；夏蟲不可以語於冰者，篤於時也。」（不可以跟井底的青蛙說海的廣大，這是受空間所限制；不可以跟夏蟲說冬天的寒冷，這是受時間的限制。）

16 鷁飛鵒巢：鷁鳥飛到八哥的巢中，意指超出常理的怪異之事，因為八哥生活在樹上，而鷁是水鳥，兩者生活領域不相同，鷁卻飛到了八哥的巢。鷁，讀作「義」，一種水鳥。鵒，指鴝鵒（讀作「鉤玉」），八哥的別名。

17 土木甲兵：此應指天災與兵災戰亂。甲兵，原指鎧甲和兵械，後引申為戰亂、戰爭。

18 開物而成務：開通萬物之理，使人事各得其宜，語出《易經．繫辭上》：「夫易，開物成務，冒天下之道，如斯而已者也。」（人如果通曉周易卦象之理，就可以了解萬物的紋理，社會的各種領域、制度，都脫不了周易所涵蓋的範圍）。

19 揚雲《法言》：模擬《論語》語錄體裁而寫成的一部著作，內容是傳統的儒家思想；由揚雄所作，此處揚雲可能為筆誤。揚雄，字子雲，原本寫為楊雄，蜀郡成都（今四川成都郫都區）人，乃西漢哲學家、文學家、語言學家。

20 桓譚：人名，字君山，東漢相人，生卒年不詳；博學多通，遍習五經，能文章，光武朝官給事中，力諫讖書之不正，帝怒，出為六安郡丞，道卒；著《新論》二十九篇。

21 康熙壬戌：康熙二十一年，即西元一六八二年。仲秋：農曆八月。既望：農曆十五為望，十六為既望。

白話翻譯

俗諺說：「看到駱駝，以爲是腫背的馬。」這句話雖只是嘲諷那些不識駱駝的人，但也可廣泛用以比喻見識淺薄之人。一般人認爲看得見的東西才是眞實的，看不見的東西就是虛幻、不存在的。我說，這是人之常情；認爲一下子在，一下子又消失，是怪異現象。那麼，草木榮枯、花開花落、昆蟲的生長變化，也是一下子在，一下子消失，一般人卻又不覺怪異；唯獨認爲鬼神龍怪才是異事。世上的洞穴呼號、草木搖擺、百川流動，都毋需人相助即自行運作，沒有人刺激就自行鳴叫，難道這些現象不奇怪嗎？世人卻習以爲常。只認爲鬼怪狐妖是怪異的，但提到人，又不覺得奇怪。人的存在與行爲，又是誰來相助，誰來刺激的呢？一般人都會說：「這本來就是如此。」

我之所以是我，眼睛能看、卻看不見之所以讓我能看的原因；耳朵能聽、卻聽不到讓我之所以能聽的緣由，更何況，是那些看不見、聽不到的東西呢？能用感官加以經驗認識，就以爲是眞實，無法用感官去經驗認識，就以爲不存在；然而，能被感官認識的事物實則有限。有人說：「有形的東西必有形象，具體的東西才是眞實。」卻不知世間存有以無形爲有形，以不存在爲存在的事物。那些沒有形象、沒有具體的事物，乃礙於我們眼睛與耳朵的限制而無法認識，不能因此就說它們不存在。有人看得見蚊子睫毛這類細小的東西，卻也有人看不見泰山這麼大的事物；有人聽得到螞蟻的打鬥聲，卻也有人聽不到雷鳴。這都是因爲看見的東西與聽到的聲音有所不同罷了，不能因爲看不見某些事物就說他是瞎子，也不能因爲聽不到某些聲音就說他是聾子。

自從有些見識淺陋的讀書人提出「人死如風火散」的說法以後，探究世間事物發展始末的學問，就無法盛行於天下了；於是人們能看見的東西越來越少，覺得怪異的事也越來越多，於是「以爲駱駝是腫背的馬」這類說詞充斥周遭。最後無可奈何，只好拿「孔子不語怪力亂神」這句話來敷衍搪塞。至於對齊諧志怪、虞初記異故事懷疑不信的人，至少也占了一半。這些人不了解，孔子所謂「不語怪力亂神」是指——中等資質以下的人即使聽了也不懂，還當作是《春秋》把神怪故事全都刪除了呢！

蒲留仙這個人，自幼聰穎，長大後更傑出。下筆如風起雲湧，有辦法將這類怪異故事記載下來。攻讀科舉考試閒暇之時，凡有見聞，便寫成筆記小說，大多是鬼狐怪異這類故事。之前我曾得到其中一卷，後來被人拿去；現在又再得一卷閱覽。凡我所讀到習得的事，十件裡有三、四件足可打破一般井底之蛙的見識，還能觸及耳目感官所不能經驗的事。我認爲，無論是我們習以爲常或怪奇難解的世事，其中只要對人有害，就是妖異。因此，日蝕與流星、水鳥飛到八哥巢中、石頭開口說話、龍打架互鬥之事，都不能算是妖異；只有天災人害、戰亂兵禍與亂臣賊子，才算妖孽。我讀留仙所寫故事，大意要旨皆源自賞善罰惡與安身立命之言論，適足以開通萬物之理；正如東漢的桓譚曾經說過，揚雄的《法言》必能流傳後世。

康熙二十一年農曆八月十六，豹岩樵史唐夢賚拜題

聊齋自誌

披蘿帶荔[1]，三閭氏感而為騷[2]；牛鬼蛇神，長爪郎[3]吟而成癖。自鳴天籟[4]，不擇好音[5]，有由然矣。松[6]落落秋螢之火，魑魅[7]爭光；逐逐野馬之塵[8]，罔兩[9]見笑。才非干寶，雅愛搜神[10]；情類黃州[11]，喜人談鬼。聞則命筆，遂以成編。久之，四方同人，又以郵筒相寄，因而物以好聚，所積益夥。甚者：人非化外，事或奇于斷髮之鄉[12]；睫在眼前，怪有過于飛頭之國[13]。遄飛逸興[14]，狂固難辭；永托曠懷，癡且不諱。展如之人[15]，得毋向我胡盧[16]耶？然五父衢[17]頭，或涉濫聽[18]；而三生石[19]上，頗悟前因。放縱之言，有未可概以人廢者。

松懸弧[20]時，先大人[21]夢一病瘠瞿曇[22]，偏袒[23]入室，藥膏如錢，圓黏乳際。寤[24]而松生，果符墨誌[25]。且也：少羸[26]多病，長命不猶。門庭之淒寂，則冷淡如僧；筆墨之耕耘，則蕭條似鉢。每搔頭自念：勿亦面壁人[27]果是吾前身耶？蓋有漏根因[28]，未結人天之果[29]；而隨風蕩墮，竟成藩溷[30]之花。茫茫六道[31]，何可謂無理哉！獨是子夜熒熒[32]，燈昏欲蕊；蕭齋[33]瑟瑟，案冷凝冰。集腋為裘[34]，妄續幽冥之錄[35]；浮白載筆[36]，僅成孤憤[37]之書：寄托[38]如此，亦足悲矣！嗟乎！驚霜寒雀，抱樹無溫；弔月秋蟲，偎闌自熱。知我者，其在青林黑塞[39]間乎！

康熙己未[40]春日。

1 披蘿帶荔：語出《九歌》中的〈山鬼〉：「若有人兮山之阿，披薜荔兮帶女蘿。」這是指出沒在野外的山鬼，而薜荔、女蘿皆植物名。《九歌》原為南方楚地祭祀用的樂歌，經屈原潤色而成。分別為〈東皇太一〉〈雲中君〉〈湘君〉〈湘夫人〉〈大司命〉〈少司命〉〈東君〉〈河伯〉〈山鬼〉〈國殤〉及〈禮魂〉等十一篇。

2 三閭氏感而為騷：三閭氏，指屈原，他曾擔任楚國的三閭大夫。騷，指《離騷》，是屈原被楚懷王放逐漢水之北時所作自傳，抒發其懷才不遇的苦悶心情，以及理想抱負不得施展的悲苦。（編撰者按：蒲松齡之所以在作者自序中提及屈原所作《離騷》，可能是因他與屈原遭遇相似——蒲松齡鄉試落榜，正如空有滿腔抱負、卻不得君王重用的屈原。）

3 長爪郎：指唐朝詩人李賀，有「詩鬼」之稱；因其指爪長，故稱為「長爪郎」。

4 天籟：典故出自《莊子．齊物論》：「夫吹萬不同，而使其自己也。」天籟是無聲之聲，天籟因其無聲給出了一個空間，讓大自然的各種孔竅洞穴能發出聲音。此處指渾然天成的優秀詩作。

5 不擇好音：指這些作品雖好，卻不受世俗認可。

6 松：指本書作者，蒲松齡的自稱。

7 魑魅：讀作「癡媚」，山野中的鬼怪精靈。

8 野馬之塵：本意為塵土，此處指視科舉功名若塵土。

9 罔兩：亦作「魍魎」，山川草木中的鬼怪精靈。

10 才非干寶，雅愛搜神：不敢說自己才比干寶，只酷愛些鬼怪奇談而已。干寶，是東晉編集《搜神記》的作者，此書蒐羅了一些志怪故事，為中國古代志怪故事代表作。

11 黃州：指蘇軾，字子瞻，號東坡居士。蘇軾在宋神宗元豐二年（西元一〇六九年）因烏臺詩案獲罪，次年被貶謫黃州。他曾寫詩自嘲：「問汝平生功業，黃州惠州儋州。」

12 化外、斷髮之鄉：皆指未受教化的蠻夷之地。

13 飛頭之國：古代神話中，人首能夠分離、且會飛的奇異國度。

14 遄飛逸興：很有興致，欲罷不能。遄，讀作「船」，迅速。

15 展如之人：真摯、誠懇之人。依照上下文意，應指那些只相信現實經驗、而不相信那些奇幻國度的人。

16 胡盧：笑聲。

17 五父衢：路名，在今山東曲阜東南。孔子不知其生父所葬之地，而將母親葬於此處。衢，讀作「渠」，通達四方的大路。

18 濫聽：不實的傳聞。

19 三生石：宣揚佛教輪迴觀念的故事。佛教認為人沒有靈魂，但今生所造的業，會帶到來生。人今生今世所受的果報，無論善或惡，皆由過去累世累劫積累而成，而今生所造的業，亦影響來生所承受的果報。

20 懸弧：古人若生男孩，便將弓懸掛在門的左邊。

21 先大人：蒲松齡的先父。

22 瞿曇：梵文，讀作「渠談」，為釋迦牟尼佛的俗家姓氏，此處指僧人。

23 偏袒：佛家語，指僧侶。原指古印度尊敬對方的禮法，後為佛教沿用，僧侶在拜見佛陀時，須穿著露出右肩的袈裟以示尊敬；但平時佛教徒所穿袈裟，則無偏袒。

袒，讀作「坦」，裸露之意。

24 寤：讀作「物」，醒來、睡醒。

25 果符墨誌：與蒲松齡父親夢中所見僧人的胸前特徵相符——「藥膏如錢，圓黏乳際」。墨誌，指黑痣。

26 少羸：年少時，身體瘦弱。羸，讀作「雷」。

27 面壁人：和尚坐禪修行，稱為面壁。面壁人，代指和尚、僧人。

28 有漏根因：佛家語。有漏，由梵語轉譯，是流失、漏泄之意，意即煩惱。有漏因，即招致三界（欲界、色界、無色界）果報的業因，語出景德傳燈錄卷三菩提達磨章（大五一．二一九上）：「帝曰：『何以無功德？』師曰：『此但人天小果，有漏之因，如影隨形，雖有非實。』」原文中並無「根」字。

欲界，指一切有情眾生所住之世界，地獄、餓鬼、畜生、阿修羅、人、六欲天皆屬此。欲界之有情，是指有食欲、淫欲、睡眠欲等。

色界之眾生脫離淫欲，不著穢惡之色法，此界之天眾無男女之別，其衣是自然而至，而以光明為食物及語言。

無色界，指超越物質現象經驗之世界，此界之有情眾生，沒有無色法、場所，無空間高下之分別。

29 人天之果：佛家語。有漏之業的善果。

30 藩溷：籬笆和茅坑。溷，讀作「混」。

31 六道：佛家語。眾生往生後各依其業前往相應的世界，分別為：地獄道、餓鬼道、畜生道、阿修羅道、人間道、天道。前三道為惡，後三道為善。

32 熒熒：讀作「迎迎」，微弱光影閃動的樣子。

33 蕭齋：對自己所居房屋或書齋的謙詞，典故出自——梁武帝造寺，命蕭子雲於寺院牆上寫一「蕭」字。寺院毀壞後，刻字的殘壁仍保存下來。至唐朝李約，將此牆壁運歸洛陽，匾於小亭，以供賞玩，稱為「蕭齋」。

34 集腋為裘：意謂此部《聊齋志異》，集結了眾人之力，積少成多才完成。

35 幽冥之錄：南朝宋劉義慶所編纂的志怪小說集，屬於六朝志怪筆記小說，篇幅短小，為後世小說的先驅。

36 浮白：暢飲。載筆：此指寫作著書。

37 孤憤：原為《韓非子》一書的其中一篇篇名。此指憤世嫉俗的著作，意即對一些看不慣的世俗之事執筆記錄下來，以表心中悲憤。

38 寄托：寄託言外之音於文辭之間，猶言寓言。

39 青林黑塞：指夢中的地府幽冥。

40 康熙己未：清朝康熙十八年（西元一六七九年）。這一年，蒲松齡四十歲。

白話翻譯

野外的山鬼，讓屈原有感而發寫成了《離騷》；牛鬼蛇神，被李賀寫入了詩篇。這種獨樹一幟的作品，不見容於世俗，其來有自。我於困頓時，只能與魑魅爭光；無法求取功名，受到鬼怪的嘲笑。雖不像干寶那樣有才華，能寫出流傳百世的《搜神記》，卻也喜愛志怪故事；也與被貶謫黃州的蘇軾一樣，喜與人談論鬼怪故事。聽到奇聞怪事就動筆記錄下來，這才編成了這部書。久而久之，各地同好便將蒐羅來的鬼怪故事寄給我，物以類聚，內容更加豐富。甚至——人不處於蠻荒之地，卻有比蠻荒更離奇的怪事發生；即便在我們周遭，也有比飛頭國更古怪的事情。我越寫越有興趣，甚至到了發狂的地步；長期將精力投注於此，連自己都覺得癡迷。那些不信鬼神的人，恐怕要嘲笑我。道聽塗說之事，或許不足採信；然而這些荒謬怪誕的傳聞，有助於人認清事實，增長智慧。這些志怪故事的價值，不可因作者籍籍無名而輕易作廢。

我出生之時，先父夢到一名病瘦的僧人，穿著露肩袈裟入屋，胸前貼著一個似錢幣的圓形膏藥。夢醒，我就出生了，胸前果然有一個黑痣。且我年幼體弱多病，恐活不長。門庭冷清，如僧人般過著清心寡慾的日子；整天埋首寫作，貧窮如僧人的空缽。常常自想，莫非那名僧人眞是我的前世？我前世所做的善業不夠，所以才沒法到更好的世界；只能隨風飄蕩，落入汙泥糞土之中。虛無飄渺的六道輪迴，不可謂全無道理。特別是在深夜燭光微弱之際，燈光昏暗蕊心將盡，書齋更顯冷清，書案冷如冰。我想集結眾人之力，妄圖再續《幽冥錄》；飲酒寫作，成憤世嫉俗之書：只能將平生之志寄託於此，實在可悲！唉！受盡風霜的寒雀，棲於樹上感受不到溫暖；憑弔月光的秋蟲，依偎著欄杆還能感到一絲溫暖。知我者，大概只有黃泉幽冥之中的鬼了！

寫於康熙十八年春。

卷六 06

凡塵間的功名利祿有何其大的力量，
可使厚德蔭及子孫，
亦能陷人於水深火熱中。
運用全憑一念之間，不可不戒之慎之。

小謝

渭南[1]姜部郎[2]第，多鬼魅，常惑人。因徙去。留蒼頭[3]門之而死，數易皆死；遂廢之。里有陶生望三者，夙倜儻，好狎妓，酒闌輒去之。友人故使妓奔就之，亦笑內不拒；而實終夜無所沾染。常宿部郎家，有婢夜奔，生堅拒不亂，部郎以是契重之。家綦[4]貧，又有「鼓盆之戚」[5]，茆[6]屋數椽[7]，溽暑不堪其熱；因請部郎，假廢第。部郎以其凶故，卻之。生因作「續無鬼論」[8]獻部郎，且曰：「鬼何能為！」部郎以其請之堅，諾之。生往除廳事[9]。薄暮，置書其中；返取他物，則書已亡。怪之，仰臥榻上，靜息以伺其變。食頃，聞步履聲，睨之，見二女自房中出，所亡書，送還案上。一約二十，一可十七八，並皆姝麗。逡巡立榻下，相視而笑。生寂不動。長者翹一足踹生腹，少者掩口匿笑。生覺心搖搖若不自持，即急肅然端念[10]，卒不顧。女近以左手捋[11]髭，右手輕批頤頰[12]，作小響。少者益笑。生驟起，叱曰：「鬼物敢爾！」二女駭奔而散。生恐夜為所苦，欲移歸，又恥其言不掩；乃挑燈讀。暗中鬼影憧憧，略不顧瞻。夜將半，燭而寢。始交睫，覺人以細物穿鼻，奇痒，大嚏；但聞暗處隱隱作笑聲。生不語，假寐以俟之。俄見少女以紙條撚細股，鶴行鷺伏而至；生暴起訶之，飄竄而去。既寢，又穿其耳。終夜不堪其擾。雞既鳴，乃寂無聲，生始酣眠，終日無所睹聞。日既下，恍惚出現。生遂夜炊，將以達旦。長者漸曲肱几上，觀生讀。既而掩生卷。

生怒捉之，即已飄散；少間，又撫之。生以手按卷讀。少者潛於腦後，交兩手掩生目，瞥然去，遠立以哂。生指罵曰：「小鬼頭！捉得便都殺卻！」女子即又不懼。因戲之曰：「房中縱送[13]，我都不解，纏我無益。」二女微笑，轉身向竈[14]，析薪溲[15]米，為生執爨[16]。生顧而獎曰：「兩卿此為，不勝憨跳[17]耶？」俄頃，粥熟，爭以匕、箸、陶椀[18]置几上。生曰：「感卿服役，何以報德？」女笑云：「飯中溲合砒、酖[19]矣。」生曰：「與卿夙無嫌怨，何至以此相加。」啜已，復盛，爭為奔走。生樂之，習以為常。

日漸稔，接坐傾語，審其姓名。長者云：「妾秋容，喬氏；彼阮家小謝也。」又研問所由來。小謝笑曰：「癡郎！尚不敢一呈身，誰要汝問門第，作嫁娶耶？」生正容曰：「相對麗質，寧獨無情；但陰冥之氣，中人必死。不樂與居者，行可耳；樂與居者，安可耳。如不見愛，何必玷兩佳人？如果見愛，何必死一狂生？」二女相顧動容，自此不甚虐弄之；然時而探手於懷，捋袴[20]於地，亦置不為怪。一日，錄書未卒業而出，返則小謝伏案頭，操管代錄。見生，擲筆睨笑。近視之，雖劣不成書，而行列疎[21]整。生贊曰：「卿雅人也！苟樂此，僕教卿為之。」乃擁諸懷，把腕而教之畫。秋容自外入，色乍變，意似妒。小謝笑曰：「童時嘗從父學書，久不作，遂如夢寐。」秋容不語。生喻其意，偽為不覺者，遂抱而授以筆，曰：「我視卿能此否？」作數字而起，曰：「秋娘大好筆力！」秋容乃喜。生於是折兩紙為範，俾共臨摹；生另一燈讀。竊喜其各有所事，不相侵擾。做畢，祇[22]立几前，聽生月旦[23]。秋容素不解讀，塗鴉不可辨認，花判[24]已，自顧不如小謝，有慚色。生獎慰之，顏始霽[25]。二女由此師事生，坐為抓背，臥為按股，不惟不敢侮，爭媚之。踰月，小謝書居然端好，生偶贊之。秋容大慚，粉黛淫淫[26]，淚痕如綫[27]；生百端慰解之，乃已。因教之讀，穎悟非常，指示一過，無再問者。與生競讀，常至終夜。小謝又引其弟三郎來，拜生門下。年十五六，姿容秀美。以金如意一鉤為贄[28]。生令與秋容執一經，滿堂咿唔，生於此設鬼帳[29]焉。部郎聞之喜，以時給其薪水。積數月，秋容與三郎皆能詩，時相酬唱[30]。小謝陰囑勿教秋容，生諾之；秋容陰囑勿教小謝，生亦諾之。

一日，生將赴試[31]，二女涕淚持別[32]。三郎曰：「此行可以託疾免；不然，恐履不吉。」生以告疾為辱，遂行。先是，生好以詩詞譏切[33]時事，獲罪於邑貴介[34]，日思中傷之。陰賂學使，誣以行簡[35]，淹[36]禁獄中。資斧絕，乞食於囚人，自分已無生理。忽一人飄忽而入，則秋容也。以饌具[37]餽生。相向悲咽，曰：「三郎慮君不吉，今果不謬。三郎與妾同來，赴院申理矣。」數語而出，人不之睹。越日，部院[38]出，三郎遮道[39]聲屈，收之。秋容入獄報生，返身往偵之，三日不返。生愁餓無聊，度一日如年歲。忽小謝至，愴[40]惋欲絕，言：「秋容歸，經由城隍祠，被西廊[41]黑判[42]強攝去，逼充御媵[43]。秋容不屈，今亦幽囚。妾馳百里，奔波頗殆；至北郭，被老棘刺吾足心，痛徹骨髓，恐不能再至矣。」因示之足，血殷淩波[44]焉。出金三兩，跛踦[45]而沒。部院勘三郎，素非瓜葛，無端代控，將杖之，撲地遂滅。異之。覽其狀，情詞悲惻。提生面鞫[46]，問：「三郎何人？」生偽為不知。部院悟其冤，釋之。既歸，竟夕無一人。更闌[47]，小謝始至。慘然曰：「三郎在部院，被廨神[48]押赴冥司；冥王以三郎義，令託生富貴家。秋容久錮[49]，妾以狀投城隍，又被按閣[50]，不得入，且復奈何？」生忿曰：「黑老魅何敢如此！明日仆[51]其像，踐踏為泥，數城隍而責之；案下吏暴橫如此，渠[52]在醉夢中耶！」悲憤相對，不覺四漏將殘。秋容飄然忽至。兩人驚喜，急問。秋容泣下曰：「今為郎萬苦矣！判日以刀杖相逼，今夕忽放妾歸，曰：『我無他，原以愛故；既不願，固亦不曾汚玷。煩告陶秋曹[53]，勿見譴責。』」生聞少歡，欲與同寢，曰：「今日願為卿死。」二女戚然曰：「向受開導，頗知義理，何忍以愛君者殺君乎？」執不可；然俛頸傾頭[54]，情均伉儷。二女以遭難故，妒念全消。會一道士途遇生，顧謂「身有鬼氣」。生以其言異，具告之。道士曰：「此鬼大好，不擬負他。」因書二符付生，曰：「歸授兩鬼，任其福命：如聞門外有哭女者，吞符急出，先到者可活。」生拜受，歸囑二女。

後月餘，果聞有哭女者。二女爭奔而去。小謝忙急，忘吞其符。見有喪轝[55]過，秋容直出，入棺而沒；小謝不得入，痛哭而返。生出視，則富室郝氏殯[56]其女。共見一女子入棺而去，方共驚疑；俄聞棺中有聲，息肩發驗[57]，女已頓蘇。因暫寄生齋外，羅守之。忽開目問陶生。郝氏研詰[58]之。答云：「我非汝女也。」遂以情告。郝未深信，欲舁[59]歸；女不從，逕入生齋，偃臥不起。郝乃識壻[60]而去。生就視之，面龐雖異，而光豔不減秋容，喜愜過望，殷敘平生。忽聞嗚嗚鬼泣，則小謝哭於暗陬[61]。心甚憐之，即移燈往，寬譬哀情，而衿袖淋浪[62]，痛不可解。近曉始去。天明，郝以婢媼齎[63]送香匳[64]，居然翁壻矣。暮入帷房，則小謝又哭。如此六七夜。夫婦俱為慘動，不能成合巹[65]之禮。生憂思無策。秋容曰：「道士，仙人也。再往求，倘得憐救。」生然之。迹[66]道士所在，叩伏自陳。道士力言「無術」。生哀不已。道士笑曰：「癡生好纏人！◆合與有緣，請竭吾術。」乃從生來，索靜室，掩扉坐，戒勿相問。凡十餘日，不飲不食。潛窺之，瞑若睡。一日晨興，有少女搴[67]簾入，明眸皓齒，光豔照人。微笑曰：「跋履終夜，憊極矣！被汝糾纏不了，奔馳百里外，始得一好廬舍，道人載與俱來矣。待見其人，便相交付耳。」斂昏，小謝至，女遽起迎抱之，翕然[68]合為一體，仆地而僵。道士自室中出，拱手逕去。拜而送之。及返，則女已甦。扶置牀上，氣體漸舒，但把足呻言趾股痠痛，數日始能起。

後生應試得通籍。有蔡子經者，與同譜，以事過生，留數日。小謝自鄰舍歸，蔡望見之，疾趨相躡；小謝側身斂避，心竊怒其輕薄。蔡告生曰：「一事深駭物聽，可相告否？」詰之，答曰：「三年前，少妹夭殞，經兩夜而失其尸，至今疑念。適見夫人，何相似之深也？」生笑曰：「山荊[69]陋劣，何足以方君妹？然既係同譜，義即至切，何妨一獻妻孥[70]。」乃入內，使小謝衣殉裝出。蔡大驚曰：「真吾妹也！」因而泣下。生乃具述其本末。蔡喜曰：「妹子未死，吾將速歸，用慰嚴慈[71]。」遂去。過數日，舉家皆至，後往來如郝焉。

異史氏曰：「絕世佳人，求一而難之，何遽得兩哉！事千古而一見，惟不私奔女者能遘[72]之也。道士其仙耶？何術之神也！苟有其術，醜鬼可交耳。」

1 渭南：古代縣名。今陝西省渭南市臨渭區。

2 部郎：古代中央政府六部中的郎官。

3 蒼頭：以青色頭巾作頭飾的僕役，是古代僕人的通稱。

4 綦：讀作「其」，極、甚。

5 鼓盆之戚：比喻喪妻之痛。

6 茆：通「茅」。

7 椽：讀作「船」。架在屋樑橫木上，以承接木條及屋頂的木材。

8 續無鬼論：晉朝阮瞻寫了一篇《無鬼論》，辨明世間無鬼怪之說。此處陶望三承前人續作《無鬼論》，故稱。

9 除廳事：打掃住宅的廳堂。

10 端念：端正念頭，不想男女之事。

11 捋：此處讀作「呂」，以手指撫摸某物，順著表面滑過去的動作。

12 批頤頰：打臉頰。批，當動詞，用手打。

13 縱送：比喻男女交歡。

14 竈：同今「灶」字，是灶的異體字。生火煮飯的地方。

15 溲：讀作「蒐」，淘洗。

16 爨：讀作「竄」。生火煮飯。

17 憨跳：頑皮。

18 椀：同今「碗」字，是碗的異體字。

19 砒、酖：砒霜與鴆酒。泛指毒藥。酖，此處讀作「鴆」。

20 袴：同今「褲」字，是褲的異體字。

21 踈：同今「疏」字，是疏的異體字。

22 祗：讀作「之」，恭敬的模樣。

23 月旦：品評、評點之意。典出《後漢書・卷六八・許劭傳》：「劭與靖（許靖）俱有高名，好共覈（讀作「核」）論鄉黨人物，每月輒更其品題，故汝南俗有『月旦評』焉。」

24 花判：此指陶生對二女臨摹字仿寫下的評點意見。

25 霽：和顏悅色。霽，讀作「季」。

26 粉黛淫淫：形容女子哭泣貌，淚水將臉上塗抹的脂粉溶解的樣子。

27 綫：同今「線」字，是線的異體字。

28 贄：見面禮。贄，讀作「至」。

29 設鬼帳：開館教鬼讀書。

30 酬唱：互相贈送詩詞酬答唱和。

31 試：指歲考。

32 持別：握手道別。

33 譏切：譏刺嘲諷。

34 貴介：身分地位顯貴的人。

35 簡：態度傲慢。

36 淹：長久停留。

37 具：食物。

38 部院：在清代，代指各省巡撫，這些官員多半又兼任兵部侍郎及都察院副都御史，故稱為「部院」。

39 遮道：擋在路中間。

40 愴：讀作「創」。哀傷、難過。

41 西廊：西廂房。

42 黑判：黑臉判官。

43 御媵：小妾。

44 凌波：此指繡花鞋。

45 踧踦：走路不穩的樣子。踧踦，讀作「簸奇」。踦，形容搖擺不定、不平衡的樣子。
46 鞫：讀作「局」，審問、審判。
47 更闌：深夜。
48 廨神：官署衙門的守護神。
49 錮：囚禁。
50 按閣：擱置。
51 仆：使之傾倒，即推倒。
52 渠：他，指第三人稱。
53 陶秋曹：指陶望三，黑判預先知道陶望三將會當官，故稱。秋曹，刑部的別名。
54 俛頸傾頭：指男女間親密的舉動，猶言耳鬢廝磨。
55 喪轝：載送靈柩的車子。轝，讀作「魚」。
56 殯：埋葬。
57 息肩發驗：放下棺木打開查驗。
58 詰：讀作「傑」，問。
59 舁：讀作「魚」，扛舉。
60 壻：女婿。同今「婿」字，是婿的異體字。
61 陬：讀作「鄒」。角落。
62 淋浪：形容水流淌不止的樣子。
63 賫：讀作「積」，贈送財物給人。
64 匳：讀作「連」，同今「奩」字，是奩的異體字。用來裝女子梳妝用品的盒子、匣子。
65 合卺：古時成親夫婦要對飲合卺酒，代表成婚。卺，讀作「錦」。
66 迹：蹤跡、行跡、痕跡。同今「跡」字，是跡的異體字。
67 搴：掀起，揭開。讀作「千」。
68 翕然：本指和順的樣子，此指緊密的樣子。翕，讀作「細」。
69 山荊：即拙荊，對自己妻子的謙稱。
70 妻孥：妻子和兒女。孥，讀作「奴」。
71 嚴慈：指父母。
72 遘：遭逢。遘，讀作「構」。

◆**但明倫評點**：活一好鬼，尚留一好鬼。癡生即不糾纏，道人豈肯負他。

復活了一個好鬼，還留下一個好鬼。癡書生就算不糾纏，道士又怎肯辜負他。

小謝
患難相乘幸脫離
尹邢妒念已潛移
返魂香爇双珠
合道士何來術
太奇

白話翻譯

陝西渭南一位姓姜的部郎家宅院，多有鬼魅出沒，經常出來迷惑人，姜部郎一家因此搬走了。留下一個僕人來守門也死了，一連換了好幾個都死了，這座宅院於是被廢棄。鄉里中有個叫陶望三的人，性格風流、不拘小節，喜歡逛妓院，但總是喝完酒就走了。有個朋友故意讓妓女夜晚去他家找他，陶生也來者不拒，笑著將她留下，可一整晚都沒有對她做出踰矩的行爲。他經常夜宿姜部郎家，曾有個婢女夜晚前來要與他私奔，陶生堅決拒絕，沒有對她毛手毛腳，姜部郎因此很看重他。陶生家中貧窮，妻子早逝，身家只有幾間茅草屋，夏天酷暑悶熱難耐，他就向姜部郎請求，想借住到那座廢棄的宅院裡。姜部郎認爲那是座凶宅，拒絕他的請求，陶生便作了一篇《續無鬼論》獻給部郎，並說：「鬼又有什麼本事呢？」部郎因爲他執意請求，便允諾了。

陶生前往廢宅打掃過大廳。傍晚，他把書放在大廳，回去取別的東西；等他回來時，書居然不見了。他感到很奇怪，就仰躺在床上，屏住呼吸看看有什麼怪異的事發生。大約一頓飯的時間，他聽見有腳步聲，斜眼偷瞄，見兩個女子從房間裡出來，把他先前丟失的書放上桌。其中一個女子年約二十歲，另一個約十七、八歲，長得都很美貌。她們慢慢走到床前，互相看了一眼就笑起來。

陶生躺著不動。年長的女子翹起一腳踹向陶生腹部，年少的女子掩嘴竊笑。陶生感到心神搖動難以把持，他馬上屏除雜念，始終沒有理會她們。年長女子傾身向前，左手拔他髭鬚，右手輕拍臉頰，發出細微的響聲，年少的女子笑得更厲害了。陶生突然起身，大聲喝罵說：「鬼物竟敢放肆！」二女大驚，趕忙跑走。陶生擔心夜裡被它們騷擾，想要搬回去，又怕別人說他怕鬼，於是挑燈夜讀。陰暗的地方有鬼影來回晃動，陶生都不理會，將近半夜，他點著蠟燭睡下，剛閉上眼，就覺得有人用細小的東西穿進他鼻孔，奇癢非常，他打了個大噴嚏，聽見暗處隱隱有笑聲傳來。陶生默然不語，假裝睡著了等待它們現身。不久，又見先前的少女搓了一根細長的紙捻，躡手躡腳靠近他，陶生突然起身，大聲呵斥。少女飄然逃竄離去。陶生接著睡，少女又來用紙捻穿他耳朵，就這樣騷擾了一整晚。

直到雞啼後，屋裡才安靜下來，陶生終於能放心睡個好覺。一整個白天都沒有怪事發生，待到夕陽西沉，模糊的人影再度出現。陶生就在晚上做飯，打算熬個通宵達旦。年長的女子逐漸靠近，把手臂彎曲靠在書桌上，看著陶生讀書，隨即伸手把書闔上。陶生火大伸手要去抓它，女子就飄散無蹤。不久，它又過來把書闔上作弄他，陶生就用手按著書讀，年少的女子偷偷走到他身後，用雙手捂一下他的眼睛又跑走，遠遠地站著笑他。陶生指著它罵說：「小鬼頭！等我捉到你們，就全都殺了！」女子一點都不害怕。陶生又開玩笑說：「房中男女交歡的訣竅，我一點都不懂，纏我沒用。」兩名女子微笑，轉身走到爐灶旁，劈柴洗米，替陶生煮飯。陶生看著誇獎說：「你們兩人這麼做，不是比胡鬧搗蛋好得多嗎？」不久，粥熬好了，兩人又爭著拿勺子、筷子、陶碗放在桌邊。陶生說：「感謝你們伺候，何以為報？」女子笑著說：「飯中摻了砒霜、鴆毒。」陶生說：「我和你們無冤無仇，怎麼要這樣害我呢？」吃完，兩名女子又替他盛滿一碗粥，爭著跑來跑去伺候他。陶生很高興，漸漸地就習以為常了。

逐漸熟悉後，他們經常對坐暢談，陶生問它們姓名。年長的女子說：「妾名喚秋容，姓喬，她是阮家的小謝。」陶生又追問她們的來歷，小謝笑著說：「傻男人！你連獻身都不敢，誰要你問家世門第，難道是要論及婚嫁嗎？」陶生很嚴肅地說：「面對美人，怎會無情？但陰間的鬼氣，人沾染了必定會死。你們要是不願意和我同住，走就是了；既然願意同住，彼此間就要相安無事。如果你們不愛我，我何必玷污兩位美人？如果愛我，你們又何必弄死一個狂生呢？」兩女子互看了一眼，好似有些心動，從此以後再也不戲弄陶生；然而有時仍會把手探入陶生懷中，或者扯下他的褲子扔在地上，不過陶生也不再予以責怪。

一天，陶生抄書抄了一半就出門，回來後見到小謝趴在桌上，正在拿筆代抄，一看見陶生，丟下筆斜視著他笑。陶生走近一看，雖然字寫得太醜，但字與字的間距倒還整齊。陶生誇獎它說：「真是風雅！如果喜歡寫字，我可以教你。」說完擁它入懷，捉著它的手腕教她寫字。秋容從外面進來，神色大變，像是嫉妒。小謝笑著說：「小的時候曾跟父親學寫字，很久沒寫了，宛如在作夢。」秋容默然不語。陶生看出秋容在吃醋，假裝沒有察覺，就將它抱起來，遞支筆給它說：「我看看你能寫字嗎？」秋容寫了幾個字，陶生站起來道：「秋娘眞是好筆力！」秋容這才面露喜色。陶生折了兩張紙過來，在上面寫了幾個字，讓它們臨摹，自己另點一盞燈讀書，心中竊喜兩人都有事情做，就不會再來吵他讀書了。臨摹完畢，兩名女子站到陶生桌前，聽他審閱講評。秋容本不識字，塗鴉難以辨認，等陶生圈點完，她發現自己寫得沒有小謝好，臉上有些慚愧。陶生誇獎安慰它，秋容才眉開眼笑。兩名女子從此以老師的禮節侍奉他，陶生坐下的時候替他搥背，躺下的時候替他捏腿，不僅不敢侮辱他，還爭相在他面前力求表現。

過了一個月，小謝的字竟然寫得端正秀氣多了，陶生偶然誇讚一句，秋容當下便覺自愧不如，眼淚不斷湧出，把妝容都弄花了。陶生說了許多好話安慰它，秋容才止住淚水。此後，陶生就教秋容讀書，它很聰明，悟性很高，教了一遍就通曉，不會再提出任何疑問。它和陶生競相讀書，經常熬到通霄。小謝又帶了它的弟弟三郎來，拜在陶生門下。三郎約十五、六歲，姿容秀美，以一支金如意作爲送給老師的見面禮。陶生讓它和秋容同讀一本書，只聽得滿屋咿咿呀呀的念書聲，陶生從此在這裡開設起鬼學堂。姜部郎聽說後很高興，按時發薪資給陶生。過幾個月，秋容和三郎都能作詩了，經常互相贈答詩文。小謝暗中囑咐陶生不要教秋容，陶生答應了；秋容暗地囑咐他不要教小謝，陶生也答應了。

一天，陶生要去赴考，兩名女子流淚送他離開。三郎說：「先生此行可以稱病不去，否則恐有禍患發生。」陶生覺得託病不去有損面子，仍堅持前往。原來，陶生常以詩詞譏諷時政，得罪了縣裡的權貴，那個人就一直想陷害陶生。他暗中賄賂提督學政，誣告陶生行爲不檢、態度傲慢，把陶生囚禁在監獄中。陶生盤纏用盡，只好向獄友乞討食物，自以爲必死無疑。忽有一人影輕飄飄走進來，原來是秋容送食物來給陶生。兩人相望哭泣，秋容說：「三郎擔心你遭逢危難，現在果然應驗。他和我一同前來的，已去巡撫衙門替你申冤了。」說了幾句話，秋容就走了，別的人都看不見它。第二天，巡撫大人外出，三郎攔路喊冤，巡撫就將它收押。秋容來到監獄將此事告訴陶生，轉身又去打探消息，三天不見人影。陶生又是擔憂又是飢餓，心中煩悶至極。忽然小謝來了，悲傷欲絕，說：「秋容回去時，經過城隍廟，被西廊的黑判官強擄去，逼她作小妾。秋容不肯，現在也被幽禁了。我奔馳百里太過疲累，行至北郭時，又被荊棘刺破腳心，痛徹骨髓，恐怕不能再來了。」它說完就伸出腳給陶生看，只見鮮血浸濕了繡鞋。小謝拿了三兩銀子給他，一瘸一拐地消失離去。巡撫大人提審三郎，因它與陶生非親非故就代他申冤，打算杖責他，三郎撲在地上，卻就此消失無蹤。大家覺得很驚訝奇怪，巡撫審閱三郎的狀子，情眞意切、哀傷淒婉。巡撫從牢中提出陶生當面審訊，問：「三郎是什麼人？」陶生假裝不知，巡撫這才知道他是被冤枉的，將他無罪釋放。

陶生回家後，一整晚都沒人出現。到了深夜時分，小謝才來，淒慘地說：「三郎在巡撫衙門，被官衙的守護神押解到陰司。閻王覺得三郎很講義氣，就讓他投胎到富貴人家。秋容被囚禁已久，我寫狀子告到城隍府，又被擱置不理，我無處申冤，該當如何？」陶生忿怒地說：「黑面老鬼竟敢如此放肆！明天我就去推倒他的塑像，踐踏爲泥，數落城隍的罪責；他麾下的官員如此暴虐蠻橫到此地步，他還在醉夢中嗎？」兩人悲憤對坐，不知不覺四更將盡。秋容輕飄飄出現，兩人又驚又喜，急忙詢問事情經過。秋容邊哭邊說：「我爲了郎君受盡折磨，黑判官每日以刀杖相逼，今晚忽然放我回來，說：『我無他意，原本是因爲喜歡你。既然你不願意嫁給我，我也不曾玷污你；勞煩轉告陶秋曹，不要責怪我。』」陶生聽了才稍微高興起來，想與它們同床共寢，說：「今天願意爲你們而死。」兩名女子傷感地說：「我們先前受你教誨，知道做人的道理，怎麼忍心因爲愛慕郎君而殺害你呢？」它們執意不肯。三人耳鬢廝磨，像夫妻那樣親熱。兩名女子因爲共患難，也不再互相嫉妒。這時候，剛好有個道士在路上遇見陶生，當面對他說：「你身上有鬼氣。」陶生覺得他話中有話，就把事情經過告訴道士。道士說：「這兩個鬼很好，不應當辜負。」於是畫了兩道符交給陶生，說：「回去給那兩個鬼，看看誰有福氣，如聽到門外有哭女兒的，吞下符咒立刻出去，先到的可以還陽。」陶生拜謝收下符咒，回去將此事告知二女。

過了一個多月，果然聽見門外有哭女兒的，兩女爭相奔出。小謝匆忙中忘了吞下符咒。見有輛靈車經過，秋容直接跑過去，進入棺材就消失。小謝沒吞符進不去，哭著跑了回來。陶生出去一看，原來是富翁郝家的女兒出殯。大家都瞧見一個女子進入棺材消失蹤影，正感到驚訝離奇；不久，聽到棺材裡面有聲音，就命送葬的車子停下，揭開棺材一看，原本死去的女屍已經甦醒。送葬的人就把棺材暫時寄放在陶生書齋外面，緊密地看守著。郝女忽然睜眼問陶生在哪，郝某詢問女兒如何，女子回答說：「我不是你女兒。」就把事情始末告訴他。姓郝的富翁半信半疑，想要把她抬回家。女子不肯，直接進入陶生書房，躺在床上不起來。郝某無奈之下，只好認了陶生做女婿便離開了。陶生走上前相認，容貌雖與秋容不同，豔麗卻絲毫不比秋容遜色，他喜出望外，與郝女歡敘平生。忽然聽到有鬼嗚咽哭泣聲，循聲一看，原來是小謝躲在暗處哭泣。陶生覺得它很可憐，就拿著燈前往，好言勸慰。小謝哭得悽慘，衣服上全沾滿淚水，哀痛難以釋懷，快天亮才離去。

天亮後，姓郝的富翁派丫鬟、老媽子送來嫁妝，居然和陶生做了丈人女婿。晚上，陶生和秋容入了洞房，小謝又哭起來。這樣過了六、七夜，陶生夫婦皆心感悲痛，無法行夫妻之禮。陶生覺得很憂愁，卻也想不出對策。秋容說：「那個道士，眞是仙人。你再去求他，或許他會憐憫相救。」陶生覺得有道理，就去尋訪道士住處，跪在地上哀求。道士一再說他也無法可施，陶生不斷哀求，道士笑道：「癡書生眞纏人！此女正好與你有緣，我就盡力一試。」於是跟著陶生返家，要了一間靜室，掩門打坐，告誡陶生不要詢問。十幾天後，道士不吃不喝，陶生往室內偷看，道士閉緊眼睛像睡著了一樣。一天早晨，一個少女掀開門簾進來，明眸皓齒、豔光照人，微笑著說：「奔波了一夜，累死了！被你糾纏不休，跑到百里之外，才找來一個好軀殼。貧道就附在她身上前來，等看見那女鬼，就把這身體交給它。」傍晚，小謝來了，女子立刻迎上前去將它抱住，小謝與女子頓時合爲一體，倒地僵臥。道士從房中出來，拱拱手就直接走了。陶生拜謝送他離開，等他返家，小謝已經甦醒。將她扶到床上，精神和身體逐漸能動彈，只是握著腳說腳趾和大腿都酸痛不已，數日後才得以下床。

後來，陶生考中進士。有個叫蔡子經的和他同榜，有事來拜訪陶生，順道借住了幾天。小謝從鄰居家回來，蔡子經看見她，急忙跟上去。小謝側身躲避，心裡暗怒這訪客爲人輕浮。蔡子經對陶生說：「有件駭人聽聞的事，能告訴你嗎？」陶生詢問何事，蔡子經回答：「三年前，我的小妹去世，才死了兩個晚上，屍體忽然不見了，到現在我還覺得很詫異。剛才看見尊夫人，怎麼與我的小妹如此相像呢？」陶生笑著說：「拙荊其貌不揚，怎敢與令妹相提並論？但我們既是同榜，交情又好，不妨讓你倆見上一面。」就進入內室，讓小謝穿上當年的葬服出來。蔡子經見了大驚說：「眞的是我妹妹！」便傷心地哭了起來。陶生將事情經過告知，蔡子經高興地說：「妹妹竟然沒死，我要快點回家，告慰父母。」於是離開了。過了幾天，蔡家全家人都來了，後來兩家來往密切，如同與郝家來往一樣。

記下奇聞異事的作者如是說：「絕世佳人，想求一個就很難了，怎麼能得到兩個呢？這種事千載難逢，只有不和主動投懷送抱的女人淫亂的人，才有幸遇得到。道士難道是神仙嗎？什麼道術如此神奇！如果眞有這種道術的話，即便是醜鬼也能放心交往了。」

縊鬼

范生者，宿於逆旅[1]。食後，燭而假寐。忽一婢來，襆衣[2]置椅上；又有鏡匳揥箆[3]，一一列案頭，乃去。俄一少婦自房中出，發箆開匳，對鏡櫛掠[4]；已而髻，已而簪，顧影徘徊甚久。前婢來，進匜沃盥[5]。盥已捧帨[6]，既，持沐湯[7]去。婦解襆出裙帔[8]，炫然新製，就著之。掩衿提領，結束周至。范不語，中心疑怪，謂必奔婦[9]，將嚴裝以就客也。婦裝訖，出長帶，垂諸梁而結焉。訝之。婦從容跂[10]雙彎，引頸受縊。才一著帶，目即含[11]，眉即豎，舌出吻[12]兩寸許，顏色慘變如鬼。大駭奔出，呼告主人，驗之已渺。主人曰：「曩[13]子婦經[14]於是，毋乃此乎？」吁！異哉！即死猶作其狀，此何說也？

異史氏曰：「冤之極而至於自盡，苦矣！然前為人而不知，後為鬼而不覺，所最難堪者，束裝[15]結帶時耳。故死後頓忘其他，而獨於此際此境，猶歷歷[16]一作，是其所極不忘者也。」

1 逆旅：旅館。逆，迎接。
2 襆衣：用布巾包著衣服。襆，讀作「樸」，包袱、行囊。
3 鏡匳揥篋：婦女梳妝用的物品。匳，讀作「連」，同今「奩」字，是奩的異體字，指盛裝婦女梳妝用品的小匣子。揥篋，存放梳妝用品的器具。揥，讀作「地」，首飾，所以摘髮。篋：讀作「竊」，放東西的箱子。
4 櫛掠：梳頭。櫛，讀作「節」，梳子、篦子的總稱。
5 進匜沃盥：伺候梳洗。匜，讀作「宜」。裝水的容器。
6 帨：讀作「稅」。手巾、手帕。
7 沐湯：洗手、洗臉的熱水。
8 帔：讀作「配」。古代婦女披在肩上的無袖衣飾，即今之披肩。
9 奔婦：與人私奔之女子。
10 跂：讀作「契」。通「企」。踮腳尖。
11 含：閉上。
12 吻：嘴脣。
13 曩：讀作「囊」的三聲，以前、昔日之意。
14 經：自縊、上吊。
15 束裝：此指穿衣打扮。
16 歷歷：清楚詳盡。

白話翻譯

有個姓范的書生，在一家旅館投宿。晚飯後點起蠟燭，閉著眼睛稍作小憩。忽有一婢女走入，將一包衣服放在椅子上，再取出梳妝用具，一件一件擺放上桌，隨後離去。不久，一位少婦走入房間，打開梳妝盒子和鏡匣，對鏡梳頭；盤好髮髻，又將頭簪插上，對鏡子端詳自己的模樣許久。先前那名婢女再度前來，端了一盆熱水讓少婦洗臉。待她洗完，婢女遞來手巾，等少婦擦拭完畢，就端著那盆熱水離去。少婦解開包袱，拿取裙子和披肩，全是新縫製的，她將衣服穿上身，前襟拉正、扯直衣領，穿戴得十分整齊。范生見狀，不發一語，心裡感到驚疑，猜想這定是個要去私會情郎的女人，盛裝打扮要去幽會。少婦梳完妝，取出一條長帶懸掛到橫樑上打了個結。范生見狀十分驚訝，只見少婦從容自若踮起腳跟，伸長脖子就要上吊！脖子才碰到帶子，立刻閉上雙眼，眉毛同時豎起來，舌頭從嘴裡伸出約兩寸長，臉色變得慘白如鬼。范生嚇得趕緊跑出去，大聲呼喊店家。店家去察看時，少婦已消失無蹤。店家說：「以前我的兒媳就是在這房間裡吊死的，莫非就是她嗎？」唉！真是奇怪啊！既然已死，還重演自己上吊的情景，是何道理呢？

記下奇聞異事的作者如是說：「含冤受辱到了極致而自盡，眞是慘啊！不過做人時沒有深刻體認，變成鬼也沒察覺，最難堪的，就是整裝結帶的情形了。以至於死後忘了其他的事，獨獨對於此情此境，仍然清晰地不斷重複上演，只因此景最令她刻骨銘心。」

吳門畫工

吳門[1]畫工某，忘其名。喜繪呂祖[2]，每想像而神會之，希幸一遇。虔結在念，靡刻[3]不存。一日，值羣丐飲郊郭間，內一人敝衣露肘，而神采軒豁[4]。心忽動，疑為呂祖。諦視[5]覺愈確，遂捉其臂曰：「君呂祖也。」丐者大笑。某堅執為是，伏拜不起。丐者曰：「我即呂祖，汝將奈何？」某叩頭，但祈指教。丐者曰：「汝能相識，可謂有緣。然此處非語所，夜間當相見也。」再欲遮問，轉盼已杳。駭嘆而歸。至夜，果夢呂祖來，曰：「念子志慮耑[6]誠，特來一見。但汝骨氣貪吝，不能為仙。我使子見一人可也。」即向空一招，遂有一麗人躡空而下，服飾如貴嬪[7]，容光袍儀，煥映一室。呂祖曰：「此乃董娘娘[8]，子審誌之。」既而又問：「記得否？」答：「已記之。」又曰：「勿忘卻。」俄而麗者去，呂祖亦去。醒而異之，即夢中所見，肖[9]而藏之，終亦不解所謂。後數年，偶游於都。會董妃薨[10]，上念其賢，將為肖像。諸工羣集，口授心擬[11]，終不能似。某忽觸念夢中人，得無是耶？以圖呈進。宮中傳覽，皆謂神肖。由是授官中書[12]，辭不受；賜萬金。於是名大譟。貴戚家爭遺重幣，乞為先人傳影。但懸空[13]摹寫，罔[14]不曲似。浹辰[15]之間，累數巨萬。萊蕪[16]朱拱奎曾見其人。

1 吳門：指蘇州或蘇州一帶。歷史上作為蘇州的別稱之一，為春秋吳國故地，故稱吳門。今蘇州市吳中區。

2 呂祖：即呂洞賓。名巖，字洞賓，自號純陽子。唐京兆府（今陝西省長安縣）人。相傳修道成仙，為八仙之一，人稱為「呂祖」。也稱為「呂純陽」。

3 靡刻：無時無刻。

4 軒豁：開朗。

5 諦視：仔細審視。

6 耑：讀作「專」。同「專」。專注。

7 嬪：古代帝王的妻妾之一。

8 董娘娘：指董貴妃，或稱董鄂妃，鄂碩之女，順治十三年（西元一六五六年）受封立為賢妃，十七年（西元一六六〇年）過世，追封孝獻皇后。

9 肖：畫下肖像。

10 薨：讀作「轟」。古代諸侯或有爵位的官員逝世。

11 擬：構圖。

12 中書：古代官名。此處不知中書究竟何指？古代有「中書省」、「中書令」、「中書舍人」等，各有不同執掌，此處原文指稱得並不明確。

13 懸空：憑空想像。

14 罔：沒有。通「無」。

15 浹辰：十二地支從子日至亥日共十二天，稱「浹辰」。此指短時間。浹，讀作「夾」。

16 萊蕪：古代縣名。今山東省萊蕪市。

白話翻譯

吳門有個畫匠，忘了他叫什麼名字。他最喜歡畫呂洞賓祖師的肖像。每天想像著呂祖的樣子，希望能親眼一見，這個願望始終虔誠地凝結在心，無時無刻不忘懷。一天，畫匠遇到一群乞丐在城郊外飲酒，其中一人衣衫襤褸，手肘暴露，卻顯得神采奕奕，器宇軒昂。畫匠突然心裡一動，猜想他就是呂祖本尊。仔細端詳，越是覺得確實無誤，於是捉住那人手臂說：「您是呂祖！」那乞丐大笑。畫匠堅持認定這人就是呂祖，跪在地上不肯起來。乞丐說：「我就是呂祖，你欲待如何？」畫匠叩頭，祈求他指教。乞丐說：「你能認出我來，也算是咱倆有緣。然而此處並非談話之所，夜間再會吧。」畫匠還想再問，轉眼乞丐已消失無蹤。

畫匠驚嘆返家，到了晚上，畫匠果然夢見呂祖，說：「念在你心意專誠，特來相見。但你本性貪財吝嗇，不能成仙。我讓你見一個人好了。」說完向空中一招手，立刻有一位美女凌空而下，穿著打扮像是皇宮中的貴妃，容光四射，衣著耀眼，照亮整間屋子。呂祖說：「這位是董娘娘，你要仔細看清楚，記住了！」接著又問畫匠：「記住了嗎？」畫匠說：「記住了！」呂祖再次囑咐：「不要忘了。」不久，美女離去，呂祖也跟著走了。畫匠醒來後，覺得很奇怪，便將夢中所見美女畫成肖像收藏起來，終究不了解呂祖是何用意。

數年後，畫匠偶然去京城遊玩。適逢董妃過世，聖上感念董妃賢德，要為她畫張肖像。

於是皇宮召集眾位畫匠，由聖上口述董妃模樣，讓他們憑藉想像去畫，始終沒有相像的一幅。這位畫匠忽然想起夢中所見的美女，莫非就是董妃？便將自已原來畫的那張肖像呈上。宮中交相傳閱，盡皆讚歎畫得惟妙惟肖。從此畫匠被封中書一職，他推辭不接受，聖上便賜金萬兩。從此，畫匠聲名大噪。皇親國戚都爭相以重金聘請，爲他們的先人畫像留念。這位畫匠只憑想像，就能畫得維妙維肖，短短十幾天又賺進上萬兩錢財。萊蕪的朱拱奎先生曾見過畫匠本人。

菱角

胡大成，楚[1]人。其母素奉佛。成從塾師讀，道由觀音祠，母囑過必入叩。一日，至祠，有少女挽兒遨戲其中，髮裁掩頸，而風致娟然[2]。時成年十四，心好之。問其姓氏。女笑云：「我祠西焦畫工女菱角也。問將何為？」成又問：「有壻[3]家無？」女酡然[4]曰：「無也。」成言：「我為若[5]壻，好否？」女慚云：「我不能自主。」而眉目澄澄，上下睨成，意似欣屬焉。成乃出。女追而遙告曰：「崔爾誠，吾父所善，用為媒，無不諧。」成曰：「諾。」因念其慧而多情，益傾慕之。歸，向母實白[6]心願。母止此兒，常恐拂之，即浼[7]崔作冰[8]。焦責聘財[9]奢，事已不就。崔極言成清族美才，焦始許之。

成有伯父，老而無子，授教職[10]於湖北。妻卒任所，母遣成往奔其喪。數月將歸，伯又病，亦卒。淹留[11]既久，適大寇據湖南，家耗[12]遂隔。成竄民間，弔影[13]孤惶而已。一日，有媼年四十八九，縈迴[14]村中，日昃[15]不去。自言：「離亂罔[16]歸，將以自鬻[17]。」或問其價。言：「不屑為人奴，亦不願為人婦，但有母我者，則從之，不較直[18]。」聞者皆笑。成往視之，面目間有一二頗肖其母，觸於懷而大悲。自念隻身，無縫紉者，遂邀歸，執子禮焉。媼喜，便為炊飯織履，劬勞[19]若母。拂意輒譴之；而少有疾苦，則濡煦[20]過於所生。忽謂曰：「此處太平，幸可無虞。然兒長矣，雖在羈旅，大倫[21]不可廢。三兩日，當為兒娶之。」成泣曰：「兒自有婦，但間阻南北耳。」媪曰：「大亂時，人事翻覆，何可株待？」成又泣曰：「無論結髮之盟不可背，且誰以嬌女付萍梗[22]人？」媪不答，但為治簾幌衾[23]枕，甚周備，亦不識所自來。

一日，日既夕，戒成曰：「燭坐勿寐，我往視新婦來也未。」遂出門去。三更既盡，媪不返。心大疑。俄聞門外譁，出視，則一女子坐庭中，蓬首啜泣。驚問：「何人？」亦不語。良久，乃言曰：「娶我來，即亦非福，但有死耳！」成大驚，不知其故。女曰：「我少受聘於胡大成；不意湖北去，音信斷絕。父母強以我歸汝家。身可致，志不可奪也！」◆成聞而哭曰：「即我是胡某。卿菱角耶？」女收涕而駭，不信。相將入室，即[24]燈審顧，曰：「得無夢耶？」於是轉悲為喜，相道離苦。先是亂後，湖南百里，滌[25]地無類。焦擕家竄長沙[26]之東，又受周生聘。亂中不能成禮，期是夕送諸其家。女泣不盥櫛[27]，家中強置車中。至途次，女顛墜車下。遂有四人荷肩輿[28]至，云是周家迎女者，即扶升輿，疾行若飛，至是始停。一老姥曳入，曰：「此汝夫家，但入勿哭。汝家婆婆，旦晚將至矣。」乃去。成詰[29]知情事，始悟媪神人也。夫妻焚香共禱，願得母子復聚。母自戎馬戒嚴[30]，同儕人婦[31]奔伏澗谷。一夜，譟言寇至，即並張皇四匿。有童子以騎授母。母急不暇問，扶肩而上，輕迅剽遬[32]，瞬息至湖[33]上，馬踏水奔騰，蹄下不波。無何，扶下，指一戶云：「此中可居。」母將啟謝；回視其馬，化為金毛犼[34]，高丈餘，童子超乘而去。母以手撾[35]門，豁然啟扉。有人出問，怪其音熟，視之，成也。母子抱哭。婦亦驚起，一門歡慰。疑媪為大士[36]現身。由此持觀音經咒益虔。遂流寓湖北，治田廬焉。

1 楚：此指湖南。
2 娟然：美好的樣子。
3 壻：女婿。同今「婿」字，是婿的異體字。
4 酡然：因飲酒而臉色泛紅，此指因害羞而臉紅。酡，讀作「陀」。
5 若：代名詞。你、你的。
6 白：讀作「博」，告訴、告知。
7 浼：讀作「每」，拜託、請求。
8 作冰：此指作媒。
9 聘財：聘金。
10 授教職：此指被任命為府、州、縣學的教官。明清府州縣教官有教授、學正、教諭、訓導等，負責管理轄區士子的德業及主持孔廟祭祀等。
11 淹留：久留。
12 耗：音訊。
13 弔影：獨居無伴，對影自憐。形容孤獨之極。
14 縈迴：曲折迴繞。此指徘徊不去。
15 日昃：太陽西斜。昃，讀作「仄」。
16 罔：沒有。通「無」。
17 鬻：讀作「玉」，賣。
18 直：通「值」，價值。
19 劬：讀作「渠」。辛苦、辛勞。
20 濡煦：比喻同處困境而互相救助，此指細心照顧。
21 大倫：指父子、君臣、兄弟、夫婦、朋友之間的倫常關係。此指夫婦。
22 萍梗：浮萍與斷梗。比喻居無定所，漂泊無依。
23 幌：讀作「謊」。帷幔、窗簾。衾：讀作「親」，被子。
24 即：便，就。
25 滌：洗。此指被劫匪洗劫一空。
26 長沙：今湖南省長沙市。
27 盥櫛：梳洗。櫛，讀作「節」，此處為梳理之意。
28 荷：讀作「賀」，背負。肩輿：轎子。
29 詰：讀作「傑」，問。
30 戒嚴：在戰時或非常時期，所採取的軍事管制措施。此借指戰亂。
31 儔人婦：同行女眷們。儔人，同行、同伴。儔，讀作「愁」。
32 剽遬：勁健輕捷。遬，讀作「速」。同今「速」字，是速的異體字。
33 湖：指洞庭湖。
34 金毛犼：傳說是觀音菩薩的座騎。犼，讀作「吼」。傳說中的猛獸，外形像犬，會吃人。
35 撾：讀作「抓」，敲打。
36 大士：觀音菩薩。

◆**但明倫評點**：身不能自主，所得自主者此志耳，一對情種。

要嫁給誰由不得自己做主，但心意卻是可以自己決定的，真是一對情種。

白話翻譯

胡大成是湖南人，他的母親一向信奉佛教。胡大成到私塾讀書，途中經過觀音廟，胡母囑咐他每次路過一定要進去叩拜觀音。一天，胡大成走進廟中，有位少女牽著小孩子在裡面玩耍，頭髮長度才剛蓋過脖子，卻生得面貌姣好，容顏清麗。那時胡大成十四歲，對她心生愛慕之意。詢問她的姓氏，少女笑道：「我是祠西焦畫工的女兒菱角，你問我這個做什麼？」胡大成又問：「你有婆家了嗎？」少女羞紅了臉，說：「沒有。」胡大成說：「我做你丈夫，好嗎？」少女羞慚地說：「這個我不能作主。」但她那雙如秋水般清澈的眸子，偷偷上下打量起胡大成，似乎也挺鍾情他的。胡大成走出寺廟，菱角追出去遠遠地說：「崔爾誠是我父親的朋友，請他作媒人，定能如願以償。」胡大成說：「好。」想到菱角聰慧多情，他心中更加愛慕她。回家後，他向母親表白了心願。胡母只有這一個兒子，總怕違背他的心意，就趕忙央求崔爾誠作媒。焦父索要了不少聘金，婚事眼看就要談不攏。崔爾誠極力稱讚胡大成家世清白，人才出眾，焦父這才答應。

胡大成有個伯父，年老無子，在湖北擔任教官。妻子死在任所，胡母派胡大成前往湖北奔喪。過了數月將要返回時，伯父又病了，不久也去世。胡大成在當地待了很久，適逢強盜佔據湖南，與家中音訊斷絕，胡大成四處流浪，孤獨無依，惶惶不安。一天，有個四十八、九歲的婦人，在村中徘徊甚久，太陽下山了還沒離去。她說：「我和親人離散了，無法回家，打算把自己賣掉。」有人問她價錢，她說：「我不屑於作別人的奴僕，也不願成爲別人的妻子。只要有把我當作母親侍奉的，我就跟隨他，不計較價錢。」周圍聽的人都笑她。胡大成走近一看，婦人眉眼間有一、二分神似他母親，觸動心懷悲傷不已。他想，自己孤單一人，連縫補衣服的人也沒有，於是就邀請婦人回家，將她視作母親侍奉。婦人大喜，便替胡大成做飯織鞋，同普通母親一樣辛勞。若胡大成違背了她的心意也會責備他，但稍有疾病也會妥善照料，更勝親生母親。有一天，婦人忽然對胡大成說：「此處太平，安全無虞。然而你年齡大了，雖然流落在外，但夫婦人倫不可偏廢，再過幾天，要爲你娶親。」胡大成哭道：「兒子已經有妻子了，只是阻隔在南北兩地不能成親。」婦人說：「時局動亂，人事皆非，何苦像守株待兔一般空等呢？」胡大成又哭著說：「且不說結髮盟約不可違背，又有誰家願意把嬌嬌女嫁給我這樣漂泊不定的人呢？」婦人不答，只是爲他置辦窗簾、帷幔、被子、枕頭等，甚爲齊全，也不知她是從那裡弄來的。

一天，太陽西沉，婦人囑咐胡大成：「點起蠟燭坐著，不要睡覺，我去看一看新娘子來了沒有。」隨即走出家門。直到過了三更，婦人還沒有回來，胡大成很納悶。不久聽見屋外有喧譁聲，出門一看，見一女子坐在庭院中，頭髮蓬亂，正在哭泣。胡大成驚問：「你是何人？」她也不回答，許久才說：「你把我娶來肯定不是什麼好事，我只想尋死而已！」胡大成大驚，不知箇中原由。女子說：「我年少時與胡大成訂下婚約，沒料他到湖北去，音信全

無。父母強迫我嫁到你家。身子可以強迫得到，但我的心意卻是不可改變！」胡大成聞言哭道：「我就是胡大成啊，你是菱角嗎？」女子停止哭泣，大驚失色，不敢相信這是眞的。兩人相扶進屋，就著燈光仔細審視，說：「莫非這是夢嗎？」於是轉悲爲喜，互相訴說離別之苦。

原來在戰亂之後，湖南百里內荒無人煙。焦畫工攜帶全家流落到長沙東面，又接受了周生的訂親聘禮。戰亂中不能成親，約好當晚就把菱角送到周生家。菱角大哭，不肯梳妝，家裡人強行把她推上車。到了中途，菱角跌墜車下。於是有四個人背著轎子趕到，自稱是周家迎親的，立即把菱角扶進轎中，快走如飛，到了此地才停下。一個婦人把菱角帶進來，說：「這就是你的夫家，只管進去不要哭。你家婆婆明晚就到。」說完離去。胡大成問知詳情，才恍然大悟那婦人是位神仙。夫妻二人焚香共同祈禱，希望母子能重新團聚。

胡母自從戰事爆發後，和同鄉婦女一起奔逃溪谷中。一天夜裡，眾人議論紛紛，傳說強盜來了，於是都驚慌地四處逃竄。有個童子把騎的馬交給胡母，胡母情急之下來不及細問，扶著童子的肩膀上了馬。馬跑起來輕靈神速，轉眼間到了湖上，馬兒竟踏水奔騰，蹄下不起波浪。不久，童子把胡母扶下，指著一間房子說：「這裡面可以居住。」胡母正要開口感謝，回頭見那匹馬化作金毛犼，有一丈多高，童子跳上飛馳而去。胡母用手敲門，門打開了，一個人從裡面出來詢問，胡母疑惑起聲音怎麼如此耳熟，仔細一看，正是胡大成。母子倆抱頭痛哭，菱角也被驚起，一家人重逢非常歡慰。猜想那婦人是觀音菩薩化身，從此吟誦觀音經咒更加虔誠。胡大成購置好田產房屋，從此定居在了湖北。

胡大姑

益都[1]岳于九，家有狐祟[2]，布帛器具，輒被拋擲鄰堵。蓄細葛[3]，將取作服；見捆卷如故，解視，則邊實而中虛，悉被翦[4]去。諸如此類，不堪其苦。亂詬罵之。岳戒止云：「恐狐聞。」狐在梁上曰：「我已聞之矣。」由是祟益甚。一日，夫妻臥未起，狐攝衾[5]服去。各白身蹲牀上，望空哀祝之。忽見好女子自窗入，擲衣牀頭。視之，不甚修長；衣絳紅，外襲雪花比甲[6]。岳著衣，揖之曰：「上仙有意垂顧，即勿相擾。請以為女，如何？」狐曰：「我齒[7]較汝長，何得妄自尊？」又請為姊妹，乃許之。於是命家人皆呼以胡大姑。時顏鎮[8]張八公子家，有狐居樓上，恆與人語。岳問：「識之否？」答云：「是吾家喜姨，何得不識？」岳曰：「彼喜姨曾不擾人，汝何不效之？」狐不聽，擾如故。猶不甚祟他人，而專祟其子婦：履襪簪珥[9]，往往棄道上；每食，輒於粥椀中埋死鼠或糞穢。婦輒擲椀[10]罵騷狐，並不禱免。岳祝曰：「兒女輩皆呼汝姑，何略無尊長體耶？」狐曰：「教汝子出若婦，我為汝媳，便相安矣。」子婦罵曰：「淫狐不自慚，欲與人爭漢子耶！」時婦坐衣笥[11]上，忽見濃煙出尻[12]下，熏熱如籠。啟視，藏裳俱燼；剩一二事，皆姑服也。又使岳子出其婦，子不應。過數日，又促之，仍不應。狐怒，以石擊之，額破裂，血流幾斃。岳益患之。

西山李成爻，善符水[13]，因幣聘之。李以泥金[14]寫紅絹作符，三日始成。又以鏡縛梃[15]上，捉作柄，徧[16]照宅中。使童子隨視，有所見，即急告。至一處，童言牆上若犬伏。李即戟手書符[17]其處。既而禹步[18]庭中，咒移時，即見家中犬豕[19]並來，帖耳戢尾[20]，若聽教命。李揮曰：「去！」即紛然魚貫而去。又咒，羣鴨即來，又揮去之。已而雞至。李指一雞，大叱之。他雞俱去，此雞獨伏，交翼長鳴，曰：「予不敢矣！」李曰：「此物是家中所作紫姑[21]也。」家人並言不曾作。李曰：「紫姑今尚在。」因共憶三年前，曾為此戲，怪異即自爾日始也。徧搜之，見芻偶猶在廄梁上。李取投火中。乃出一酒瓻[22]，三咒三叱，雞起徑去。聞瓻口言曰：「岳四很哉[23]！數年後，當復來。」岳乞付之湯火；李不可，攜去。或見其壁間挂數十瓶，塞口者皆狐也。言其以次縱之，出為祟，因此獲聘金，居為奇貨云。

胡大姑
水米無
干竟
見侵
願為人婦亦何
心紫姑作怪雞
能語輾轉株連
究祓擒

1 益都：今山東省青州市。
2 祟：指鬼神作祟，行害人之事。
3 葛：葛布。用葛草織成的布，可製成夏天所穿的衣服。
4 翦：同今「剪」字，是剪的異體字。
5 衾：讀作「親」，被子。
6 比甲：背心，也作「馬甲」。
7 齒：此指年齡。
8 顏鎮：指顏神鎮。今山東省淄博市博山區。
9 簪珥：頭簪和耳環，此指各種式樣的首飾。
10 椀：同今「碗」字，是碗的異體字。
11 笥：讀作「四」。用竹子編成，用來放衣物或食物的方形箱子。
12 尻：臀部。尻，讀作「靠」的一聲。
13 符水：溶有符籙灰燼的水，道士用以治病。此泛指符咒之術。
14 泥金：此指顏料名稱。由金箔製成的金色顏料，多用於書畫箋紙的塗飾和器具雕刻的髹（讀作「休」）漆。
15 梃：棍棒。讀作「挺」。
16 徧：同今「遍」字，是遍的異體字。
17 戟手書符：以劍指在空中畫符。是道士作法時常見的手勢。戟手，即劍指。
18 禹步：道教法師開壇作法時，為求遣神召靈而禮拜星斗的步態動作，又稱「步罡踏斗」（罡，讀作「剛」）。
19 豕：讀作「使」。豬。
20 帖耳戢尾：耳朵下垂，尾巴縮起。形容順服的樣子。
21 紫姑：民間傳說中的廁神。本為妾侍，為正室所嫉妒，常罰以清掃廁所等勞役，正月十五日死。民間百姓在這一天用飯箕或乾草做成人偶，供為廁神，用以占卜吉凶。
22 瓻：讀作「吃」。裝酒的器具。
23 岳四很哉：岳于九你很殘暴啊！岳四，指岳于九，他在家中排行第四。很，通「狠」，乖戾，殘暴。

◆**何守奇評點**：收之即其縱之者，術人之險，固可畏也。

收妖之人就是放出妖孽危害百姓之人，道士心腸歹毒，令人畏懼。

白話翻譯

益都岳于九家中有狐妖為患，布帛、器具常被扔到鄰居的矮牆上。他收藏了一匹夏布，想要取來做衣服，這匹葛布綑綁妥善未曾拆封，解開一看，只見兩邊完好，中間卻是空的，全被剪去。此般情形多了去，一家人不堪其擾，對狐妖一頓痛罵。岳于九告誡道：「恐被狐妖聽見。」狐妖在屋樑上說：「我已聽見了。」從此為禍變本加厲。一天，岳氏夫婦睡覺尚未起身，狐妖偷偷拿走了他們的被子、衣服。夫妻倆醒了只能光著身子蹲在床上，望著空中苦苦哀求。忽然看見一個極美豔的女子從窗戶外進來，把衣服丟到床頭。一看，這女子身材不高，穿著深紅色衣裳，外罩一件雪白背心。岳于九穿上衣服，向女子作揖，說：「上仙既有意與我們來往，就請不要再惡作劇了。請你做我女兒，意下如何？」狐女說：「我的年齡比你大，你怎能佔我便宜呢？」岳于九又請求結為姊妹，狐女才應允。於是岳于九叫家人都稱她為胡大姑。

當時，顏鎮的張八公子家，也有狐妖住在樓上，常與人交談。岳于九問胡大姑：「你認識他嗎？」胡大姑答：「那是我家喜姨，怎麼不認識？」岳于九又說：「你家喜姨從來不對人惡作劇，你為什麼不效仿她呢？」胡大姑不聽，仍像往常那樣搗亂。這會兒不太對別人惡作劇了，只針對岳于九的兒媳婦，經常把她的鞋襪、頭簪、耳環等物丟在大街上；每當吃飯時，就在她的碗裡藏入死老鼠和糞便等髒物。岳生的兒媳也每每摔碗大罵騷狐狸，不肯向胡大姑求饒。岳于九只好向她祈禱：「家中的晚輩們都尊你一聲姑媽，你怎麼一點兒也沒有長輩的樣子呢？」胡大姑說：「叫你兒子休妻，我做你的兒媳，就會相安無事了。」岳于九的兒媳破口大罵：「你這隻淫賤的狐妖眞不害臊！想跟人搶男人啊！」那時，岳于九的兒媳正坐在衣箱上，忽然看見一股濃煙從自己臀部底下冒出，煙熏火熱像蒸籠似的。她急忙打開衣箱一看，裡面的衣裳已全被燒成灰燼，剩下的一兩件全是婆婆的。胡大姑又叫岳于九的兒子休妻，他不答應；過了幾天又催促他，仍不答應。胡大姑惱怒，用石頭打他，岳于九額頭被打破，流了很多血，幾乎要喪命，自此更是頭痛。

西部山區住了一位叫李成爻的道士，善於符咒之術，岳于九用重金聘請他前來驅趕狐妖。李成爻用泥金在紅絹上寫符，三天才寫完。又把鏡子捆在棍子上，拿著把柄將宅子照了一遍。他叫一個小童跟在後面看著，如果看到什麼東西，就趕快報告。他們到一個地方，小童說牆上好像有隻狗趴著。李成爻即刻在小童所指之處，以劍指畫了道符咒。接著，他在院子中開壇作法。念了好一會兒咒語後，就看見家中的狗和豬一起前來，服服貼貼地聽他號令。李成爻一揮手，說聲：「去！」牠們就一隻一隻地走開了。李成爻又唸起咒語，一群鴨子立刻前來，他又揮手命令牠們離去。不久，一群雞又來了，李成爻指著其中一隻大聲呵叱。其他的雞都走了，只有這隻獨自趴在地上，交叉起翅膀長鳴，直道：「我不敢了！」李成爻說：「這個東西是你們家做的紫姑神偶。」家人都說從來沒做過。李成爻說：「紫姑現在還在家裡。」家人回想起三年前，的確玩過這遊戲，狐妖惡作劇也是從那一天開始的。大家到處尋找，才見那紫姑神偶還放在牲口棚的樑上，李成爻把它拿下來投進火裡，又拿出一個酒瓶，念了三遍咒語，再喝斥過三次，那隻雞從地上起來直接走了。這時，聽到酒瓶口有話語傳出：「岳老四你可眞狠啊！幾年後，定當再來！」岳于九請求李成爻把狐妖燒掉，李成爻不同意，帶著瓶子走了。

有人見李成爻家中牆上掛著十幾樽瓶子，瓶口塞住的，裡面都裝有狐妖。有人說他依次放了牠們出去，讓牠們四處爲害，自己再收服回來；依靠這種辦法賺取聘金，將這些狐妖當成生財工具。

細侯

昌化[1]滿生，設帳[2]於餘杭[3]。偶涉廛市[4]，經臨街閣下，忽有荔殼墜肩頭。仰視，一雛姬憑閣上，妖姿要妙，不覺注目發狂。姬俯哂而入，詢之，知為娼樓賈氏女細侯也。其聲價頗高，自顧不能適願。歸齋冥想，終宵不枕。明日，往投以刺[5]，相見，言笑甚懽[6]，心志益迷。託故假貸同人[7]，斂[8]金如干，攜以赴女，款洽臻至。即枕上口占[9]一絕贈之云：「膏膩銅盤夜未央[10]，牀頭小語麝蘭香。新鬟明日重妝鳳[11]，無復行雲夢楚王[12]。」細侯蹙然曰：「妾雖污賤，每願得同心而事之。君既無婦，視妾可當家否？」生大悅，即叮嚀，堅相約。細侯亦喜曰：「吟詠之事，妾自謂無難，每於無人處，欲效作一首，恐未能便佳，為聽覩所譏。倘得相從，幸教妾也。」因問生家田產幾何，答曰：「薄田半頃[13]，破屋數椽[14]而已。」細侯曰：「妾歸君後，當長相守，勿復設帳為也。四十畝聊足自給，十畝可以種黍[15]，織五匹絹，納太平之稅有餘矣。閉戶相對，君讀妾織，暇則詩酒可遣，千戶侯[16]何足貴！」生曰：「卿身價[17]略可幾多？」曰：「依媼貪志，何能盈也？多不過二百金足矣。可恨妾齒稚，不知重貲[18]財，得輒歸母，所私蓄者區區無多。君能辦百金，過此即非所慮。」生曰：「小生之落寞，卿所知也，百金何能自致。有同盟友[19]，令[20]於湖南，屢相見招，僕以道遠，故憚於行。今為卿故，當往謀之。計三四月，可以復歸，幸耐相候。」細侯諾之。生即棄館[21]南游，至則令已免官，以罣悞[22]居民舍，宦囊空虛，不能為禮。生落魄難返，就邑中授徒焉。三年，莫能歸。偶笞[23]弟子，弟子自溺死。東翁痛子而訟其師，因被逮囹圄[24]。幸有他門人，憐師無過，時致饋遺，以是得無苦。

細侯自別生，杜門不交一客。母詰[25]知故，不可奪，亦姑聽之。有富賈某，慕細侯名，託媒於媼，務在必得，不靳直[26]。細侯不可。賈以負販詣湖南，敬偵[27]生耗。時獄已將解，賈以金賂當事吏，使久錮之。歸告媼云：「生已瘐死[28]。」細侯疑其信不確。媼曰：「無論滿生已死，縱或不死，與其從窮措大，以椎布[29]終也，何如衣錦而厭粱肉[30]乎？」細侯曰：「滿生雖貧，其骨清也；守齷齪[31]商，誠非所願。且道路[32]之言，何足憑信！」賈又轉囑他商，假作滿生絕命書寄細侯，以絕其望。細侯得書，惟朝夕哀哭，媼曰：「我自幼於汝，撫育良劬[33]。汝成人二三年，所得報者，日亦無多。既不願隸籍[34]，即又不嫁，何以謀生活？」細侯不得已，遂嫁賈。賈衣服簪珥[35]，供給豐侈。年餘，生一子。無何，生得門人力，昭雪而出，始知賈之錮己也；然念素無郤[36]，反復不得其由。門人義助資斧以歸。既聞細侯已嫁，心甚激楚，因以所苦，託市媼賣漿者達細侯，細侯大悲。方悟前此多端，悉賈之詭謀。乘賈他出，殺抱中兒，攜所有亡[37]歸滿◆；凡賈家服飾，一無所取。賈歸，怒質於官。官原其情，置不問。嗚呼！壽亭侯之歸漢[38]，亦復何殊？顧殺子而行，亦天下之忍人[39]也！

1昌化：古代縣名。今浙江省臨安市。

2設帳：開學堂授徒。

3餘杭：古代縣名。今杭州市餘杭區。

4廛市：商店林立的街市。廛，讀作「禪」，店鋪。

5刺：拜帖。古代在竹簡上刻上姓名，作為拜見的名帖。

6懽：同今「歡」字，是歡的異體字。

7同人：志同道合的友人。

8斂：積聚。

9口占：隨口吟誦。

10膏膩銅盤夜未央：意謂燈光明亮，燈座裡還有很多油未燃盡，天還未亮。膏，燈油。膩，油多的樣子。銅盤，指燈盤或燭盤。央，盡。

11新鬟明日重妝鳳：意謂明天你重新梳妝，換了髮型和首飾。借喻另會新歡。鬟，女子髮髻，鳳，指鳳頭釵。

12無復行雲夢楚王：這裡用宋玉《高唐賦》神女會楚王的典故，楚王遊於雲夢，夢中與巫山神女歡會。借喻遺忘舊愛。行雲，指男女交歡。

13半頃：五十畝。頃，一百畝田。

14椽：讀作「船」。架在屋樑橫木上，以承接木條及屋頂的木材。

15種黍：種高粱。目的在釀酒。

16千戶侯：食邑千戶的侯爵，比喻高官厚祿。

17身價：此指贖身的價格。

18貲：通「資」。指錢帛、財物。

19同盟友：結拜兄弟。

20令：知縣。

21館：私塾。指滿生設帳收徒的學堂。

22罣悞：貽誤，牽累。後指官吏無辜被人誣陷。悞，同今「誤」字，是誤的異體字。

23笞：讀作「吃」，鞭打。

24囹圄：牢獄。讀作「玲雨」。

25詰：讀作「傑」，問。

26不靳直：不吝惜金錢。靳，讀作「進」。吝惜。直，通「值」。價錢。

27敬偵：四處探查搜索。敬，形容小心仔細，十分警醒的樣子。

28瘐死：囚犯因飢寒而死於獄中。今亦泛稱因病死於獄中。瘐，讀作「雨」。

29椎布：椎髻布衣，形容生活貧困。椎，將頭髮編束成椎形的髮髻。

30粱肉：美味的食物。

31齷齪：骯髒，汙穢。在此形容手段卑鄙下流。

32道路：道聽塗說。

33劬：讀作「渠」。辛苦、辛勞。

34隸籍：當妓女。籍，指樂籍。古代妓女歸樂部所管轄，她們的名字被記錄在冊，後以此作為妓女的通稱。

35簪珥：頭簪和耳環，此指各種式樣的首飾。

36素無郤：一向沒有過節。郤，仇怨，讀作「戲」，通「隙」。

37亡：逃。

38壽亭侯之歸漢：典出漢末三國時代，關羽因與劉備失聯，一度歸降曹營，被曹操封為漢壽亭侯。後來關羽探查到劉備下落，毅然捨棄曹魏，投奔回歸蜀漢。

39忍人：狠心之人。

白話翻譯

浙江省昌化縣有位姓滿的書生，在餘杭開館授徒。他偶然去街上逛，經過一棟樓閣，忽然一片荔枝殼掉到肩膀上。滿生抬頭一看，一名少女倚在樓閣欄杆上，姿容豔麗，舉世無雙，他不由得注視著她，心癢難耐。那少女低頭微笑，轉身進屋。滿生一打聽，才知她是妓院鴇母賈氏的養女細侯。她的身價很高，滿生知道要滿足自己一親芳澤的心願太困難。他回

◆**但明倫評點**：商本非其夫也，彼非夫而詭謀以錮吾夫，彼固吾仇也，抱中兒即仇家子也，殺之而歸滿，應恕其忍而哀其情。

富商本來就不是細侯的丈夫，他非丈夫而用陰謀詭計將我的丈夫囚禁，那富商就是我的仇人。懷抱中的幼兒也是仇家的孩子，殺了他去投奔滿生，應寬恕她的殘忍而體諒她的苦衷。

到書齋，滿腦子卻都是細侯的倩影，整夜無法入睡。

第二天，滿生到妓院送上名帖，與細侯相見。兩人相談甚歡，他更加被細侯迷得神魂顛倒，於是找藉口向朋友借錢，湊了若干銀子，帶著去找細侯度春宵。兩情繾綣，恩愛備至，滿生在枕邊隨口吟誦一首絕句相贈：「膏膩銅盤夜未央，床頭小語麝蘭香。新鬟明日重妝鳳，無復行雲夢楚王。」細侯聽了蹙眉道：「我雖出身卑賤，也願找個兩情相悅的人託付終身。你既沒有妻子，你看我能嫁你為妻，替你主持家務嗎？」滿生很高興，立即再三叮囑，要她信守婚約。細侯也高興說道：「作詩填詞，我認為不難。每當在無人的地方，也想仿效著作一首，又恐怕作得不好，被人譏諷取笑。倘若能跟你在一起，希望你能多教教我。」她又問滿生家有多少田產。滿生答：「有五十畝田地，破屋兩三間。」細侯說：「我嫁給你以後，我們要長相廝守，你不要再去外地教書了。四十畝地足夠我們自給自足，十畝地可用來種些高粱釀酒，再織五匹綢緞，在太平年間交納賦稅綽綽有餘。這樣，我倆關起門來，你讀書，我織布，閒暇時候就飲酒作詩消遣，就算是千戶侯，也要為這般生活豔羨了呢！」滿生問：「你的身價大約值多少？」細侯說：「以鴇母的貪財性子，再多錢她也無法滿足，但依我看，至多不過二百兩銀子就夠。可嘆我年紀輕，不懂得存錢的重要，凡有收入總是交給鴇母，積蓄寥寥無幾。你只要籌到一百兩銀子即可，其餘則不必擔憂。」滿生說：「我家境貧窮，你也是知道的，一百兩銀子我怎麼拿得出來？我有個結拜兄弟，在湖南當知縣，幾次邀請我前往，我因為路途遙遠，怕行路艱難所以沒去。今天為了娶你，我親自前去找他想辦法，估計三、四個月就回來，你要耐心等我。」細侯答允。

滿生辭了教書工作，前往湖南覓友。可是到了那裡才知，他的知縣朋友已被免去官職，暫住民房，官宦生涯得來的財物早已用罄，無法接待滿生。滿生窮途潦倒，無法返回浙江，只能在這裡教書度日，三年後仍缺盤纏返鄉。一日，他責打學生，學生因此投河自盡。學生家長痛失愛子，控告老師，滿生因此被捕入獄。幸虧有其他學生可憐老師並無犯錯，時常送些衣物食品接濟，也沒受過什麼苦。

細侯自從與滿生分別後，閉門不再接客。鴇母問知緣由，沒法強迫她改變主意，也只好隨她去了。有個富商久慕細侯豔名，便託媒人去向鴇母說媒，不論花費多少錢，也一定要把細侯娶進門。細侯不同意。富商後因經商到湖南去，四處查探滿生消息。這時的滿生快要能出獄了，富商便用重金買通主管犯人的官員，讓他繼續關押滿生。富商回來告訴鴇母說：「滿生已死在監獄裡了。」細侯懷疑富商的消息不準確。鴇母說：「不要說滿生已經死了，即使不死，與其嫁給一個窮酸書生，窮途潦倒過一輩子，怎麼想都是錦衣玉食的生活好得多吧！」細侯說：「滿生雖然貧窮，可他品格高尚；要我跟著手段下流、一身銅臭的商人過一輩子，實在非我所願。況且道聽塗說之言，何足為信！」富商又吩咐另外一個商人，模仿滿生筆跡，寫了一封遺書給細侯，以斷絕她的念想。細侯收到這封偽作的遺書，早晚哭個不停。鴇母說：「我從小含辛茹苦將你撫養成人。你長大後到現在不過二、三年，回報我的日子並不多。既然不願意當妓女，又不願意出嫁，你要如何維生？」細侯不得已，最後還是嫁給了富商。富商供應她享之不盡的榮華富貴，衣服、首飾一應俱全。一年多後，細侯生了一個兒子。

不久，滿生得到學生幫助，獲得昭雪，被釋放出獄，才知道原來是那個富商暗中搞鬼，把他囚禁在獄中。可他與富商素無仇怨，左思右想也不得其解。學生們湊錢資助他盤纏，讓他回鄉去。當他聽說細侯已經出嫁的消息，心情十分激動難過，於是把自己的遭遇說給街市上賣酒的婦人，託她轉達給細侯。細侯得知實情後非常悲傷，這才明白以前那些滿生已死的種種說法都是富商搞的詭計。她趁富商到外地期間，殺了懷抱中的孩子，攜帶自己的東西逃到滿生家；凡是富商家的衣物首飾，一件也不帶走。富商回家後，一狀告到官府。官府經過調查，弄清了事情真相，最後將案子擱置不審。

唉，這與三國時關雲長從曹營毅然回歸蜀漢，又有何不同？不過細侯竟能殺了自己親兒子再走，心也未免太狠了！

狼三則

有屠人貨肉歸，日已暮。欻[1]一狼來，瞰擔中肉，似甚涎垂；步亦步，尾行數里。屠懼，示之以刃，則稍卻；既走，又從之。屠無計，默念狼所欲者肉，不如姑懸諸樹而蚤[2]取之。遂鉤肉，翹足挂樹間，示以空空。狼乃止。屠即逕歸。昧爽[3]往取肉，遙望樹上懸巨物，似人縊死狀，大駭。逡巡[4]近之，則死狼也。仰首審視，見口中含肉，肉鉤刺狼腭[5]，如魚吞餌。時狼革價昂，直[6]十餘金，屠小裕焉。緣木求魚[7]，狼則罹之，亦可笑已！

一屠晚歸，擔中肉盡，止有剩骨。途中兩狼，綴行[8]甚遠。屠懼，投以骨。一狼得骨止，一狼仍從；復投之，後狼止而前狼又至；骨已盡，而兩狼之並驅如故。屠大窘，恐前後受其敵[9]。顧野有麥場，場主積薪其中，苫[10]蔽成丘。屠乃奔倚其下，弛[11]擔持刀。狼不敢前，眈眈相向。少時，一狼逕去；其一犬坐[12]於前，久之，目似瞑，意暇甚。屠暴起，以刀劈狼首，又數刀斃之。方欲行，轉視積薪後，一狼洞其中，意將隧[13]入以攻其後也。身已半入，止露尻[14]尾。屠自後斷其股，亦斃之。乃悟前狼假寐，蓋以誘敵。狼亦黠[15]矣！而頃刻兩斃，禽獸之變詐幾何哉，止增笑耳！

一屠暮行，為狼所逼。道傍有夜耕者所遺行室[16]，奔入伏焉。狼自苫中探爪入。屠急捉之，令不可去。顧[17]無計可以死之。惟有小刀不盈寸，遂割破爪下皮，以吹豕[18]之法吹之。極力吹移時，覺狼不甚動，方縛以帶。出視，則狼脹如牛，股[19]直不能屈，口張不得合。遂負之以歸。非屠烏[20]能作此謀也？三事皆出於屠；則屠人之殘，殺狼亦可用也。

1 欻：讀作「乎」，同今「欻」字，忽然之意，是欻的異體字。
2 蚤：通「早」。
3 昧爽：清晨。
4 逡巡：徘徊。逡，讀作「群」的一聲。
5 腭：讀作「餓」，同「顎」。齒齦上下肉。
6 直：通「值」，價值。
7 緣木求魚：爬到樹上去找魚。語出《孟子．梁惠王上》：「以若所為，求若所欲，猶緣木而求魚也。」以你的所作所為，求取你想要的東西，如同爬到樹上去找魚。比喻用錯方法，徒勞無功。
8 綴行：尾隨而行。
9 敵：此處作動詞用，攻擊。
10 苫：讀作「山」。以草編成的覆蓋物。後引申為頂蓋之物。
11 弛：卸下。
12 犬坐：如犬蹲坐。
13 隧：通道。此處作動詞用，挖出通道。
14 尻：臀部。尻，讀作「靠」的一聲。
15 黠：讀作「霞」。聰明、機靈。
16 行室：在農田或工地附近搭建的暫時性陋室。今俗稱寮棚、工寮。
17 顧：然而、但是。
18 吹豕：吹豬皮。
19 股：大腿。
20 烏：表示反問的語氣，相當於「何」。

◆**何守奇評點**：狼以貪死，以詐死，恃爪牙而亦死。乃知禽獸之行，決不可為。

有的狼因貪吃而死，有的以狡詐而死，有的倚仗自己的利爪而死。由此可知禽獸的行為，是絕對不能做的。

白話翻譯

有位屠夫賣了肉要回家，天色已晚。忽然來了一匹狼，虎視眈眈看著擔裡的肉，垂涎三尺。這匹狼亦步亦趨地尾隨其後，跟著屠夫走了好幾里路，屠夫心中恐懼，拿刀嚇唬牠，狼才稍退幾步；屠夫接著往前走，狼又跟著在後面。屠夫無計可施，心想狼想要的是擔中的肉，不如暫且將肉掛到樹上，明早再來取。於是便用鐵鉤鉤住肉，翹起腳掛到樹枝上，又把擔子給狼看，表示裡頭早空了，狼才不再跟隨他。屠夫直接回家，第二天清晨前往取肉，遠遠便看到樹上懸掛一個龐然大物，好似人吊死的樣子。屠夫大驚，慢慢走近一瞧，原來是死狼。他抬頭審視，只見狼的口中含著肉，肉鉤刺入狼的上顎中，好像魚吞了魚餌一樣。當時的狼皮價格非常昂貴，足可賣到十兩銀子，使得屠夫意外發了一筆小財。爬到樹上找魚已是蠢事一樁，令人驚訝的是狼也能因此喪命，眞可笑啊！

一位屠夫夜晚回家，擔子裡的肉賣光了，只剩下些骨頭。路上遇到兩匹狼，跟在他後頭走了很遠。屠夫很害怕，扔出一根骨頭，一匹狼得到骨頭停下腳步，另一匹狼仍然跟著。他又扔了一根骨頭，後面的狼停下，先前的狼又來。骨頭已經扔光了，兩匹狼仍像原先那樣跟著他。屠夫非常緊張，擔心腹背受敵，他看見田野中有片打麥場，主人在場裡放了一大堆柴，上頭覆蓋草席，像小山丘一樣。屠夫跑過去，背靠柴堆卸下擔子，手握屠刀，兩狼不敢向前，虎視眈眈盯著他。不久，其中一匹狼走了，另一匹狼像狗一樣蹲坐在屠夫面前，時間久了，狼閉起眼睛像睡著一樣，看起來挺悠閒。屠夫忽然跳起來，舉刀朝狼頭砍去，持續砍了數刀才砍死。他正要走，轉身看見柴堆後，另一匹狼正在挖洞，想鑽到後面攻擊他。狼的身子已經鑽進去一半，只露出臀和尾。屠夫從後方砍斷狼的大腿，同樣將牠砍死了，這才恍然大悟，先前的狼裝睡是爲了誘敵，讓他放鬆警惕。狼也是很狡猾的動物，然而頃刻間兩匹狼都被殺死，禽獸的欺詐手段能有多少呢？只是給人們增添一些笑話罷了。

有一名屠夫，傍晚趕路，被狼追逼。見路旁有個農夫搭起來夜耕用的窩棚，就趕忙躲進去。狼從窩棚的草席壁中伸進一爪。屠夫急忙捉住，不讓牠抽回去，但卻無法殺死牠。他的身上只有一把不到一寸長的小刀，便用刀子割破狼爪下面的皮，用吹豬皮的辦法，從傷口使勁吹了半天的氣，感覺到狼不再動了，才用帶子將傷口包紮好。屠夫走出棚子一看，那匹狼脹得像牛一樣，大腿直挺挺伸著不能彎曲，嘴巴也合不起來，屠夫就把狼背回家了。如果不是屠夫怎麼想得出這種辦法？三則故事都講屠夫對付狼的經過，屠夫殘暴的殺豬手段，也可以用來對付狼。

美人首

諸商寓居京舍。舍與鄰屋相連，中隔板壁；板有松節[1]脫處，穴如琖[2]。忽女子探首入，挽鳳髻[3]，絕美；旋伸一臂，潔白如玉。眾駭其妖，欲捉之，已縮去。少頃，又至，但隔壁不見其身。奔之，則又去之。一商操刀伏壁下。俄首出，暴決[4]之，應手而落，血濺塵土。眾驚告主人。主人懼，以其首首[5]焉。逮諸商鞫[6]之，殊荒唐。淹繫[7]半年，迄無情詞，亦未有以人命訟者，乃釋商，瘞[8]女首。

1 松節：銜接處鬆動不密合。松，此處應作「鬆」。
2 琖：讀作「展」，玉製的酒杯。
3 鳳髻：鳳凰造型的髮髻。
4 決：斬斷。
5 首：自首認罪。此指報案。
6 鞫：讀作「局」，審問、審判。
7 淹縶：長久拘留。
8 瘞：讀作「意」，用土掩埋、埋葬。

◆**但明倫評點**：怪異。

此事很怪異。

白話翻譯

有幾個商人住在京城一家旅社。旅舍和鄰屋相連，中間隔著一片牆板，牆板上有鬆動脫落之處，形成一個杯子大小的洞。忽然有個女子從那裡探頭進來，她梳著一個鳳髻，容貌絕美；不久又伸出一條手臂，肌膚潔白如玉。眾人害怕她是妖怪，想捉住她，她卻很快就縮回去。不久，美人又探進頭來，隔著牆壁看不到她的身體；跑過去抓她，美人頭又縮回去。一個商人持刀躲在牆壁角落，等了不久，美人頭又探進來，商人揮刀砍去，美人頭隨刀而落，血濺滿地。眾商人驚恐地去稟告店主，店主害怕，帶著美人頭去報官。官府逮捕了這些商人並審問他們，認為這件事十分荒唐，把他們羈押了半年，終究沒問出其他供詞，也沒人來投訴命案，這才釋放這些商人，並且埋葬了這顆美人頭。

劉亮采

聞濟南懷利仁言：劉公亮采[1]，狐之後身也。◆初，太翁[2]居南山，有叟造其廬，自言胡姓。問所居，曰：「只在此山中。閒處人少，惟我兩人，可與數晨夕[3]，故來相拜識。」因與接談，詞旨便利[4]，悅之。治酒相歡，醺而去。越日復來，愈益款厚。劉云：「自蒙下交，分即最深。但不識家何里，焉所問興居[5]？」胡曰：「不敢諱，實山中之老狐也。與若有夙因，故敢內交[6]門下。固不能為翁福，亦不敢為翁禍，幸相信勿駭。」劉亦不疑，更相契重。即敘年齒[7]，胡作兄，往來如昆季[8]。有小休咎[9]，亦以告。時劉乏嗣，叟忽云：「公勿憂，我當為君後。」劉訝其言怪。胡曰：「僕算數[10]已盡，投生有期矣。與其他適[11]，何如生故人家？」劉曰：「仙壽萬年，何遂及此？」叟搖首云：「非汝所知。」遂去。夜果夢叟來，曰：「我今至矣。」既醒，夫人生男，是為劉公。公既長，身短，言詞敏諧[12]，絕類胡。少有才名，壬辰[13]成進士。為人任俠[14]，急人之急，以故秦、楚、燕、趙[15]之客，趾錯於門[16]；貨酒賣餅者，門前成市焉。

1 劉公亮采：劉亮采，字公嚴，山東歷城（今濟南市歷城區）人。明神宗萬曆十九年（西元一五九一年）舉人，第二年中進士，官至戶部主事。辭官後，隱居靈岩。工詩，善書畫，通音律，名噪一時。
2 太翁：對祖父輩的尊稱，此指劉亮采之父。
3 數晨夕：朝夕相處在一起。陶淵明《移居詩二首之一》：「昔欲居南村，非為卜其宅。聞多素心人，樂與數晨夕。」
4 便利：敏捷。
5 問興居：請安，問候。
6 內交：結交。內，通「納」。
7 年齒：年齡。
8 昆季：兄弟。
9 休咎：吉凶禍福。
10 算數：壽數。
11 適：往。
12 諧：詼諧，逗趣。
13 壬辰：明神宗萬曆二十年（西元一五九二年）。
14 任俠：行俠仗義。
15 秦、楚、燕、趙：今陝西、兩湖、河北、山西一帶。泛指各地。
16 趾錯於門：登門拜訪的賓客眾多。趾錯，足趾交錯，形容來人之多。

◆**但明倫評點**：起筆質實而奇警，又是一樣文法。

作者開頭質樸而怪奇，有警醒人心之效，又是他一貫的行文筆法。

白話翻譯

聽濟南懷利仁先生說：劉亮采大人，是狐仙投胎轉世的。初時，他的父親劉翁住在城南的山區，有位老翁到他家拜訪，自稱姓胡。劉翁問他住在何處，胡翁說：「就住在這山中。這裡少有人跡，只有你我二人，可以早晚相伴，故而前來拜會結識。」劉翁於是與他交談，發現他言之有物，反應敏捷，心中悅之，置辦酒菜與他暢飲，喝醉才離去。第二天胡翁又來，劉翁更加殷勤款待。他說：「自從與閣下結交，情誼深厚。但不知您家住何處，要到哪裡去向您問好呢？」胡翁說：「不敢欺瞞，我其實是山中的老狐，因爲與您有緣分，才敢與您結交。即使不能帶給您好運，也不敢禍害您。希望您相信我，不要害怕。」劉翁也不再懷疑，對他更加敬重。兩人各論年齡，胡翁年長爲兄，往來猶如兄弟。即使是很小的吉凶之事，胡翁也會前來告訴劉翁。當時劉翁正爲沒有子嗣的事發愁，胡翁忽然說：「這您不用擔憂，我來作您的後人。」劉翁對他這番話感到驚訝奇怪。胡翁說：「我的壽數已盡，不久就要去投胎。與其投胎到別人家，不如投胎到老朋友家中。」劉翁說：「仙人的壽命都是千年萬年，怎會如此？」胡翁搖頭說：「這就不是您所能知道的了。」於是離去。夜裡果然夢見胡翁前來，說：「我現在已投胎了。」劉翁醒來，夫人就生了個男孩，這便是劉亮采大人。

劉大人長大成人後，身材很矮，口才卻極爲靈便，說話敏捷詼諧，像極了胡翁；年紀輕輕便頗有才名，萬曆壬辰科舉進士及第。劉大人爲人行俠仗義，能救人於水火，於是全國各地人士皆來拜訪。家門前的人潮絡繹不絕，甚至連販酒賣餅的生意人，都在他家門口做起生意來。

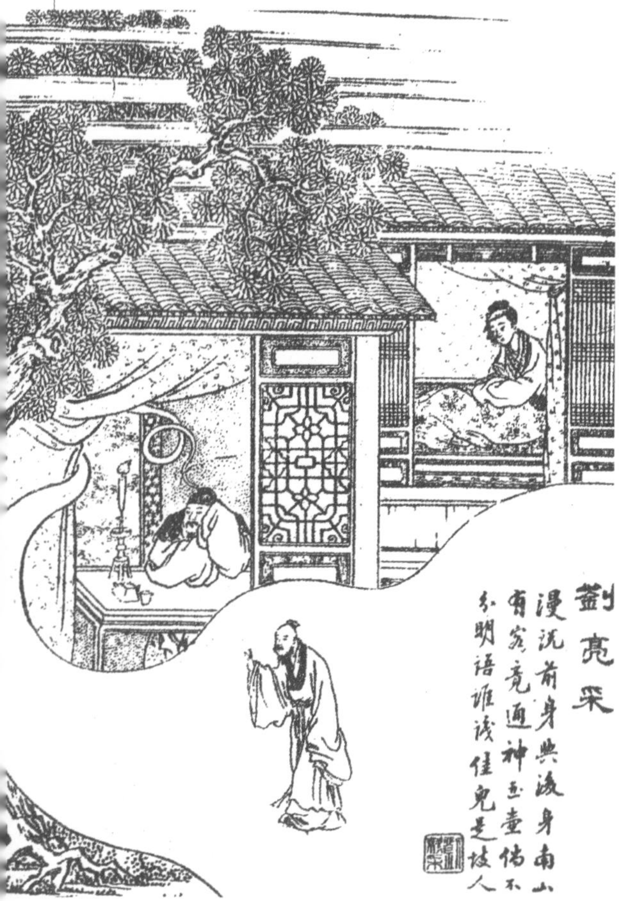

蕙芳

馬二混，居青州[1]東門內，以貨麵[2]為業。家貧，無婦，與母共作苦。一日，媼獨居，忽有美人來，年可十六七，椎布[3]甚樸，而光華照人。媼驚顧窮詰[4]。女笑曰：「我以賢郎誠篤，願委身母家。」媼益驚曰：「娘子天人，有此一言，則折我母子數年壽！」女固請之。意必為侯門亡[5]人，拒益力。女乃去。越三日，復來，留連不去。問其姓氏，曰：「母肯納我，我乃言；不然，固無庸問。」媼曰：「貧賤傭保[6]骨，得婦如此，不稱亦不祥。」女笑坐牀頭，戀戀殊殷。媼辭之，言：「娘子宜速去，勿相禍。」女乃出門，媼視之西去。又數日，西巷中呂媼來，謂母曰：「鄰女董蕙芳，孤而無依，自願為賢郎婦，胡弗納？」母以所疑慮具白[7]之。呂曰：「烏有此耶？如有乖謬[8]，咎在老身。」母大喜，諾之。呂既去，媼掃室布席，將待子歸往娶之。日將暮，女飄然自至。入室參母，起拜盡禮。告媼曰：「妾有兩婢，未得母命，不敢進也。」媼曰：「我母子守窮廬[9]，不解[10]役婢僕。日得蠅頭利[11]，僅足自給。◆今增新婦一人，嬌嫩坐食，尚恐不充飽；益之二婢，豈吸風所能活耶？」女笑曰：「婢來，亦不費母度支[12]，皆能自得食。」問：「婢何在？」女乃呼：「秋月、秋松！」聲未及已，忽如飛鳥墮，二婢已立於前。即令伏地叩母。既而馬歸，母迎告之。馬喜。入室，見翠棟雕梁，侔[13]於宮殿；中之几屏簾幙[14]，光耀奪視。驚極，不敢入。女下牀迎笑，睹之若仙。益駭，卻退。女挽之，坐與溫語。馬喜出非分，形神若不相屬[15]。即起，欲出行沽[16]。女止曰：「勿須。」因命二婢治具。秋月出一革袋，執向扉後，格格撼擺之。已而以手探入，壺盛酒，柈[17]盛炙，觸類熏騰[18]。飲已而寢，則花罽[19]錦裀[20]，溫膩[21]非常。天明出門，則茅廬依舊。母子共奇之。媼詣呂所，將迹[22]所由。入門，先謝其媒合之德。呂訝云：「久不拜訪，何鄰女之曾託乎？」媼益疑，具言端委[23]。呂大駭，即同媼來視新婦。女笑逆[24]之，極道作合之義。呂見其惠麗，愕眙[25]良久，即亦不辨，唯唯而已。女贈白木搔具[26]一事，曰：「無以報德，姑奉此為姥姥爬背耳。」呂受以歸，審視則化為白金。

馬自得婦，頓更舊業，門戶一新。笥[27]中貂錦無數，任馬取著；而出室門，則為布素，但輕煖[28]耳。女所自衣亦然。積四五年，忽曰：「我謫降[29]人間十餘載，因與子有緣，遂暫留止。今別矣。」馬苦留之。女曰：「請別擇良偶，以承廬墓[30]。我歲月當一至焉。」忽不見。馬乃娶秦氏。後三年，七夕，夫妻方共語，女忽入，笑曰：「新偶良懽[31]，不念故人耶？」馬驚起，愴然曳坐，便道衷曲。女曰：「我適送織女渡河，乘間一相望耳。」兩相依依，語無休止。忽空際有人呼「蕙芳」，女急起作別。馬問其誰。曰：「余適同雙成姊來，彼不耐久伺矣。」馬送之。女曰：「子壽八旬，至期，我來收爾骨。」言已，遂逝。今馬六十餘矣。其人但樸訥[32]，無他長。

異史氏曰：「馬生其名混，其業褻[33]，蕙芳奚取哉？於此見仙人之貴樸訥誠篤也。余嘗謂友人：若我與爾，鬼狐且棄之矣。所差不愧於仙人者，惟『混』[34]耳。」

1 青州：地名，今山東省青州市。
2 貨麵：指賣麵食類食品維生，例如包子、饅頭等。
3 椎布：椎髻布衣，形容生活貧困。椎，將頭髮編束成椎形的髮髻。
4 窮詰：追問。詰，讀作「傑」，問。
5 亡：逃。
6 傭保：受僱的傭人。
7 白：讀作「博」，訴說、告訴。
8 乖謬：差錯。
9 窮廬：破屋。
10 不解：不懂得。
11 蠅頭利：微薄的利潤。
12 度支：此指開銷。
13 侔：讀作「謀」。相等、等同。
14 幙：同今「幕」字，是幕的異體字。帷幕。
15 屬：連接。
16 沽：買。依照上下文意，當解作買酒。
17 柈：讀作「盤」，通「盤」，盤子。
18 熏騰：熱氣騰騰。
19 罽：讀作「季」，毛織品。此指毛毯。
20 裀：讀作「因」，墊褥。
21 膩：觸感滑潤。
22 迹：蹤跡、行跡、痕跡。同今「跡」字，是跡的異體字
23 端委：事情始末。
24 逆：迎接。
25 眙：讀作「斥」。盯著看。
26 搔具：爬背搔癢的工具。
27 笥：讀作「四」。用竹子編成，用來放衣物或食物的方形箱子。
28 煖：同今「暖」字，是暖的異體字。
29 謫降：貶降。此指仙人貶落人間。
30 承廬墓：猶言傳宗接代，結廬守葬。古人遇父母師長過世，為表示對他們的敬愛與哀思，乃在墓旁築茅屋守靈。表示有了後代之意。
31 懽：同今「歡」字，是歡的異體字。
32 樸訥：猶言忠厚老實。
33 業褻：工作低賤。
34 混：苟且度日。

◆**但明倫評點**：母子日守窮廬，僅取蠅頭利自給，此外一無所貪，此後一無所慮，混之道如是而已。

馬氏母子守著破茅屋過日子，僅賺一點點小錢自給自足，除此之外沒有非分之想，從此之後衣食無憂，「混」之道如此而已。

白話翻譯

有個名叫馬二混的人，住在青州府城東門內，以賣麵食爲生。家窮，沒有娶妻，和母親相依爲命。一天，母親獨自在家，忽然有位美女前來，年約十六、七歲，穿著打扮樸素已極，但風采容貌令人驚艷。馬母驚訝地望著她，不斷追問她的來歷。女子笑道：「我因令郎爲人老實誠懇，願嫁到你家做媳婦。」馬母更加驚訝地說：「姑娘美若天仙，有你這一句話，就折我們娘倆幾年壽命了！」女子再三請求，馬母認爲她一定是從王侯府邸逃出來的，更大力推辭，女子只好走了。三天後，女子又來，待著不走。馬母問她姓氏，女子說：「伯母肯收留我，我才說；不然的話，你就不用問了。」馬母說：「我們是專給人幫傭的貧苦人家，娶你這樣漂亮的媳婦，配不上，也不吉利。」女子笑著坐在床頭上，捨不得離開。馬母下逐客令：「姑娘快走吧，別給我家惹禍！」女子這才走了，馬母看著她往西而去。

幾天後，住在西巷的呂大娘前來，對馬母說：「我家隔壁有位叫董蕙芳的姑娘，無依無靠，願意嫁給令郎爲妻，你怎麼不接受呢？」馬母把顧慮告訴她。呂大娘說：「哪有這回事？如有任何差錯，儘管來找我好了！」馬母很高興，就答應了。呂大娘離去後，馬母打掃房子準備新房，等兒子回來去娶親。天剛黑，董蕙芳飄然前來，進門參拜婆婆，禮節周全。她告訴馬母：「兒媳有兩個丫鬟，沒得母親允許，不敢讓她們來。」馬母說：「我們母子守著這間破屋，不懂得使喚奴婢。每天賺很少的錢，僅供餬口。如今添了媳婦，嬌滴滴的不能工作，還怕無法讓你吃飽呢；再添兩個丫鬟，難道她們光靠吸風飲露就能過活不成？」董蕙芳笑道：「丫鬟來了，不用母親負擔她們的開銷，她們自己就能料理飲食。」馬母問：「丫鬟何在？」董蕙芳便喊：「秋月、秋松！」聲音未落，兩個丫鬟像飛鳥一樣落到跟前。董蕙芳叫她們跪下拜見馬母。

不久，馬二混回來，馬母迎上去告訴他這件事。馬二混很高興，進屋一看，家裡佈置得像宮殿一樣雕樑畫棟，裡面的家具擺設、桌椅床帳等，耀眼奪目。馬二混很驚訝，不敢進去。董蕙芳笑著下床迎接他。見蕙芳宛如天仙，馬二混更加驚訝，連忙後退。董蕙芳拉住他的手，坐下來溫柔地和他說話。馬二混喜出望外，魂魄差點飄到九霄雲外去，他隨即起身想出門買酒。董蕙芳阻止說：「不用了。」就叫兩個丫鬟去準備酒菜。秋月拿出一個皮口袋，拿到門後搖一搖，袋中格格作響，伸手進去把東西取出，壺裏有酒，盤裏有菜，樣樣都是熱氣騰騰。吃完後，二人上床就寢，毛毯被褥又暖又軟。天亮後，馬二混出門一看，那間破屋還是老樣子，母子倆都感到很奇怪。馬母就去呂大娘家，想查問董蕙芳的來歷。一進門，先感謝她作媒的情意，呂大娘卻驚訝地說：「我已經很久沒去你家了，哪裡有鄰家女子託我作媒的事呢？」馬母更加覺得奇怪，就把事情原委告訴她。呂大娘很震驚，跟著馬母去看新娘。董蕙芳笑著出來迎接，再三道謝呂大娘作媒的恩德。呂大娘見董蕙芳聰明豔麗，驚愕了許久，也就不再辯解，只好點頭稱是。董蕙芳送給呂大娘一件白木做的搔背用具，說：「我沒有什麼東西可答謝您，就送這個給姥姥抓背吧。」呂大娘收下回家一看，搔背用具變成白花花的銀子。

馬二混自從娶妻，就不賣麵了，改做其他營生，家裡門戶一新。衣箱中貂裘錦衣無數，任由馬二混取來穿；但只要一出門，就變回樸素的布衣，卻仍然又輕又暖，董蕙芳所穿的衣服也是這樣。過了四、五年，董蕙芳說：「我被罰貶人間十幾年，因與你有緣，才暫時留在這裏。如今我要走了。」馬二混苦苦挽留。董蕙芳說：「請你另擇良配，好傳宗接代。我以後還會再來。」說完就不見蹤影，馬二混便娶了秦家的女兒爲妻。三年後的七夕，夫妻倆正在說話，董蕙芳突然到來，笑道：「你們新婚燕爾，就忘了我這個故人嗎？」馬二混驚訝起身，悲傷地拉她坐下，互訴思念之情。董蕙芳說：「我剛送織女過天河，抽空順道來看看你。」兩人戀戀不捨，有著說不完的知心話。忽聞空中有人喊：「蕙芳！」她急忙起身告別。馬二混問那聲音是誰，董蕙芳說：「我是和雙成姊一塊來的，她等得不耐煩了！」馬二混送她離去。董蕙芳說：「你能活到八十歲，到那時，我再來替你料理後事。」說完，就消失不見。馬二混現已六十多歲。此人除了老實誠懇外，也沒其他長處。

記下奇聞異事的作者如是說：「馬某的名字就叫『混』，他的工作卑賤，董蕙芳怎麼就看上他呢？由此可知神仙喜歡質樸木訥，誠懇老實的人。我曾經跟朋友說：如果是我跟你，鬼狐都不青睞；勉強還對得起神仙的，大概只有這個『混』字了。」

山神

都李會斗，偶山行，值數人籍地[1]飲。見李至，讙然[2]並起，曳入座，競觴[3]之。視其柈[4]饌，雜陳珍錯。移時，飲甚懽[5]；但酒味薄濇[6]。忽遙有一人來，面狹長，可二三尺許；冠之高細稱[7]是。衆驚曰：「山神至矣！」即都紛紛四去。李亦伏匿坎窞[8]中。既而起視，則肴酒一無所有，惟有破陶器貯溲浡[9]，瓦片上盛蜥蜴數枚而已。

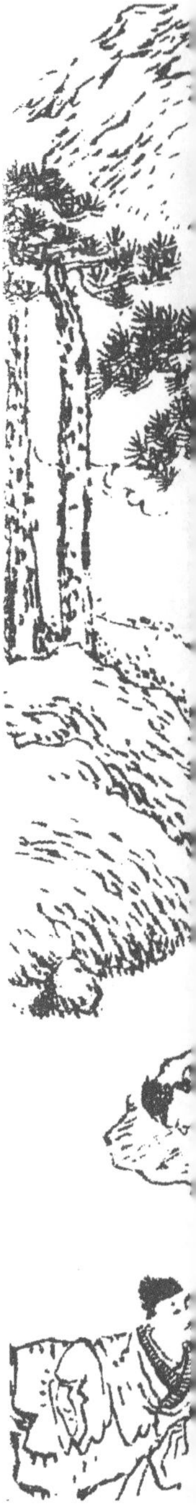

1籍地：坐在地上。籍，通「藉」，坐臥其上。
2讙然：歡欣、高興的樣子。
3觴：當動詞用。飲酒，或勸人飲酒、敬酒。
4柈：讀作「盤」。盤子。
5懽：同今「歡」字，是歡的異體字。
6濇：讀作「色」。苦澀、不順口。
7稱：符合、相同。
8坎窞：坑洞。窞，讀作「但」。
9溲浡：指骯髒汙穢、輕賤無用的東西。浡，讀作「脖」。

白話翻譯

李會斗是益都人，偶然上山，遇到幾個人坐在地上飲酒。他們見到李會斗，都很高興地站起來，拉他入座、爭相勸酒。看那些盤子裡的菜肴，盛放許多珍饈美味。不久，大家都喝得非常高興，美中不足處爲酒味苦澀不順口。忽然遠處來了一個人，臉又窄又長，大約有二三尺之多，帽子又高又細，和臉形頗相稱。眾人此刻驚慌地說：「山神來了！」紛紛全數散去，李會斗也躲在坑洞裡。不多時，他起來一看，酒菜全都不見了，只有破陶器中積存的尿液，瓦片上擺放了幾條蜥蜴而已。

蕭七

徐繼長，臨淄[1]人，居城東之磨房莊。業儒未成，去而為吏。偶適姻家，道出于氏殯宮[2]。薄暮醉歸，過其處，見樓閣繁麗，一叟當戶坐。徐酒渴思飲，揖叟求漿[3]。叟起，邀客入，升堂授飲。飲已，叟曰：「曛暮[4]難行，姑留宿，早旦而發如何也？」徐亦疲殆，樂遵所請。叟命家人具酒奉客。即謂徐曰：「老夫一言，勿嫌孟浪[5]：郎君清門令望[6]，可附婚姻。有幼女未字，欲充下陳[7]，幸垂援拾[8]。」徐踧踖[9]不知所對。叟即遣伻[10]告其親族，又傳語令女郎妝束。頃之，峩冠博帶[11]者四五輩，先後並至。女郎亦炫妝[12]出，姿容絕俗。於是交坐宴會。徐神魂眩亂，但欲速寢。酒數行[13]，堅辭不任。乃使小鬟引夫婦入幃[14]，館同爰止[15]。徐問其族姓，女自言：「蕭姓，行七。」又復細審門閥。女曰：「身雖賤陋，配吏胥當不辱寞[16]，何苦研窮？」徐溺其色，款暱備至，不復他疑。女曰：「此處不可為家。審知汝家姊姊甚平善，或不拗阻，歸除[17]一舍，行將自至耳。」徐應之。既而加臂於身[18]，奄忽[19]就寐。既覺，則抱中已空。天色大明，松陰翳曉[20]，身下籍黍穰[21]尺許厚。駭歎而歸，告妻。妻戲為除館，設榻其中，闔門出，曰：「新娘子今夜至矣。」因與共笑。日既暮，妻戲曳徐啟門，曰：「新人得無已在室耶？」既入，則美人華妝坐榻上。見二人入，橋起逆之[22]。夫妻大愕。女掩口局局而笑[23]，參拜恭謹。妻乃治具，為之合歡。女早起操作，不待驅使。一日謂徐：「姊姨輩俱欲來吾家一望。」徐慮倉卒無以應客。女曰：「都知吾家不饒，將先賚饌具來，但煩吾家姊姊烹飪而已。」徐告妻，妻諾之。晨炊後，果有人荷酒胾24來，釋擔而去。妻為職25庖人之役。晡後26，六七女郎至，長者不過四十以來，圍坐並飲，喧笑盈室。徐妻伏窗以窺，惟見夫及七姐相向坐，他客皆不可睹。北斗挂屋角，讙27然始去。女送客未返。妻入視案上，杯柈俱空。笑曰：「諸婢想俱餓，遂如狗舐砧28。」少間，女還，殷殷相勞，奪器自滌29，促嫡安眠。妻曰：「客臨吾家，使自備飲饌，亦大笑話。明日合另邀致。」

逾數日，徐從妻言，使女復召客。客至，恣意飲噉30；惟留四簋31，不加匕箸。徐問之。羣笑曰：「夫人謂吾輩惡，故留以待調人32。」座間一女，年十八九，素舄縞裳33，云是新寡，女呼為六姊，情態妖豔，善笑能口。與徐漸洽，輒以諧語相嘲。行觴政34，徐為錄事35，禁笑謔。六姊頻犯，連引十餘爵36，酡37然逕醉。芳體嬌懶，荏38弱難持。無何，亡去。徐燭而覓之，則酣寢暗幃中。近接其吻39，亦不覺。以手探袴40，私處墳41起。心旌42方搖，席中紛喚徐郎，乃急理其衣，見袖中有綾巾，竊之而出。迨於夜央，眾客離席，六姊未醒。七姐入，搖之，始呵欠而起，繫裙理髮從眾去。徐拳拳懷念，不釋於心。將於空處展玩遺巾，而覓之已渺。疑送客時遺落途間，執燈細照階除，都復烏有。意項項不自得43。女問之，徐漫應之。女笑曰：「勿誑語，巾子人已將去，徒勞心目。」徐驚，以實告，且言懷思。女曰：「彼與君無宿分，緣止此耳。」問其故。曰：「彼前身曲中女44；君為士人，見而悅之，為兩親所阻，志不得遂，感疾阽危45。使人語之曰：『我已不起。但得若46來，獲一捫47其肌膚，死無憾！』彼感此意，諾如所請。適以冗羈[48]，未遽[49]往；過夕而至，則病者已殞；是前世與君有一捫之緣也。過此即非所望。」後設筵再招諸女，惟六姊不至。徐疑女妒，頗有怨懟。

女一日謂徐曰：「君以六姊之故，妄相見罪。彼實不肯至，於我何尤？今八年之好，行將別矣，請為君極力一謀，用解從前之惑。彼雖不來，寧禁我不往？登門就之，或人定勝天，不可知。」徐喜，從之。女握手，飄若履虛，頃刻至其家。黃甓[50]廣堂，門戶曲折，與初見時無少異。岳父母並出，曰：「拙女久蒙溫煦[51]。老身以殘年衰慵，有疎[52]省問，或當不怪耶？」即張筵作會。女便問諸姊妹。母云：「各歸其家，惟六姊在耳。」即喚婢請六娘子來，久之不出。女入曳之以至。俯首簡嘿[53]，不似前此之諧。少時，叟媼辭去。女謂六姊曰：「姐姐高自重，使人怨我！」六姊微哂曰：「輕薄郎何宜相近！」女執兩人殘卮[54]，強使易飲，曰：「吻已接矣，作態何為？」少時，七姐亡去，室中止餘二人。徐遽起相逼，六姊宛轉撐拒[55]。徐牽衣長跽[56]而哀之，色漸和，相攜入室。裁[57]緩襦結，忽聞喊嘶動地，火光射闥[58]。六姊大驚，推徐起曰：「禍事忽臨，奈何！」徐忙迫不知所為，而女郎已竄避無迹[59]矣。徐悵然少坐，屋宇並失。獵者十餘人，按鷹操刃而至，驚問：「何人夜伏於此？」徐託言迷途，因告姓字。一人曰：「適逐一狐，見之否？」答云：「不見。」細認其處，乃于氏殯宮也。怏怏而歸。猶冀七姊復至，晨占雀喜，夕卜燈花[60]，而竟無消息矣。董玉玹談。

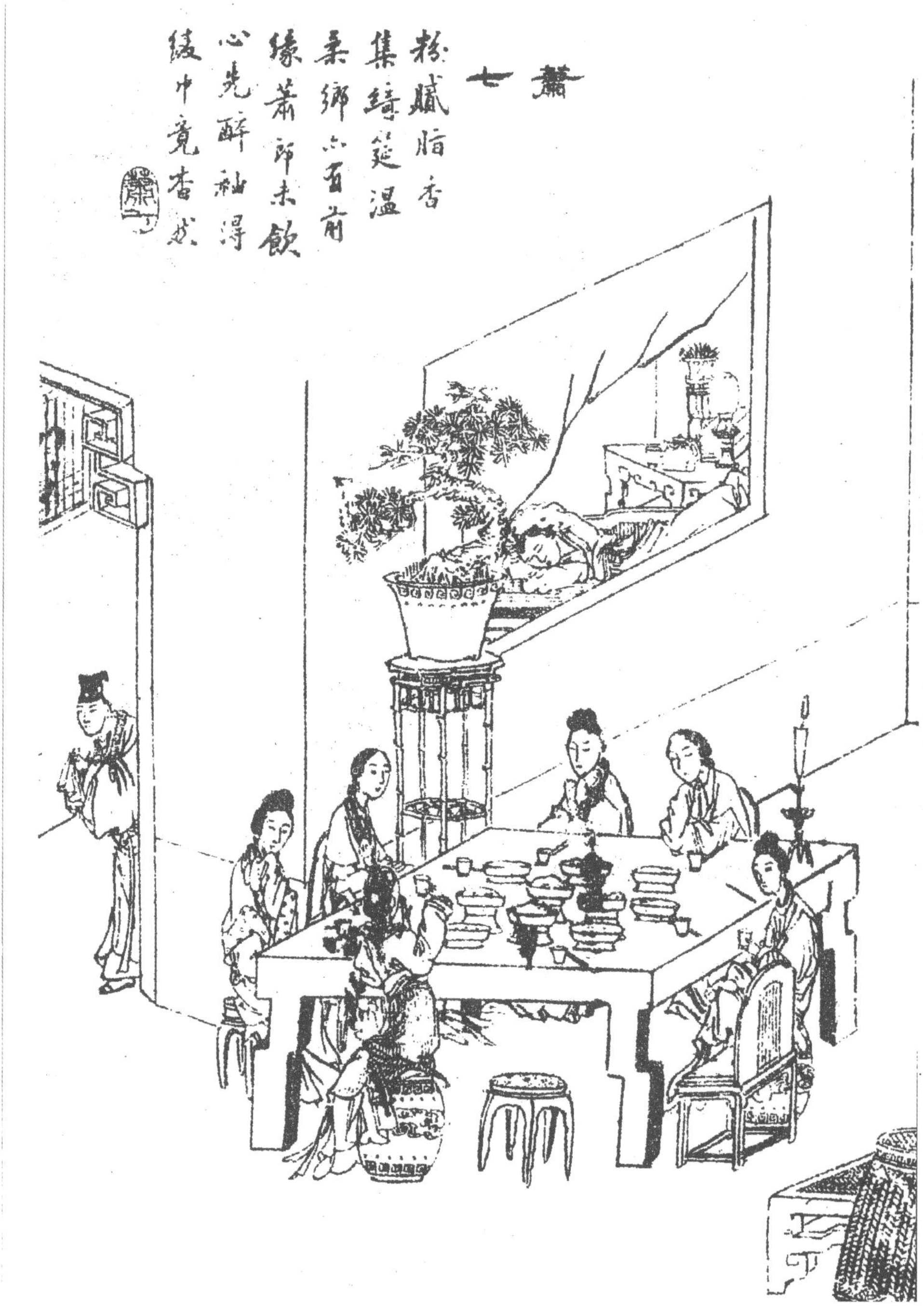
蕭七
粉膩脂香
集綺筵溫
柔鄉亦有前
緣蕭郎未飲
心先醉袖得
綾巾竟杳然

1 臨淄：古代縣名。今山東省淄博市臨淄區。
2 殯宮：古代稱尚未下葬，臨時安置靈柩之處所。此指墓地。
3 漿：指水。
4 曛暮：黃昏。曛，讀作「薰」，日暮時刻。
5 孟浪：言行輕率、冒失。
6 清門令望：家世清白，聲望頗高。
7 充下陳：作侍妾。
8 援拾：猶言提拔。此處是請求對方答應親事的自謙之詞。
9 踧踖：讀作「促及」。恭敬而不安的樣子。
10 伻：讀作「崩」。使者。此指僕役。
11 峩冠博帶：高冠闊帶。是古代儒生的裝束。峩，高聳。同今「峨」字，是峨的異體字。
12 炫妝：打扮得明豔動人。炫，光彩閃耀的樣子。
13 數行：數巡。遍敬在座賓客酒一巡，稱一行。
14 幃：帳幕。通「帷」。
15 館同爰止：同居共宿，此指洞房花燭。爰，讀作「元」。
16 辱寞：同「辱沒」。汙辱。
17 除：清掃。
18 加臂於身：抬手搭上身體，此指伸長手臂把人抱進懷裡。
19 奄忽：倏忽、忽然。奄，讀作「掩」。
20 翳曉：遮蔽晨曦。翳，此作動詞用，遮蔽。
21 黍穰：高粱稈。穰，讀作「攘」。稻、麥的莖。
22 橋起逆之：很快地起身相迎。逆，迎接。
23 局局：彎腰大笑的樣子。
24 胾：讀作「自」。用刀切開的大塊的肉。
25 職：主持。
26 晡後：傍晚。晡，讀作「補」的一聲，申時，泛指下午至傍晚的時間。
27 讙：高興的樣子。通「歡」。
28 如狗舐砧：像狗一樣把砧板舔得一乾二淨。砧，讀作「針」，切菜時所墊的板子。
29 滌：洗。
30 噉：讀作「淡」，同今「啖」字，是啖的異體字。吃或進食之意。
31 簋：讀作「軌」。古代祭祀時盛裝黍稷的圓形器具。
32 調人：烹調料理之人。調，讀作「條」，調味，意指掌廚。
33 素舄：白色的鞋子。舄，讀作「系」。鞋子。縞裳：白色生絹所製的衣裳。此指喪服。
34 觴政：即酒令。在酒席間吟詩作對的遊戲。
35 錄事：掌酒令的人，負責訂定遊戲規則，並糾察座客飲酒。
36 爵：古代一種三腳酒器，形似鳥雀。
37 酡：讀作「陀」。因飲酒而臉色泛紅的模樣。
38 荏：讀作「忍」，嬌軟脆弱之意。
39 吻：嘴脣。
40 袴：同今「褲」字，是褲的異體字。
41 墳：動詞，土地隆起。此處指生殖器官突起之處。

42心旌：比喻人心神不寧，如搖晃的旌旗一般。
43項項不自得：若有所失，悶悶不樂的樣子。項項，讀作「絜絜」，茫然自失的樣子。
44曲中女：曲巷中的女子，即妓女。曲巷是古代妓院的代稱。
45阽危：危險。阽，讀作「店」。
46若：代詞，你。
47捫：讀作「門」。撫摸、觸摸。
48冗羈：被瑣事給耽擱了。
49遽：立刻。
50甓：讀作「闢」。磚的一種名稱。
51溫煦：和暖。此指熱情照顧。
52疎：同今「疏」字，是疏的異體字。
53嘿：讀作「默」。同今「默」字，是默的異體字。
54殘巵：殘酒，喝過以後剩在杯中的酒。巵，讀作「之」，古代的酒器。
55撐拒：撐持抵抗。
56跽：讀作「季」。古代跪禮的一種，臀部不著腳跟，且直身挺腰稱為「跽」。
57裁：通「纔」、「才」二字。僅、只之意。
58闥：讀作「踏」。門。
59迹：蹤跡、行跡、痕跡。同今「跡」字，是跡的異體字。
60晨占雀喜，夕卜燈花：早晨企望喜鵲鳴叫，向晚觀察燈芯形狀。此指期盼通過占卜獲得願望實現的吉兆。

◆**何守奇評點**：突如其來，倏然而去。一諾而來世必踐，故言不可不慎也。

蕭七突然而來，又突然而去。六姊一句承諾，來世必定實踐，所以不可不謹言慎行啊！

白話翻譯

徐繼長，臨淄縣人，家住城東磨房莊。早年攻讀但功名未就，只好到官府做個小吏。一次偶然拜訪親戚，途經于家墓園。傍晚，徐繼長酒醉回家又路經此處，見到路邊樓閣富麗堂皇，有一老頭坐在門口。徐繼長酒後口渴，就向老頭施禮，討杯水喝。老頭起身請他進去，到屋裡給他取水。徐繼長喝完後，老頭說：「天色已晚，路不好走，暫且住一夜，明早再走，你看如何？」徐繼長也很疲倦，就接受他的邀請。老頭讓家人準備酒菜待客，又對徐繼長說：「老夫有句話，請您不要怪我莽撞。公子家世清白，聲望又高，老夫想要與你聯姻。家中有個小女兒還沒出嫁，想給您做侍妾，希望您能接納。」徐繼長顯得侷促難安，不知說什麼才好。老頭於是派人遍告親友，又傳話讓他的女兒梳妝打扮。不久，四、五個穿著儒服的人先後來到，女郎也豔妝而出，容貌豔麗，舉世無雙。於是大家入席喝酒，徐繼長被小姐迷得神魂顛倒，只想趕快與她洞房。他喝了幾杯後，推託道不勝酒力，老頭就讓小丫鬟領著徐繼長夫妻進了洞房，讓他們歇息。徐繼長問小姐的家族姓氏。她說：「姓蕭，排行第七。」徐繼長又仔細詢問她的家世，蕭七說：「我雖然出身卑微，但嫁給你這個小衙吏也不算辱沒你，爲什麼要問得這般仔細？」徐繼長耽溺她的美貌，對她十分寵愛，遂打消疑慮。蕭七說：「此地不能爲家。我知道你的妻子很和善，或許不會阻攔。你回家打掃出一間房子，我自己就會過去。」徐繼長答應。接著就將蕭七摟進懷中，很快睡著了。

一覺醒來，懷中的蕭七已經不見。天色大亮，松樹遮住日光，身下墊的高粱稈有一尺多厚。徐繼長驚嘆地回到家，把這件事告訴妻子。妻子尋他開心，就去打掃出一間房子，在裡邊放置一張床，關上門走出來說：「新娘子今夜就來啦。」兩人相對而笑。到了傍晚，妻子嘲弄地拉著徐繼長打開房門說：「新娘子是不是在屋裡了？」進去以後，就看到一位美人盛裝打扮坐在床上。她看見徐繼長夫妻進來，連忙起身相迎。夫妻二人非常驚訝，蕭七掩嘴笑彎了腰，隨後恭敬參拜徐妻。徐妻就準備酒菜，讓他們倆人行合卺之禮。蕭七每天很早就起來做家務，不用別人指派。一天，蕭七對徐繼長說：「我的姊妹們想來咱家看一看。」徐繼長擔心倉促間沒有好東西招待客人。蕭七說：「她們都知道咱家不富裕，會先送些菜肴和炊具來，只麻煩我家姊姊烹煮罷了。」徐繼長告訴妻子，徐妻答允。早飯後，果然有人擔了酒肉來，放下擔子就走，徐妻於是負責炊煮。傍晚時分，來了六、七位女子，年紀大的也不過四十來歲，她們圍著桌子坐下，喝酒談笑聲充盈整間屋子。徐妻趴在窗戶上偷看，只見丈夫和七姊面對面坐著，別的客人卻看不見。一行人一直玩到半夜，才高興地離去。蕭七送客未歸，徐妻進屋看桌子上，杯盤都空了。笑道：「這些丫頭想必是餓壞了，吃得碗盤都像狗舔過一樣乾淨。」不久，蕭七回來，殷勤地向徐妻道謝，還將杯盤拿去洗，並催促徐妻趕緊去睡。徐妻說：「客人來到我們家，讓她們自帶酒食，也是個笑話了。改明兒個應該另請一次才好。」

過了幾天，徐繼長聽妻子的話，讓蕭七再請客人來。客人到了以後，盡情地吃喝，卻剩下四盤菜沒動筷子。徐繼長問爲什麼，她們笑道：「夫人嫌我們上次吃相難看，所以留下來給大廚吃。」席間有一女子，年約十八、九歲，穿著素衣素鞋，說她丈夫剛過世，蕭七稱她爲六姊，神態美豔動人，很能說笑。她和徐繼長混熟了，就用詼諧的話語相互挑逗。行酒令時，徐繼長掌管酒令，禁止大家嬉笑。六姊頻頻犯規，一連喝了十幾杯，喝得臉頰紅通通的，身軀軟綿綿的，柔弱得支撐不下去，不久便告退離席了。徐繼長拿著蠟燭去找她，見她躺在黑漆漆的房間裡熟睡。徐繼長上前去吻她，她也渾然不覺，他再伸手進她褲子裡，摸到她的私處突起。徐繼長神魂蕩漾，忽聽席間眾人在喊徐郎，急忙理好六姊的衣服，見她袖裡有一塊綾巾，偷偷拿走才走出房門。到了半夜，客人們都離席了，六姊還沒醒來。蕭七進去將她搖醒，她才打了個呵欠起來，繫好裙子，梳理好頭髮，跟著大家回去。徐繼長心裡對六姊念念不忘，想找個沒人的地方把玩她留下的絲巾，然而絲巾竟不見了。他懷疑是送客時弄丟在路上，就拿著燈仔細沿途尋找，都沒找到，悵然若失，悶悶不樂。蕭七問他，他隨便敷衍幾句。蕭七說：「你不要騙我了，那手巾人家已拿去，白費心思。」徐繼長很驚訝，實情以告，並說很想六姊。蕭七說：「她和你沒有緣份，所以你們之間也到此爲止。」徐繼長問她緣由。蕭七說：「她的前世是個妓女，你是讀書人。你見了她後很喜歡她，但被你的雙親所阻，無法隨順所願，你思念成疾，性命垂危。你讓人告訴她說：『我已病入膏肓，假若你能來，哪怕只讓我摸一下你的肌膚，我死也無憾！』她被你的癡情所感動，就答應了你的請求。可又碰巧她被瑣事耽擱，沒有立即前去；第二天到了你家，你已經死了。是以她與你有肌膚之親的緣分，超過了這個界限，就不是你所能得到的了。」以後再設宴招待那些女眷，只有六姊不來。徐繼長懷疑蕭七嫉妒，頗有怨言。

一天，蕭七對徐繼長說：「你因爲六姊的緣故，胡亂責怪我。實在是她不肯來，與我何干？現如今我們八年的情分，轉眼就要分別。讓我爲你想個辦法，以釋前嫌。她雖不肯來，難道還能不讓我們進去？我們上門去找她，或許人定勝天，也未可知。」徐繼長大悅，便聽她的。蕭七握住徐繼長的手，飄然離地，很快到了她家。黃磚大廳，重門曲折，與初見時無異。岳父和岳母同出相迎，說：「小女多年來承蒙你照顧，我們年高懶惰，很少去探望，你不會責怪我們吧？」立刻準備酒宴。蕭七問姊妹們的情況，蕭母答：「她們都各自回家去了，只有六姊還在。」隨即喊丫鬟請六小姐出來見客，過了很久仍不出來。蕭七進去把她拉了出來，六姊低頭不語，不像從前那樣有說有笑。不久，父母告辭走開，蕭七對六姊說：「姊姊自命清高，讓人埋怨我！」六姊冷笑說：「輕薄之人不宜與他親近！」蕭七端起兩人酒杯，強迫她與徐繼長交換喝下，說：「都已經親吻過了，還假惺惺的做給誰看？」不久，蕭七離去，屋裡只留下他倆。徐繼長站起來逼她交歡，六姊苦苦抵抗。徐繼長繼而拉住她的衣服，跪在地上苦苦哀求，六姊的臉色漸漸柔和，兩人牽手進入內室，才剛解開衣扣，忽聽外邊叫喊聲呼天搶地，火光倏而照亮房門。六姊大驚，忙推開徐繼長說：「大禍臨頭了！怎麼辦？」徐繼長倉促間也不知如何才好，然而六姊已經逃竄得沒了蹤影。徐繼長惆悵地坐了一會兒，房屋消失了，十幾個獵人追著鷹鷲，揮著大刀來到跟前，驚問：「你是什麼人？爲何深更半夜坐在這裡？」徐繼長推託是迷路，自報姓名。一個獵人說：「剛才我們追著一隻狐狸，你見到沒有？」徐繼長回答說：「沒見到。」仔細辨認那地方，原來是于家墓園，便掃興地回了家。他仍盼望蕭七再來，早晨盼著喜鵲叫，晚上盼著燈芯結花，然而最終也沒有消息。這個故事是董玉玹講述的。

大人

長山李孝廉質君[1]詣青州[2]，途中遇六七人，語音類燕[3]。審視兩頰，俱有瘢[4]，大如錢。異之，因問何病之同。客曰：舊歲客雲南，日暮失道，入大山中，絕壑巉巖[5]，不可得出。谷中有大樹一章，條[6]數尺，綿綿下垂，蔭廣畝餘。諸客計無所之，因共繫馬解裝，旁[7]樹棲止。夜深，虎豹鴞鴟[8]，次第嘷[9]動，諸客抱膝相向，不能寐。忽見一大人來，高以丈計。客團伏，莫敢息。大人至，以手攫馬而食，六七匹頃刻都盡。既而折樹上長條，捉人首穿腮，如貫魚狀。貫訖，提行數步，條毳[10]折有聲。大人似恐墜落，乃屈條之兩端，壓以巨石而去。客覺其去遠，出佩刀，自斷貫條，負痛疾走。未數武[11]，見大人又導一人俱來。客懼，伏叢莽中。見後來者更巨，至樹下，往來巡視，似有所求而不得。已乃聲啁啾[12]，似巨鳥鳴，意甚怒，蓋怒大人之紿[13]己也。因以掌批其頰。大人傴僂[14]順受，無敢少爭。俄而俱去。諸客始倉皇出。荒竄良久，遙見嶺頭有燈火，羣趨之。至則一男子居石室中。客入環拜，兼告所苦。男子曳令坐，曰：「此物殊可恨，然我亦不能箝制[15]。待舍妹歸，可與謀也。」無何，一女子荷[16]兩虎自外入，問客何來。諸客叩伏而告以故。女子曰：「久知兩箇為孽，不圖凶頑若此！當即除之。」於石室中出銅鎚，重三四百觔[17]，出門遂逝。男子煮虎肉饗客。肉未熟，女子已返，曰：「彼見我欲遁，追之數十里，斷其一指而還。」因以指擲地，大於脛[18]骨焉。眾駭極，問其姓氏，不答。少間，肉熟，客創痛不食。女以藥屑徧糝[19]之，痛頓止。天明，女子送客至樹下，行李俱在。各負裝行十餘里，經昨夜鬭[20]處，女子指示之，石窪中殘血尚存盆許。出山，女子始別而返。

1 長山李孝廉質君：名斯義，字質君，長山（今山東省鄒平縣）人，康熙二十七年（西元一六八八年）進士，官至福建巡撫。孝廉，舉人。

2 青州：今山東省青州市。

3 燕：古代國名。周代姬姓諸侯國，故址在今河北、遼寧，戰國七雄之一，後為秦所滅。古代用以作為河北的別稱。

4 瘢：讀作「班」。瘡痕、疤痕。

5 巉巖：險峻的山石。巉，讀作「禪」，高險、險峻。

6 條：樹枝。

7 旁：讀作「棒」。靠近。

8 鴞：讀作「蕭」，通「梟」。鴞形目鳥類的統稱。雙眼巨大而渾圓，其羽毛表面似天鵝絨般柔軟，故飛行無聲，利於獵物。鴟：讀作「吃」。常盤旋於空中，抓取小雞為食的肉食性鳥類。

9 嘷：讀作「豪」，吼叫號哭。

10 毳：讀作「翠」。脆弱、不堅韌。通「脆」。

11 數武：走幾步。

12 啁啾：此處形容鳥鳴聲。

13 紿：讀作「戴」。欺瞞、矇騙之意。

14 傴僂：讀作「語樓」。彎腰鞠躬，表示恭敬從命的樣子。

15 箝制：用威勢武力壓制。箝，讀作「前」。

16 荷：讀作「賀」，背負。

17 觔：讀作「金」，量詞，古代計算重量的單位，通「斤」。

18 脛：讀作「靜」，指膝蓋以下、腳踝以上部位，又稱小腿。

19 徧：同今「遍」字，是遍的異體字。糝：讀作「傘」。撒落、散開。

20 鬭：打鬥。同今「鬥」字，是鬥的異體字。

◆**何守奇評點**：大人究不知何孽？非此女子不能居此山。

巨人不知是什麼怪物？只有這名奇女子才能居住在這座山裡。

大人
深山豈意覯
防風貫頰長條
計亦工縱有天生
奇妻子銅鎚未
許奏全功

白話翻譯

長山縣舉人李質君一日造訪青州，途中遇到六、七個人，聽口音像河北人。仔細看他們兩邊臉頰，都有疤痕，如銅錢般大。李質君覺得很奇怪，問他們爲什麼都得一樣的病。那幾個路人說：「前幾年我們客居雲南時，一日天黑後迷了路，走進一座大山裡，四周都是絕壁懸崖，找不到出路。見山谷中有一棵大樹，樹枝有幾尺長，軟綿綿垂下來，樹蔭足有一畝地大。我們無計可施，便都把馬拴好，解下行李，靠著大樹休息。夜深了，老虎、豹子、貓頭鷹，此起彼伏地嗥叫著，我們都抱著腿相對而坐，不敢睡下。忽然看見一個巨人走來，身高可以丈來衡量。我們嚇得團團趴在地上，不敢喘氣。巨人來到跟前，用手抓起馬就吃，六、七匹馬一下子就被他吃光了！接著他又折下樹上的長枝條，抓住我們的頭，用樹枝貫穿我們的臉頰，像串魚那樣，串完後提起來走幾步，枝條發出脆弱斷裂的聲音。巨人好像怕有人陸續掉落，就把樹枝兩端拗彎，再用一塊巨石壓住兩端後離開。我們覺得他走遠了，就拿出佩刀砍斷串起我們的枝條，忍痛趕忙逃跑。剛跑幾步，見巨人又領一個巨人前來，我們很害怕，趴著躲在草叢裡。看見領來的那個人更加高大，來到樹下來回巡視，好像找什麼東西卻找不到。接著發出像大鳥的『啾啾』叫聲，可是聽起來很憤怒，大概是認爲第一個巨人欺騙牠，氣得打了他兩耳光。巨人彎著身子，很恭敬地承受了，不敢辯解。不久兩個巨人都走了，我們才倉皇逃出來。

「我們在荒野中逃了很久，遠遠看見一處山嶺上有燈光。大夥一塊跑過去，到了那裡，只見有個男人住在石屋中。我們進去圍在他身邊行禮致敬，並講了剛才的悽慘遭遇。男子拉著我們，請我們坐下，說：『這怪物特別可恨，然而我也沒有辦法制服牠們。待舍妹回來，再與她商量。』不久，一個女子從外邊進來，而且身上竟然背了兩隻老虎！她問客人是從哪裡來的，我們連忙跪地叩頭，告訴她事情經過。女子說：『早就知道這兩個怪物為禍，沒料到如此兇殘！應當立刻除掉。』說著，從石屋中拿出一柄銅錘，重三、四百斤，出門就不見蹤影。男人便煮起老虎肉招待我們，肉還沒熟，女子就回來了，說：『牠們看見我想逃，我追了數十里。打斷其中一個的一根指頭就回來了。』說著把指頭扔到地上，見那截指頭有一個人的小腿那麼粗。眾人驚訝害怕極了，問起女子的姓名，她卻不答。過了一會兒，肉熟了，我們臉頰上的傷疼得無法進食，她便用藥屑給我們塗抹傷處，立刻就不疼了。等到天亮，女子送我們到最初來的那棵大樹下，行李都還在。我們各自背起行李走了十幾里路，經過昨夜打鬥之處，女子指給我們看，石窪中殘留的血跡大約有一盆這麼多。她送我們直到出了山谷才告別返回。」

向杲

向杲[1]字初旦，太原[2]人。與庶兄晟，友于最敦[3]。晟狎[4]一妓，名波斯，有割臂之盟[5]；以其母取直[6]奢，所約不遂。適其母欲從良，願先遣波斯。有莊公子者，素善波斯，請贖為妾。波斯謂母曰：「既願同離水火，是欲出地獄而登天堂也。若妾媵[7]之，相去幾何矣！肯從奴志，向生其可。」母諾之，以意達晟。時晟喪偶未婚，喜，竭貲[8]聘波斯以歸。莊聞，怒奪所好，途中偶逢，大加詬罵。晟不服，遂嗾從人折箠笞之[9]，垂斃，乃去。杲聞奔視，則兄已死。不勝哀憤。具造[10]赴郡。莊廣行賄賂，使其理不得伸。杲隱忿中結，莫可控訴，惟思要路刺殺莊。日懷利刃，伏於山徑之莽。久之，機漸洩。莊知其謀，出則戒備甚嚴；聞汾州[11]有焦桐者，勇而善射，以多金聘為衛。杲無計可施，然猶日伺之。一日，方伏，雨暴作，上下沾濡，寒戰[12]頗苦。既而烈風四塞，冰雹繼至，身忽然痛癢不能復覺。嶺上舊有山神祠，強起奔赴。既入廟，則所識道士在內焉。先是，道士嘗行乞村中，杲輒飯[13]之，道士以故識杲。見杲衣服濡溼，乃以布袍授之，曰：「姑易此。」杲易衣，忍凍蹲若犬，自視，則毛革頓生，身化為虎。道士已失所在。心中驚恨。轉念：得仇人而食其肉，計亦良得。下山伏舊處，見己尸臥叢莽中，始悟前身已死；猶恐葬於烏鳶[14]，時時邏守之。越日，莊始經此，虎暴出，於馬上撲莊落，齕[15]其首，咽之。焦桐返馬而射，中虎腹，蹷[16]然遂斃。杲在錯楚[17]中，恍若夢醒；

又經宵，始能行步，厭厭[18]以歸。家人以其連夕不返，方共駭疑，見之，喜相慰問。杲但臥，蹇澀[19]不能語。少間，聞莊信，爭即[20]牀頭慶告之。杲乃自言：「虎即我也。」遂述其異。由此傳播。莊子痛父之死甚慘，聞而惡[21]之，因訟杲。官以其事誕而無據，置不理焉。

異史氏曰：「壯士志酬，必不生返，此千古所悼恨也。借人之殺以為生，仙人之術亦神哉！然天下事足髮指者多矣。使怨者常為人，恨不令暫作虎！」

1 杲：讀作「搞」。
2 太原：今屬山西省，為山西省會。
3 友于最敦：感情十分深厚的兄弟。友于，代指兄弟之間互敬互愛的情誼。
4 狎：親近，讀作「霞」。
5 割臂之盟：男女相愛，割臂出血為盟誓，私訂終身。
6 直：通「值」。價值。
7 媵：讀作「硬」。古代之陪嫁女。此指侍妾。
8 貲：通「資」。指財物、錢財。
9 嗾從人折箠笞之：教唆隨從用短棍打他。嗾，讀作「叟」，教唆、指使別人做壞事。折箠，截短的棍杖。箠，讀作「垂」。笞，讀作「癡」，鞭打。
10 造：此指狀紙。
11 汾州：古代府名。今山西省汾陽市。
12 寒戰：冷得發抖。戰，通「顫」。
13 飯：動詞，拿食物給別人吃。
14 鳶：老鷹。
15 齕：以牙齒去咬。讀作「合」。
16 蹷：同今「蹶」字，是蹶的異體字。跌倒。
17 錯楚：雜亂的草叢。楚，泛指叢莽。
18 厭厭：讀作「菸菸」。衰頹不振，沒有生氣的樣子。
19 蹇澀：生硬，遲鈍。蹇，讀作「簡」。
20 即：至，抵達。
21 惡：嫉恨。

◆**何守奇評點**：化人成虎，借殺為生，使非妙術如神，則大仇終於不報矣。固知不可如此狡獪。

使人變成老虎，借殺人來使人復生，若非道士神通廣大，向杲難以報仇雪恨。由此可知若非道士詭變多詐，而事不能成矣。

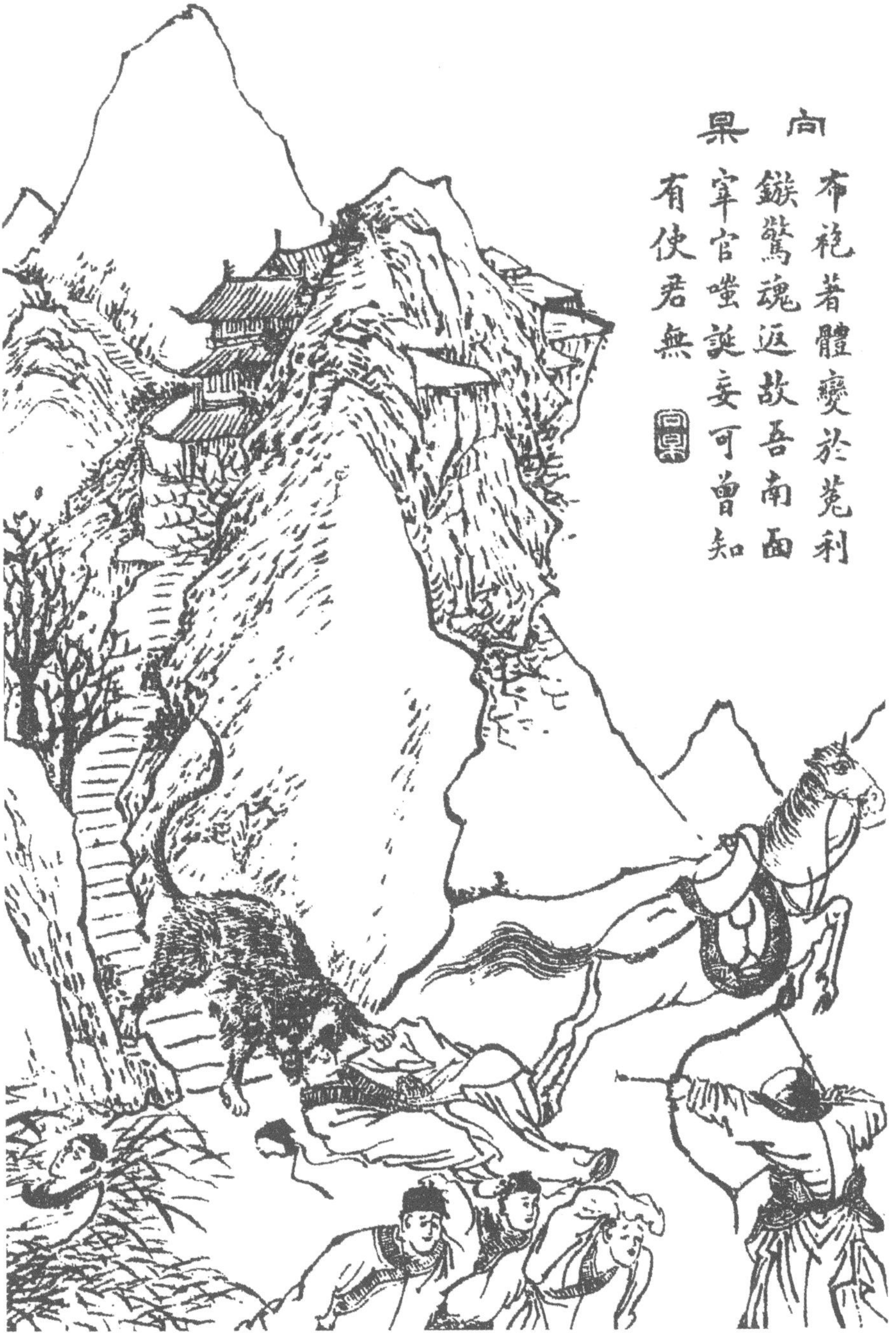
向杲
布袍著體變於菟利
鏃驚魂返故吾南面
宰官嗤誕妄可曾知
有使君無

白話翻譯

向杲，字初旦，山西太原人。他與庶出的兄長向晟感情最深厚。向晟和一名妓女往來甚近，她名叫波斯，兩人盟誓私訂終身。由於波斯的鴇母要價太高，兩人始終沒有如願。正好鴇母想要從良，願意先把波斯嫁出去。有一個姓莊的公子一向喜歡波斯，向鴇母請求替波斯贖身做妾。波斯對鴇母說：「你想要脫離這水深火熱的煙花之地，就是想離開地獄而升天堂。如果把我賣給別人做妾，與當妓女又有何區別！如果肯依從我的心意，就把我嫁給向晟。」鴇母答允，並把她的意思轉告給向晟。當時向晟喪妻，尚未再娶，他非常高興，竭盡家中所有錢財，把波斯娶了回家。莊公子聽說後，惱怒向晟奪走了他喜歡的女人，一次在路上偶然相逢，把他痛罵一頓。向晟不服，莊公子就叫隨從拿短棍毒打向晟，打得快要死了，他們才走。向杲聽到消息急忙跑去看，他的兄長已經死了。向杲非常哀痛悲憤，寫好狀子要到郡城告狀。莊公子對官府上下都打點行賄，使向杲有理難伸，向杲心中憤怒鬱結，投訴無門，只想著要在路上刺殺莊公子。他每天帶著利刃，蟄伏在山間路旁的草叢裡。時間長了，這件事就洩漏出去，莊公子知道他的計畫，只要出門就帶上許多護衛；他聽說汾州有個叫焦桐的人，勇猛擅長射箭，以重金聘請他做護衛。向杲無計可施，但仍每天在路邊等著。一天，他剛藏好身影，忽然大雨傾盆，他渾身濕透，冷得發抖，非常難受。接著四周颳起狂風，又落下冰雹，向杲突然間就失去知覺，感受不到痛癢。山嶺上以前有座山神廟，他勉強支撐著跑到那裡，進入廟中看見一個熟識的道士在那裡。從前，這個道士曾在村中乞討，向杲常佈施食物給他，所以道士認識向杲。他見向杲的衣服都濕透了，就給他一件布袍，說：「暫且把這件布袍換上。」向杲換上布袍，忍著寒冷，像狗一樣蹲著。反觀己身，忽然長出皮毛，竟變成一隻老虎，道士卻已不知所蹤。向杲心中又驚又恨，轉念一想：這樣能找到仇人，吃他的肉，也是個好辦法。於是下山到原來藏身處，看見自己的屍體躺在草叢中，才恍然大悟他已經死了；他怕自己的屍身被烏鴉和老鷹吃啄了去，時時在旁邊巡邏。

第二天，莊公子才從這裡經過，老虎猛然竄出，把騎在馬上的莊公子直接撲落地，咬下他的頭吞進肚裡去。焦桐掉轉馬頭向老虎射了一箭，射中牠肚子，老虎跌跌撞撞倒下斃命。向杲在荊棘叢中，恍然好像大夢初醒，又過一晚才能行動走路，拖著沉重的腳步回家。家人因他一連幾晚都沒回來，正在擔心疑慮，見到他都高興地向前慰問。向杲只是躺在床上，不能言語。不久，家人聽到莊公子被老虎咬死的消息，爭相到床頭喜孜孜地告訴他。向杲才說：「老虎就是我。」將奇異的經歷說了一遍。這事從此傳揚開去，莊公子的兒子傷痛父親死得太慘，聽說以後十分惱火，就去狀告向杲。官府認爲這件事荒誕不經，而且沒有憑據，因此置之不理。

記下奇聞異事的作者如是說：「自古以來壯士們得償所願，無一人能活著回來，這是千古遺恨。利用化身歸陰，而本尊還陽，仙人的法術也眞是神奇！可是天下間令人髮指之事不勝枚舉，有冤屈無處申訴的，空有人的軀殼卻一籌莫展，我倒恨不得他們都能暫時變作老虎，報仇雪恨！」

董公子

青州[1]董尚書可畏[2]，家庭嚴肅，內外男女[3]，不敢通一語。一日，有婢僕調笑於中門[4]之外，公子見而怒叱之，各奔去。及夜，公子偕僮臥齋中。時方盛暑，室門洞敞。更深時，僮聞牀上有聲甚厲，驚醒。月影中，見前僕提一物出門去。以其家人故，弗深怪，遂復寐。忽聞靴聲訇然[5]，一偉丈夫赤面修髯，似壽亭侯[6]像，捉一人頭入。僮懼，蛇行入牀下。聞牀上支支格格，如振衣，如摩腹，移時始罷。靴聲又響，乃去。僮伸頸漸出，見窗櫺[7]上有曉色。以手捫[8]牀上，著手沾溼，嗅之血腥。大呼公子，公子方醒。告而火[9]之，血盈枕席。大駭，不知其故。忽有官役叩門。公子出見，役愕然，但言怪事。詰[10]之，告曰：「適衙前一人神色迷罔，大聲曰：『我殺主人矣！』眾見其衣有血污，執而白之官[11]。審知為公子家人。渠[12]言已殺公子，埋首於關廟之側。往驗之，穴土猶新，而首則並無。」公子駭異，趨赴公庭，見其人即前狎[13]婢者也。因述其異。官甚惶惑，重責而釋之。公子不欲結怨於小人，以前婢配之，令去。積數日，其鄰堵[14]者，夜聞僕房中一聲震響若崩裂，急起呼之，不應。排闥[15]入視，見夫婦及寢牀，皆截然斷而為兩，木肉上俱有削痕，似一刀所斷者。關公之靈蹟最多，未有奇於此者也。◆

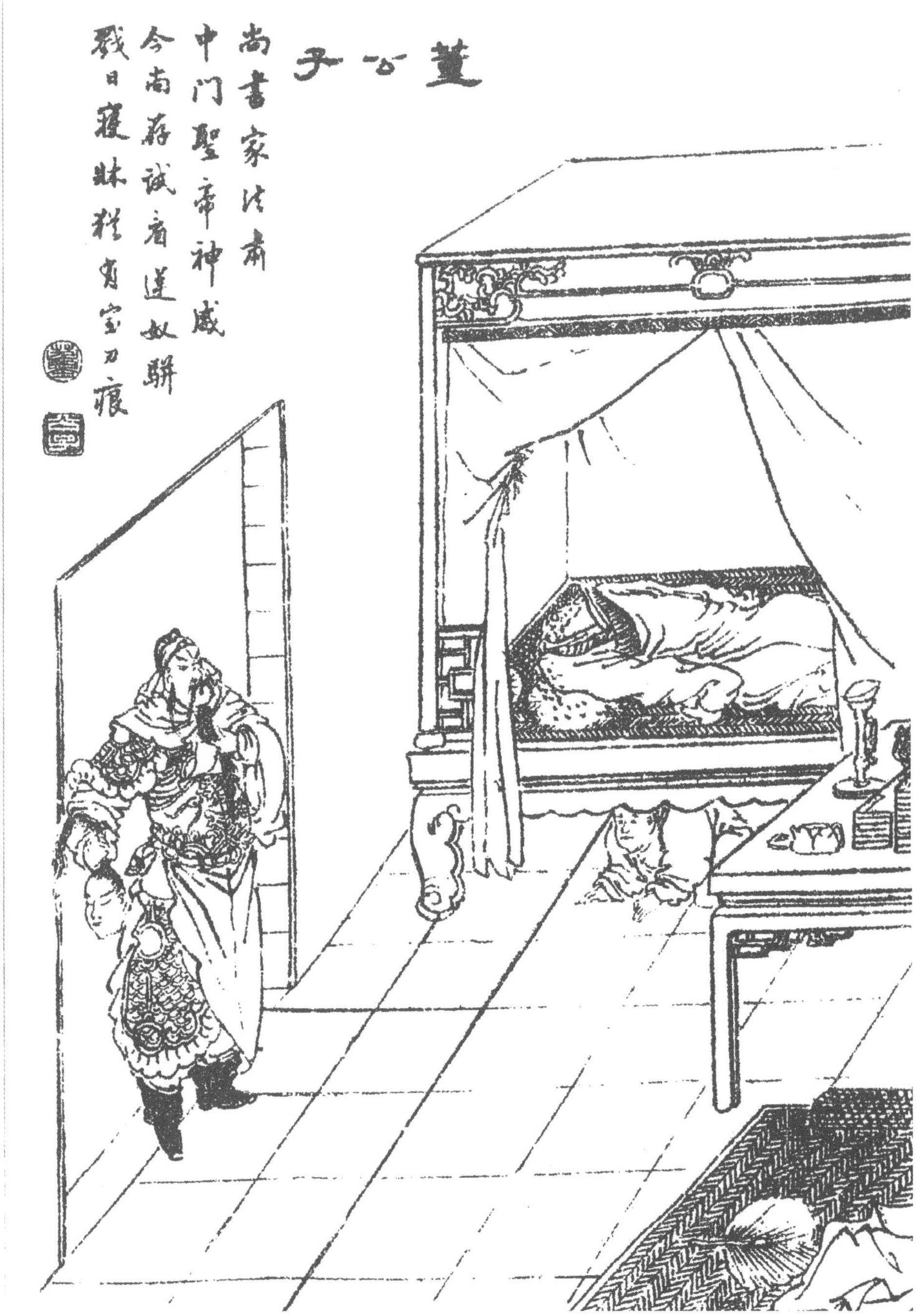
董公子
尚書家法肅
中門聖帝神威
今尚存試看逢奴騈
戮日寢牀猶有宝刀痕

1 青州：地名，今山東省青州市。
2 董尚書可畏：即董可威。字嚴甫，號蓀元，山東益都人。明神宗萬曆三十五年（西元一六〇七年）進士，官至工部尚書。
3 男女：指男僕和女僕。
4 中門：內、外院之間的門。
5 訇然：讀作「轟」。狀聲詞，形容巨響的聲音。
6 壽亭侯：指關羽，也是民間信仰的神祇「關聖帝君」。三國時蜀漢名將。漢獻帝建安五年（西元二〇〇年）為曹操所俘，並由曹操以征討袁紹的軍功，封為漢壽亭侯。
7 櫺：讀作「凌」。窗戶框上或欄杆上雕花的格子。
8 捫：讀作「門」，撫摸、觸摸。
9 火：點燈。
10 詰：讀作「傑」，問。
11 白之官：報官。
12 渠：他，第三人稱。
13 狎：輕薄。
14 堵：牆。
15 排闥：推開門。闥，讀作「踏」。

◆**但明倫評點**：斷頭復續，死而生者不自知，使知自言其罪，則元兇授首，報應昭然，聖德神威，無以加此。

董公子頭被砍斷又接上，死而復生之人自己不知曉，讓男僕坦承他的罪孽，則元兇被砍頭，因果循環，報應不爽。關公的聖德神威，無以復加。

白話翻譯

工部尚書董可畏是青州人，家中規矩十分森嚴，宅內宅外的男女僕人都不敢互相交談。一天，有名丫鬟和男僕在中門外邊打情罵俏，被公子瞧見了，怒斥他們，兩人各自跑掉了。夜晚，公子和書僮皆睡在書房中，當時正是盛夏，房門大敞。夜深的時候，書僮聽到床上發出很大的聲音，他被驚醒了。在月光下，他見白天和丫鬟調情的那個僕人提著一個東西走出門去。因爲他是家裡僕人，書僮也沒多疑便又睡下。忽然聽見傳來「叩叩」的靴子聲，一個魁梧的男子，紅臉長鬚，貌似關羽的模樣，手裡提著一顆人頭走了進來。書僮害怕得爬進床底，只聽到床上咯吱作響，像在抖衣服，又像在按摩腹部，許久才停。靴子走路聲又響起來，那人已經走了。書僮伸著脖子慢慢從床底下鑽出來，見窗格上透入曙光，於是用手摸床，竟然沾了一手濕黏，聞著還有血腥氣！他嚇得大呼公子，公子正好醒來，書僮便把見到的情形告訴他，並提燈來照，一看血滿枕席，兩人大驚，卻不知道這是怎麼回事。

忽然外面有官府的差役前來敲門，公子出門接見，差役很驚愕，嘴裡直喊怪事。公子詢問，差役說：「剛才衙門前有一個人，神色迷亂恍惚，大叫道：『我把主人殺了！』眾人見他衣服上確有血污，抓他去告官，經過審問知道是您家僕人。他說已經殺了您，把人頭埋到關帝廟旁。前往查驗後，發現挖的坑土還很新，卻沒有人頭。」公子大感驚異，趕往公堂，見到那犯人，就是先前和丫鬟調情的僕人，於是敘述了事情的奇異經過。知縣聽了很惶恐疑惑，便重責男僕後釋放他。公子不想和小人結怨，就把那個丫鬟許配給這名男僕，讓他們離開了。

過了幾天，夜裡，這個男僕的鄰居聽到屋中一聲震響，像是什麼東西崩裂了，急忙起床喊他，沒人應答。推門一看，見夫婦連同他們睡的床被斷成兩半，木頭和屍體都有刀削的痕跡，好像是一刀砍斷的。關公顯靈的事跡很多，可是沒有比這個更神奇的了。

亂離二則

學師劉芳輝①，京都人②。有妹許聘戴生，出閣③有日矣。值北兵入境，父兄恐細弱④為累，謀妝送戴家。修飾未竟，亂兵紛入，父子分竄。女為牛彔⑤俘去。從之數日，殊不少狎①。夜則臥之別榻，飲食供奉甚殷。又掠一少年來，年與女相上下，儀采都雅⑦。牛彔謂之曰：「我無子，將以汝繼統緒⑧，肯否？」少年唯唯。又指女謂曰：「如肯，即以此為汝婦。」少年喜，願從所命。牛彔乃使同榻，浹洽⑨甚樂。既而枕上各道姓氏，則少年即戴生也。

陝西某公，任鹽秩⑩，家累不從。值姜瓖⑪之變，故里陷為盜藪⑫，音信隔絕。後亂平，遣人探問，則百里絕烟，無處可詢消息。會以復命⑬入都⑭，有老班役⑮喪偶，貧不能娶，公賚⑯數金使買婦。時大兵凱旋，俘獲婦口無算，插標市上，如賣牛馬。遂攜金就擇之。自分金少，不敢問少艾⑰。中一媼甚整潔，遂贖以歸。媼坐牀上，細認曰：「汝非某班役耶？」問所自知。曰：「汝從我兒服役，胡不識！」班役大駭，急告公。公視之，果母也。因而痛哭，倍償之。班役以金多，不屑謀媼。見一婦年三十餘，風範⑱超脫，因贖之。即行，婦且走且顧，曰：「汝非某班役耶？」又驚問之。曰：「汝從我夫服役，如何不識！」班役益駭，導見公。公視之，真其夫人。又悲失聲。一日而母妻重聚，喜不可已。乃以百金為班役娶美婦焉。意必公有大德，所以鬼神為之感應。惜言者忘其姓字，秦中⑲或有能道之者。

異史氏曰：「炎崐之禍，玉石不分[20]，誠然哉！若公一門，是以聚而傳者也。董思白[21]之後，僅有一孫，今亦不得奉其祭祀，亦朝士之責也。悲夫！」

1 學師劉芳輝：劉芳輝在清順治年間，曾經擔任淄川儒學教諭。學師，古代州縣學的教官。
2 京都人：劉芳輝是昌平人。昌平位在北京近郊，所以作者說他是京都人。
3 出閣：出嫁。
4 細弱：此指女子身軀嬌弱，不堪長途跋涉。
5 牛彔：滿人官名，也稱佐領。專辦各旗的自治事務。此處借指清兵。彔，讀作「路」。
6 狎：讀作「霞」，親近。此指輕薄，侮辱。
7 都雅：優美文雅的樣子。
8 統緒：繼承香火，即傳宗接代之意。
9 浹洽：相處融洽。浹，讀作「夾」。
10 鹽秩：徵收鹽稅的官吏。
11 姜瓖：明末清初將領，陝西榆林（今榆林市）人。明崇禎十七年（西元一六四四年）李自成攻克太原，曾降李自成，不久又降清廷。瓖，讀作「鄉」。
12 盜藪：強盜賊匪聚集之處。藪，讀作「叟」。
13 復命：執行命令後回報。
14 都：京城。
15 班役：即衙役。班，指班房。衙役辦事之處。
16 賚：讀作「賴」，賞賜、賜予。
17 少艾：年輕貌美的女子。
18 風範：風度及容貌。
19 秦中：今陝西省。古代為秦國故地，故稱。
20 炎崐之禍，玉石不分：兵災之禍，無論何種人，都共同罹難。崐，讀作「昆」，是崑的異體字。
21 董思白：即董其昌（西元一五五五～一六三六年）。字玄宰，號思白、香光居士。明書畫家，華亭（今上海市松江縣）人。明萬曆年間進士，官至南京禮部尚書，工於詩書，善於禮樂，卒謚文敏。

白話翻譯

本縣學師劉芳輝是京都人。其妹許配給戴生，出嫁的日期已經定下，卻不巧碰上清兵入境，父兄怕她這樣的嬌弱女子在逃難時會成爲負擔，打算盡快把她嫁去戴家。尙未梳妝完畢，清兵亂紛紛地衝入屋裡，父子分頭逃竄。劉小姐就被清兵的一名佐領給擄走了。她跟著那名佐領數日，他從未對劉小姐輕薄，晚上就讓她睡在別張床上，飲食招待得非常周到。這位佐領後又擄來一名少年，年紀和劉小姐相若，相貌堂堂，儀態風雅。佐領對他說：「我膝下無子，想讓你來替我傳承香火，你可願意？」少年點頭答應。佐領又指著劉小姐說：「如果你願意，我就讓她作你的妻子。」少年很高興，願意按他說的辦。佐領於是讓他們同床共枕，夫妻感情融洽。隨後在枕上各自說出姓氏，原來此一少年就是劉小姐未過門的夫婿戴生。

陝西某位大人，任職鹽官，家眷沒跟著前往赴任。適逢姜瓖之亂，故鄉被反賊給佔據，音信斷絕。後來亂事平定，大人派人回鄉探問，百里之內杳無人煙，無處可以打聽消息。那時大人進京述職，有個老差役喪妻，家貧不能續絃，大人贈他幾兩銀子讓他去買個妻子回來。當時清兵凱旋而歸，俘虜了無數婦女，插上草標在市場公開販售，如同賣牛賣馬一般。差役就帶著銀子上市場選購，他自忖錢少，不敢問年輕女人的價錢。其中有個老婦，看著模樣整潔，他就拿銀子將她贖回。老婦坐在床上，仔細將他打量一番後說：「你不是某差役嗎？」差役問她如何知道，婦人答：「你跟隨我的兒子服役，怎會不認識！」差役大驚，急忙跑去告訴大人。大人一看，果然是其母無誤。於是母子倆抱頭痛哭，大人加倍賞賜了差役。差役因爲銀子多了，不屑再買老婦，見一婦人年約三十幾歲，氣質不俗，相貌不錯，就贖了她。要帶她回家時，婦人一邊走一邊看他，說：「你不是某差役嗎？」差役又驚訝地詢問。少婦說：「你跟隨我的丈夫服役，怎麼不認識！」差役更加驚訝，領她去見大人。大人一看，果眞是他夫人，又悲痛失聲。一天當中母親、妻子重聚，興奮之情溢於言表，於是用一百兩銀子爲差役娶了一個美貌的妻子。看來必是這位大人有高尚的美德，所以連鬼神也被他所感動，暗中庇佑。可惜說這故事的人忘了這位大人的姓名，陝西或許還有能說出他姓名的人。

記下奇聞異事的作者如是說：「兵災之禍，無論何種人，都難以倖免於難，現在看來果然如此！像大人這一家，是因輾轉團聚才流傳下來的。董其昌的後代只有一個孫子，至今無人祭祀祖先，這又是朝廷官員的責任！眞是可悲啊！」

豢蛇

泗水[1]山中，舊有禪院，四無村落，人蹟罕及，有道士[2]棲止其中。或言內多大蛇，故游人益遠之。一少年入山羅[3]鷹。入既深，無所歸宿；遙見蘭若[4]，趨投之。道士驚曰：「居士何來？幸不為兒輩所見！」即命坐，具饘粥[5]。食未已，一巨蛇入，粗十餘圍[6]，昂首向客，怒目電瞛[7]。客大懼。道士以掌擊其額，呵曰：「去！」蛇乃俯首入東室。蜿蜒移時，其軀始盡，盤伏其中，一室盡滿。客大懼，搖戰[8]。道士曰：「此平時所豢養。有我在，不妨；所患者，客自遇之耳。」客甫坐，又一蛇入，較前略小，約可五六圍。見客遽[9]止，睒瞲[10]吐舌如前狀。道士又叱之，亦入室去。室無臥處，半遶梁間，壁上土搖落有聲。客益懼，終夜不寢。早起欲歸，道士送之。出屋門，見牆上階下，大如盎琖[11]者，行臥不一。見生人，皆有吞噬狀。客懼，依道士肘腋而行，使送出谷口，乃歸。

余鄉有客中州[12]者，寄宿蛇佛寺。寺僧具晚餐，肉湯甚美，而段段皆圓，類雞項。疑問寺僧：「殺雞幾何，遂得多項？」僧曰：「此蛇段耳。」客大驚，有出門而哇[13]者。既寢，覺胸上蠕蠕。摸之，則蛇也，頓起駭呼。僧起曰：「此常事，烏足駭！」因以火照壁間，大小滿牆，榻上下皆是也。次日，僧引入佛殿。佛座下有巨井，井中蛇粗如巨甕，探首井邊而不出。爇火[14]下視，則蛇子蛇孫以數百萬計，族居其中。僧云：「昔蛇出為害，佛坐其上以鎮之，其患始平」云。

1 泗水：古代縣名。今山東省泗水縣。
2 道士：依上下文意，應指僧人。
3 羅：當動詞用，捕捉。
4 蘭若：此指寺院。
5 饘粥：稠粥、稀飯。饘，讀作「詹」。
6 圍：量詞，計算兩手拇指和食指合圍的圓周長度的單位，約五寸。
7 瞛：讀作「聰」。目光明亮的樣子。
8 搖戰：發抖、顫抖。戰，通「顫」。
9 遽：立刻、馬上。
10 睒䀹：光影閃爍。睒、䀹，兩字皆讀作「閃」，形容眼睛快速一瞥的樣子。
11 盞琖：即碗盤。琖，讀作「展」，玉製的酒杯，此指杯碗盆盤等器具。
12 中州：古代豫州（今河南省一帶），位居上古九州正中，故稱「中州」。
13 哇：嘔吐。
14 爇火：點燈。爇，燒也。讀作「若」或「熱」。

白話翻譯

從前，在泗水縣山中有一座佛寺，四周沒有村莊，很少有人到此。有位道士住在這裡，傳言寺裡有很多大蛇，遊客更加不敢來此。有一名少年進山抓鷹，進入深山。天晚，沒有投宿的地方，遠遠看見有座寺廟，前往投宿。僧人驚訝地說：「居士來自何處？幸好沒被我那些孩子們看見。」就請他坐下，拿稀飯給他吃。還沒吃完，一條大蛇爬進來，有四、五十吋粗，抬起頭看著客人，眼神像閃電，凶巴巴地瞪著他。少年大吃一驚，驚恐萬分。僧人用手掌拍蛇的額頭，喝道：「走開！」大蛇俯首爬進東邊廂房，蜿蜒爬行了好一會兒，身子才盡沒室中，盤伏在裡面，把整間屋子全部塞滿。少年很害怕，渾身發抖。僧人說：「此蛇由我平時豢養，有我在此，無妨。要是你自己單獨遇到牠，那才要令人擔憂。」少年剛坐下，又進來一條蛇，比前一條略小，約有五、六吋粗。牠看見少年立即停下，與先前那條蛇一樣，目光如閃電，嘶嘶吐著蛇信。僧人又呵斥一聲，牠也爬到東廂房。屋內沒有躺臥空間，牠的一半身子就繞在屋樑上，牆壁上的土都被震裂落下。少年更害怕，整晚都不敢入睡，一大清早就想起床離開，僧人送他走出屋門，只見牆上、臺階下，到處都是蛇，大的幾如碗盤粗，或爬或臥。蛇看到陌生人，都露出要吞吃的樣子。少年害怕，依偎著僧人的身側走，讓他送到出了山谷，少年才自己回去。

我有幾個同鄉前往河南，寄宿在蛇佛寺中。寺裡的僧人準備了晚飯，肉湯很鮮美，而且肉段都是圓的，形狀像雞脖子。客人疑惑地詢問寺僧：「殺了多少隻雞，能有這麼多脖子？」僧人說：「這是蛇肉段。」客人大驚，有的甚至跑出門去嘔吐。客人們睡下後，覺得胸膛上有東西在蠕動，伸手一摸，竟然是蛇，嚇得跳起來大呼小叫。僧人起床說：「此乃平常之事，有什麼好怕的！」說著用火把照牆壁上，只見大大小小的蛇，滿牆都是，床上床下也都是蛇。第二天，僧人領著客人們來到佛殿。佛座下有一口大井，井裡的蛇有像大甕一般粗，牠們在井邊探頭探腦，卻不爬出來；點燈往井底一照，裡面的蛇子蛇孫足有數百萬條，整族就窩在井中。僧人說：「過去蛇從井裡爬出來害人，自從佛像坐在上面鎮壓以後，牠們才不敢出來為害。」

雷公

亳州[1]民王從簡，其母坐室中，值小雨冥晦，見雷公[2]持鎚，振翼而入。大駭，急以器中便溺傾注之。雷公沾穢，若中刀斧，反身疾逃；極力展騰，不得去。顛倒庭際，嗥[3]聲如牛。天上雲漸低，漸與簷齊。雲中蕭蕭[4]如馬鳴，與雷公相應。少時，雨暴澍[5]，身上惡濁盡洗，乃作霹靂而去。

1 亳州：古代州名。今安徽省亳州市。亳，讀作四聲「播」。
2 雷公：神話傳說中掌管打雷的神。
3 嗥：讀作「豪」，吼叫號哭。
4 蕭蕭：狀聲詞，形容馬鳴聲。
5 澍：讀作「樹」。灌注傾瀉而下。

白話翻譯

安徽亳州有位叫王從簡的人，他的母親坐在屋裡，外面下著小雨，天色昏暗。王母看見雷公手持大槌，拍動著翅膀飛進屋來，嚇了一大跳，急忙端起便盆把尿液潑在雷公身上。雷公身上沾了污穢，宛如被刀斧砍中，轉身就逃，他使勁想展翅飛騰，但就是飛不走。最後跌倒在院中，吼聲如牛。天上的烏雲逐漸低垂，慢慢地與屋簷齊平。雲中響起如馬嘶鳴般的聲音，和雷公的號叫相應和。不久，大雨猛然傾瀉下來，雷公身上的穢物盡數被沖洗乾淨，這才打了個霹靂響雷，凌空而去。

林氏

濟南戚安期，素佻達[1]，喜狎妓[2]。妻婉戒之，不聽。妻林氏，美而賢。會北兵[3]入境，被俘去。暮宿途中，欲相犯。林偽諾之。適兵佩刀繫牀頭，急抽刀自剄[4]死；兵舉而委諸野[5]。次日，拔舍[6]去。有人傳林死，戚痛悼而往。視之，有微息。負而歸，目漸動；稍稍嚬呻；扶其項，以竹管滴瀝灌飲，能咽。戚撫之曰：「卿萬一能活，相負者必遭凶折！」半年，林平復如故；但首為頸痕所牽，常若左顧。戚不以為醜，愛戀逾於平昔。曲巷[7]之游，從此絕迹[8]。林自覺形穢，將為置媵[9]；戚執不可。居數年，林不育，因勸納婢。戚曰：「業誓不二，鬼神寧不聞之？即似續不承[10]，亦吾命耳。若未應絕，卿豈老不能生者耶？」林乃託疾，使戚獨宿；遣婢海棠，襆被[11]臥其牀下。既久，陰以宵情問婢。婢言無之。林不信。至夜，戒婢勿往，自詣婢所臥。少間，聞牀上睡息已動。潛起，登牀捫[12]之。戚醒問誰。林耳語曰：「我海棠也。」戚卻拒曰：「我有盟誓，不敢更也。若似曩[13]年，尚須汝奔就耶？」林乃下牀出。戚自是孤眠。林使婢託己[14]往就之。戚念妻生平曾未肯作不速之客，疑焉。摸其項，無痕，知為婢，又咄之。婢慚而退。既明，以情告林，使速嫁婢。林笑云：「君亦不必過執。倘得一丈夫子[15]，即亦幸甚。」戚曰：「苟背盟誓，鬼責將及，尚望延宗嗣乎？」林翼日笑語戚曰：「凡農家者流，苗與秀不可知，播種常例不可違。晚間耕耨之期至矣。」戚笑會之。

既夕，林滅燭呼婢，使臥己衾[16]中。戚入，就榻戲曰：「佃人來矣。深愧錢鎛[17]不利，負此良田。」婢不語。既而舉事，婢小語曰：「私處小腫，顛猛不任！」戚體意溫卹之。事已，婢偽起溺[18]，以林易之。自此時值落紅[19]，輒一為之，而戚不知也。未幾，婢腹震。林每使靜坐，不令給役於前。故謂戚曰：「妾勸內[20]婢，而君弗聽。設爾日冒妾時，君悞[21]信之，交[22]而得孕，將復如何？」戚曰：「留犢鬻母[23]。」林乃不言。

無何，婢舉一子。林暗買乳媪，抱養母家。積四五年，又產一子一女。長子名長生，已七歲，就外祖家讀。林半月輒託歸寧[24]，一往看視。婢年益長，戚時時促遣之。林輒諾。婢日思兒女，林從其願，竊為上鬟[25]，送詣母所。謂戚曰：「日謂我不嫁海棠，母家有義男，業配之。」又數年，子女俱長成。值戚初度[26]，林先期治具，為候賓友。戚歎曰：「歲月鶩[27]過，忽已半世。幸各強健，家亦不至凍餒。所闕[28]者，膝下一點。」林曰：「君執拗，不從妾言，夫誰怨？然欲得男，兩亦非難，何況一也？」戚解顏曰：「既言不難，明日便索兩男。」林言：「易耳，易耳！」早起，命駕至母家，嚴妝子女，載與俱歸。入門，令雁行立，呼父叩祝千秋。拜已而起，相顧嬉笑。戚駭怪不解。林曰：「君索兩男，妾添一女。」始為詳述本末。戚喜曰：「何不早告？」曰：「早告，恐絕其母。今子已成立，尚可絕乎？」戚感極，涕不自禁。乃迎婢歸，偕老焉。古有賢姬，如林者，可謂聖矣！

1 佻達：輕浮放蕩。
2 狎妓：嫖妓。狎，讀作「狹」。此處解作戲弄、嬉戲。
3 北兵：清兵。
4 自剄：割頭自殺。剄，讀作「景」。
5 舉而委諸野：將屍體丟棄到荒郊野外。委，丟棄。
6 拔舍：軍隊拔營。
7 曲巷：借指煙花之地，即妓院。因古代妓院多在曲折的小巷之中。
8 迹：蹤跡、行跡、痕跡。同今「跡」字，是跡的異體字
9 媵：讀作「硬」。古代之陪嫁女，此指侍妾。
10 似續不承：沒有子嗣，斷絕香火。
11 襆被：整理行李。此處是打地鋪之意。
12 捫：讀作「門」。撫摸、觸摸。
13 曩：讀作「囊」的三聲，以前、昔日之意。
14 託己：假裝成自己。託，此指假借、假扮。
15 丈夫子：男孩子。古時男女通稱子，男的稱為「丈夫子」，女的稱為「女子子」。
16 衾：讀作「親」，被子。
17 錢鎛：古代用以除草的工具。鎛，讀作「博」。古代鋤頭一類的農具。
18 溺：小便。
19 落紅：此指女子月事來臨。
20 內：通「納」。
21 悞：出了差錯。同今「誤」字，是誤的異體字。
22 交：此指男女交合。
23 留犢鬻母：此指留下孩子賣掉母親，即婢女海棠。犢，小牛。鬻，讀作「玉」。賣。
24 歸寧：回娘家。
25 上鬟：挽髮而成髻，亦即將頭髮梳成已婚婦人的髮式。
26 初度：壽辰、慶生。
27 鶩：讀作「物」。奔馳。
28 闕：通「缺」。

◆**何守奇評點**：安期之先太放，其後太拘，要亦其妻之賢，有以使之。吾於林氏前後俱無閒言。

戚安期先前行為太過放蕩，後來又太過拘謹，也要有這麼賢慧的妻子，才能獲得子女安享天倫。我對林氏前後作為皆無可評論之地。

白話翻譯

戚安期是濟南人，他為人一向輕浮放蕩，喜歡流連煙花柳巷。他的妻子婉言勸諫他不要嫖妓，他始終不聽勸。他的妻子林氏，美貌且賢慧，時值清兵侵入濟南，林氏被擄去。晚上，清兵在中途紮營，有軍爺想要侵犯林氏，林氏假意答應。正好這個軍爺把佩刀掛在床頭，林氏急忙抽刀自刎，那個軍爺就把屍體丟在荒郊野地；第二天，清兵便拔營離去。有傳言說林氏已死，戚安期悲痛前往哀悼。到了那裡一看，林氏還有微弱的氣息。他將妻子揹回家，她的雙目漸漸轉動；戚安期聽到她微弱的呻吟聲，便扶起她的脖子，用竹管滴湯水餵她，尚能吞咽。戚安期安慰她說：「你若能活過來，我再辜負你就不得好死！」

半年後，林氏身體恢復如初；但她受脖子傷疤的影響，頭部常往左邊歪斜。戚安期並不因此覺得妻子醜陋，對她的愛戀勝過往日，流連花街柳巷的惡習也從此斷絕。林氏自覺容貌醜陋，要給丈夫娶妾，戚安期堅決不同意；過了幾年，林氏仍沒有生育，又勸丈夫納她的丫鬟為妾。戚安期說：「我已經發誓不再碰別的女人，鬼神難道聽不見嗎？就算從此絕嗣，那也是我的命。倘若不該絕後，難道你已經老到不能生育了嗎？」林氏於是假託身體有恙，讓戚安期獨睡一屋，讓丫鬟海棠抱著被子睡在戚安期床下。過了很久，林氏私下問海棠夜裡的情形，海棠說什麼事也沒發生。林氏不信，告誡海棠當晚不用夜宿，由她親自去海棠睡覺的地方躺下。不久，就聽床上響起鼾聲，林氏悄悄起來，爬到丈夫床上撫摸他。戚安期醒來問是誰，林氏在他耳邊低語：「我是海棠。」戚安期將她推開說：「我已發誓，不敢再有二心。若換作以往，還用你來找我私會嗎？」林氏這才下床出去。

戚安期從此獨自睡覺。林氏就吩咐海棠假裝成自己去和丈夫同床。戚安期心想妻子從不主動，遂起疑心。用手摸她脖子，沒有傷疤，知道是海棠，又訓斥了她一頓。海棠感到十分羞慚，於是離去。待到天亮，戚安期把這件事告訴林氏，要她趕快把海棠嫁出去。林氏笑道：「你也不必過於固執，倘若能得到一個兒子，也是萬幸。」戚安期說：「如果違背了誓言，鬼神就要降下懲罰，還指望傳宗接代嗎？」第二天，林氏笑著對丈夫說：「舉凡農人耕地，是否能開花結果尚未可知，但是播種的過程是不可缺少的。晚上耕種的時間到啦。」戚安期微微一笑，了解她的暗示。晚上，林氏熄燈，叫來海棠，讓她睡在自己的被子裡。戚安期進入房中，上床開玩笑說：「種地的人來了。很慚愧我的工具都鈍了，怕要辜負了這畝良田。」海棠不語。戚生開始與她交歡，海棠小聲說：「我的私處有點腫，太粗暴，我難以承受。」戚安期很體貼，動作溫柔備至。雲消雨散後，海棠假裝起床小便，讓林氏代替她進入房中。從此以後，林氏每當月經來時，就讓海棠頂替自己與丈夫同房，而戚安期卻渾然不知。

過了不久，海棠懷有身孕，林氏每天讓她靜坐休息，不讓她在跟前侍奉了。又故意對戚安期說：「我勸你納海棠為妾，而你不肯聽從。假設哪日海棠冒充我，你要信以為真，與她

林氏
患難同綏誓不違海棠
肯使植深幃
閨人妙有移花術玉雪
雙兒並載歸

雲雨一番而懷有身孕，該當如何？」戚安期說：「留下孩子，賣掉母親。」林氏就沒再說什麼。不久，海棠生了一個男孩。林氏暗中僱了奶媽，把孩子抱到娘家寄養。過了四、五年，海棠又生了一男一女。長男名叫長生，已經七歲，在外祖父家讀書。林氏每半月就藉口回娘家一趟探視孩子。海棠年歲漸長，戚安期常催促著把她打發走，林氏只是嘴上答應。海棠天天想念孩子，林氏遂她心願，暗地給她梳起已婚婦人的髮髻，送她到娘家。林氏對戚安期說：「你天天說我不把海棠嫁掉，我娘家有個義子，已經把海棠許配給他。」

又過了幾年，子女都已長大。正逢戚安期壽辰，林氏事先忙著準備筵席，等候賓客前來。戚安期感歎道：「歲月如梭，不覺已年過半百。慶幸我們都很健康，家境也不至於受凍受餓。所缺少的就是孩子。」林氏說：「你太固執了，不聽我的話，怨誰呢？倒是，你想要兒子，兩個也不難，何況是一個呢！」戚安期笑道：「既然說不難，明天就問你要兩個兒子。」林氏說：「容易，容易！」次日早起，林氏命僕人駕車到娘家，把子女打扮一番，一同帶了回來。走進家門，林氏叫孩子們排成一列，叫戚安期父親，又給他叩頭祝壽。跪拜完了起來，互相看著嘻笑。戚安期詫異不解。林氏說：「你要兩個兒子，我再添一個女兒。」這才給丈夫詳細述說了事情始末。戚安期高興地說：「你怎麼不早點告訴我呢？」林氏說：「早告訴你，恐怕你趕走孩子的母親。今天孩子已長成，還能趕她走嗎？」戚安期十分感激，熱淚不禁流下。於是駕車親自把海棠迎接回來，和睦相處白頭到老。古代有許多賢慧女子，但要像林氏這樣，眞可說是聖人了！

周三

泰安[1]張太華，富吏[2]也。家有狐擾，遣制罔效。陳其狀於州尹[3]，尹亦不能為力。時州之東亦有狐居村民家，人共見為一白髮叟。叟與居人通弔問[4]，如世人禮。自云行二，都呼為胡二爺。適有諸生謁尹，間道其異。尹為吏策[5]，使往問叟。時東村人有作隸者[6]，吏訪之，果不誣，因與俱往。即[7]隸家設筵招胡。胡至，揖讓酬酢[8]，無異常人。吏告所求。胡曰：「我固悉之，但不能為君效力。僕友人周三，僑居岳廟[9]，宜可降伏，當代求之。」吏喜，申謝。胡臨別與吏約，明日張筵於岳廟之東。吏領教。胡果導周至。周虯髯[10]鐵面，服袴褶[11]。飲數行[12]，向吏曰：「適胡二弟致尊意，事已盡悉。但此輩實繁有徒[13]，不可善諭，難免用武。請即假館[14]君家，微勞所不敢辭。」吏轉念：去一狐，得一狐，是以暴易暴也。游移[15]不敢即應。周已知之，曰：「無畏，我非他比，且與君有喜緣，請勿疑。」吏諾之。周又囑明日偕家人闔戶坐室中，幸勿譁。吏歸，悉遵所教。俄聞庭中攻擊刺鬭[16]之聲，踰時始定。啟關出視，血點點盈階上。墀中[17]有小狐首數枚，大如椀琖[18]焉。又視所除[19]舍，則周危坐其中，拱手笑曰：「蒙重託，妖類已蕩滅矣。」自是館[20]於其家，相見如主客焉。

1泰安：古代州名。今山東省泰安市。
2吏：官府中的幕僚。
3州尹：知州，一州的長官。
4通弔問：往來應酬。
5策：出謀劃策。
6作隸者：當衙役的人。
7即：在。
8揖讓：作揖謙讓。為古代賓主相見的禮節。酬酢：筵席中主客互相敬酒。後泛指交際應酬。酢，此處讀作「作」。
9岳廟：山東泰山腳下的東嶽廟，又稱岱廟，歷史悠久，主祀東嶽大帝。
10虯髯：蜷曲的鬍鬚。虯，讀作「球」。
11袴褶：騎士的戰服，上著褶而下服褲。袴，同今「褲」字，脛衣，套褲。是褲的異體字。褶，夾上衣，讀作「席」。
12數行：數巡。遍敬在座賓客酒一巡，稱一行。行在此讀作「型」。
13實繁有徒：確實有很多黨羽。繁，多。徒，眾，指同黨之人。
14假館：借住。
15游移：猶豫不決。
16鬪：令動物對戰。同今「鬥」字，是鬥的異體字。
17墀中：臺階。墀，讀作「持」。
18椀：同今「碗」字，是碗的異體字。琖：讀作「展」，玉製的酒杯。
19除：清掃。
20館：此處當動詞用。留宿，寓居。

◆**何守奇評點**：與前門拒虎，後門進狼者自別。

周三和那些前門驅虎，後門進狼之人自是有所不同。

白話翻譯

張太華是泰安人，任職官府中，家境頗爲富裕，然而家裡有狐妖作祟，請道士來如何驅趕都沒用。他把這件事告訴知州，知州也無能爲力。當時泰安東面也有狐狸居住村民家裡，人們都見到過，是一個白髮老頭。老頭和村裡人們交際應酬，一切應對進退禮節都和世人一樣。他自稱在家中行二，人稱胡二爺。適逢有名秀才來拜見知州，言談間說起這樁奇聞軼事。知州便

周三
鐵面虬髯意氣殊
請從假館效馳
驅周三不諱
誅同類莫
是狐中
劍俠無

爲張太華出主意，要他前去問胡老頭。那時東村有人在州衙當差，張太華向他打探消息，果然不假，於是和他一同前去，就在衙役家裡置辦酒席宴請胡二爺。胡二爺來到，宴席上應對禮數確實與常人無異，張太華便坦言所求之事。胡二爺說：「我已知此事，只是幫不上您的忙。我的朋友周三，暫住在岳廟，能降伏牠們，我定當代您求助。」張太華很高興，再三致謝。胡二爺臨走前和張太華約定，讓他明天在岳廟東面設筵等待。張太華都照辦了。

第二天，胡二爺果然領著周三前來。周三的鬍鬚鬈曲，臉色鐵灰，一身騎馬打獵的勁裝。酒過數巡，周三對張太華說：「剛才胡二弟把您的意思告訴我，這事我已經知道了。只是此狐黨羽甚多，無法好言相勸，難免動用武力。請允許我借住您家，這個忙我一定會幫。」張太華轉念一想：趕走一隻狐妖，又來一隻，是以新的惡徒取代舊的惡徒。因而猶豫不決，不敢馬上答應。周三已知他的想法，說：「不用害怕，我與此等狐妖不同，而且與您見面後相談甚歡，請不要懷疑。」張太華答應他。周三又囑咐他明日和全家人一起關上門坐在屋子裡，不要喧譁。

張太華回到家中，遵照周三的吩咐安排妥當。不久便聽到院子裡有打鬥攻擊之聲，好一陣子才安靜下來。開門出去一看，鮮血點點灑滿臺階，臺階上還有好幾個小狐狸頭，像杯碗一般大小。張太華又去探看爲周三打掃出的房間，只見周三端坐其中，拱手道：「承蒙您委以重任，妖類已全部消滅。」周三從此住在張家，相見如賓主一般，相處融洽。

鴿異

鴿類甚繁，晉[1]有坤星，魯[2]有鶴秀，黔[3]有腋蝶[4]，梁[5]有翻跳，越[6]有諸尖：皆異種也。又有靴頭、點子、大白、黑石、夫婦雀、花狗眼之類，名不可屈以指，惟好事者能辨之也。鄒平[7]張公子幼量，癖好之，按經[8]而求，務盡其種。其養之也，如保嬰兒：冷則療以粉草[9]，熱則投以鹽顆[10]。鴿善睡，睡太甚，有病麻痺而死者。張在廣陵[11]，以十金購一鴿，體最小，善走，置地上，盤旋無已時，不至於死不休也，故常須人把握之；夜置羣中，使驚諸鴿，可以免痺股之病：是名「夜遊」。齊魯[12]養鴿家，無如公子最[13]；公子亦以鴿自詡[14]。

一夜，坐齋中，忽一白衣少年叩扉入，殊不相識。問之。答曰：「漂泊之人，姓名何足道。遙聞畜鴿最盛，此亦生平所好，願得寓目[15]。」張乃盡出所有，五色俱備，燦若雲錦。少年笑曰：「人言果不虛，公子可謂盡養鴿之能事矣。僕亦攜有一兩頭，頗願觀之否？」張喜，從少年去。月色冥漠[16]，野壙[17]蕭條，心竊疑懼。少年指曰：「請勉行，寓屋不遠矣。」又數武[18]，見一道院，僅兩楹[19]。少年握手入，昧無燈火。少年立庭中，口中作鴿鳴。忽有兩鴿出：狀類常鴿，而毛純白；飛與簷齊，且鳴且鬬[20]，每一撲，必作觔斗[21]。少年揮之以肱[22]，連翼而去。復撮口[23]作異聲，又有兩鴿出：大者如鶩[24]，小者裁[25]如拳；集階上，學鶴舞。大者延頸立，張翼作屏，宛轉鳴跳，若引之；小者上下飛鳴，時集其頂，翼翩翩如燕子落蒲[26]

葉上，聲細碎，類鼗鼓[27]；大者伸頸不敢動。鳴愈急，聲變如磬[28]，兩兩相和，間雜中節[29]。既而小者飛起，大者又顛倒[30]引呼之。張嘉歎不已，自覺望洋[31]可愧。遂揖少年，乞求分愛；少年不許。又固求之。少年乃叱鴿去，仍作前聲，招二白鴿來，以手把之，曰：「如不嫌憎，以此塞責。」接而玩之：睛映月作琥珀色，兩目通透，若無隔閡，中黑珠圓於椒粒；啟其翼，脅[32]肉晶瑩，臟腑可數。張甚奇之，而意猶未足，詭求[33]不已。少年曰：「尚有兩種未獻，今不敢復請觀矣。」方競論間，家人燎麻炬[34]入尋主人。回視少年，化白鴿，大如雞，沖霄而去。又目前院宇都渺，蓋一小墓，樹二柏焉。與家人抱鴿，駭歎而歸。試使飛，馴異如初。雖非其尤，人世亦絕少矣。於是愛惜臻至。

積二年，育雌雄各三。雖戚好[35]求之，不得也。有父執[36]某公，為貴官。一日，見公子，問：「畜鴿幾許？」公子唯唯以退。疑某意愛好之也，思所以報而割愛良難。又念：長者之求，不可重拂。且不敢以常鴿應，選二白鴿，籠送之，自以千金之贈不啻[37]也。他日，見某公，頗有德色；而某殊無一申謝語。心不能忍，問：「前禽佳否？」答云：「亦肥美。」張驚曰：「烹之乎？」曰：「然。」張大驚曰：「此非常鴿，乃俗所言『鞑韃』[38]者也！」某回思曰：「味亦殊無異處。」張歎恨而返。至夜，夢白衣少年至，責之曰：「我以君能愛之，故遂託以子孫。何乃以明珠暗投[39]，致殘鼎鑊[40]◆！今率兒輩去矣。」言已，化為鴿，所養白鴿皆從之，飛鳴逕去。天明視之，果俱亡[41]矣。心甚恨之，遂以所畜，分贈知交，數日而盡。

異史氏曰：「物莫不聚於所好，故葉公好龍[42]，則真龍入室；而況學士之於良友，賢君之於良臣乎！而獨阿堵之物[43]，好者更多，而聚者特少。亦以見鬼神之怒貪而不怒癡也。」

向有友人饋朱鯽於孫公子禹年，家無慧僕，以老傭往。及門，傾水出魚，索柈而進之。及達主所，魚已枯斃。公子笑而不言，以酒犒傭，即烹魚以饗[44]。既歸，主人問：「公子得魚頗歡慰否？」答曰：「歡甚。」問：「何以知？」曰：「公子見魚便欣然有笑容，立命賜酒，且烹數尾以犒小人。」主人駭甚，自念所贈頗不粗劣，何至烹賜下人。因責之曰：「必汝蠢頑無禮，故公子遷怒耳。」傭揚手力辯曰：「我固陋拙，遂以為非人也！登公子門，小心如許，猶恐筲斗[45]不文，敬索柈[46]出，一一勻[47]排而後進之，有何不周詳也？」主人罵而遣之。

靈隱寺[48]僧某，以茶得名，鐺[49]臼皆精。然所蓄茶有數等，恒視客之貴賤以為烹獻；其最上者，非貴客及知味者，不一奉也。一日，有貴官至，僧伏謁甚恭，出佳茶，手自烹進，冀得稱譽。貴官默然。僧惑甚，又以最上一等烹而進之。飲已將盡，並無贊語。僧急不能待，鞠躬曰：「茶何如？」貴官執琖[50]一拱曰：「甚熱。」此兩事，可與張公子之贈鴿同一笑也。

1 晉：指山西省。因春秋時期，晉國位於山西，故簡稱山西為晉。
2 魯：山東省的簡稱。
3 黔：貴州省的簡稱。
4 蜨：讀作「疊」，是蝶的異體字。
5 梁：大梁。戰國時代魏國的首都，今河南省開封市。
6 越：春秋時諸侯國，姒姓。建都於會稽。曾占有今江蘇、浙江及山東一部分，後滅於楚。今浙江省紹興市。後作為浙江省的別稱。
7 鄒平：山東省鄒平縣。
8 經：指《鴿經》。鄒平張萬鍾所著。
9 粉草：中藥名。即甘草，又名粉甘草。
10 顆：粒。
11 廣陵：今江蘇省揚州市。
12 齊魯：周代齊、魯二國。即今山東一帶。
13 最：極致。
14 詡：誇耀。讀作「許」。
15 寓目：觀看。
16 冥漠：晦暗不明。
17 壙：讀作「況」。原野，郊外空闊處。
18 數武：走幾步
19 楹：讀作「營」。廳堂前的直柱。後泛指柱子。
20 鬬：打鬥。同今「鬥」字，是鬥的異體字。
21 觔斗：頭下腳上倒翻身體的動作。
22 肱：讀作「功」。胳膊。
23 撮口：作吹口哨的嘴形。
24 鶩：讀作「物」。鳥類中的游禽類。俗稱「野鴨」。

25 裁：通「纔」、「才」二字。僅、只的意思。
26 蒲：即香蒲。植物名。多年生草本，葉細長而尖，嫩芽可食，葉可製蓆、扇等。也稱為「蒲草」、「甘蒲」。
27 鼗鼓：樂器名。古代的一種鼓。式樣為一面鼓穿在木柄上，鼓框左右用繩繫著兩個珠狀物，手搖木柄，珠狀物來回敲擊鼓面而發聲。類似民間流行的撥浪鼓。鼗，讀作「陶」。同今「鞀」字，是鞀的異體字。
28 磬：古代用玉石或金屬製成的打擊樂器。可懸掛在架上。數量不一，有單一的特磬，也有成組排列的編磬。
29 中節：符合音樂的節拍。
30 顛倒：反覆。重複先前的動作。
31 望洋：仰視。
32 脅：胸部兩側，由腋下至肋骨盡處的部位。亦指肋骨。
33 詭求：要求，責求。
34 燎麻炬：燃麻稈作成的火把。
35 戚好：親朋好友。
36 父執：父親的好友。
37 不啻：宛如、無異。啻，讀作「斥」。
38 靼韃：讀作「達達」。起於唐末的蒙古種族其一。是分布廣泛的遊牧民族，包括蒙古人與突厥人，散居中國西北、蒙古至中亞、俄羅斯、東北歐等地。此指白鴿的品種。
39 明珠暗投：珍貴的東西落入不識價值的人手裡，而得不到賞識或珍愛。
40 鼎鑊：原指烹飪器具，引申為古代以鼎鑊烹煮罪犯的酷刑。此指烹煮之意。
41 亡：逃。此指飛走了。

42葉公好龍：典出西漢劉向《新序．雜事五》：「葉（讀作「設」）公子高好龍，鉤以寫龍，鑿以寫龍，屋室雕文以寫龍。於是天龍聞而下之，窺頭於牖（讀作「有」），施尾於堂。葉公見之，棄而還走，失其魂魄，五色無主。是葉公非好龍也，好夫似龍而非龍者也。」古人葉子高喜歡龍，家裡的裝飾品都模仿龍形製成。天上的真龍聽說了，到葉公家的窗口窺視，尾巴垂在大廳。葉公看到真龍卻嚇得六神無主，因此葉公喜歡的是假龍而非真龍。

43阿堵之物：指金錢。

44饗：以盛宴款待賓客。泛指供人享用。

45筲斗：此指小水桶。筲，讀作「稍」。

46柈：讀作「盤」。盤子。同「盤」、「槃」。

47勻：平均、整齊。

48靈隱寺：又名雲林禪寺，位於浙江省杭州市西湖西北靈隱山下，飛來峰與北高峰之間，具有悠久歷史，是西湖的遊覽勝地之一。

49鐺：讀作「撐」。古代一種有腳的鍋。

50琖：讀作「展」，玉製的酒杯。此指茶杯。

白話翻譯

鴿子種類繁多，山西有「坤星」、山東有「鶴秀」、貴州有「腋蝶」、河南有「翻跳」、浙江有「諸尖」，以上都是珍稀類的品種。此外還有靴頭、點子、大白、黑石、夫婦雀、花狗眼等，名類繁多，不勝枚舉，只有內行人才能分辨出來。

鄒平縣有位張幼量公子，特別喜愛鴿子，他按照《鴿經》記載，四處訪求，力求完整蒐藏所有品種。他養鴿子，如同養育嬰兒一般，鴿子覺得冷了，就用甘草治療；天熱了，就給

◆**但明倫評點**：以極愛之物贈諸不愛之人，我雖珠玉重之，彼直鼎鑊殘之耳。即不至是，亦未必如我之保護也。故交際之間亦不可不慎。

拿自己視若珍寶的東西送給不識貨的人，我雖把它看得如同珠玉一般貴重，對方卻將它煮來吃。就算不至於拿去烹煮，也未必會像我一樣照顧得無微不至。所以朋友交際送禮不可不謹慎。

牠們吃點鹽粒。鴿子喜歡睡覺，但睡太多會得麻痺症而死。張公子就在揚州花了十兩銀子買到一隻鴿子，體型最小，善於走動，放到地上會不斷繞圈子走，不到累死不停歇，所以時常需要有人捉著牠。晚上把牠放到鴿群中，讓牠去吵醒睡太久的鴿子，可以防止麻痹病，因而得名「夜遊」。山東一帶養鴿子的行家，以張公子最負盛名，公子也深深爲自己擁有各種珍稀品種的鴿子而驕傲不已。

一晚，張公子獨坐書齋中，忽見一白衣少年敲門進來，張公子與他素昧平生，便詢問他的姓名。白衣少年答：「我是四處漂泊的人，姓名何足掛齒？只聽說公子蓄養的鴿子種類最多，這也是我生平最喜歡的，希望能一飽眼福。」張公子就把自己所蓄養的鴿子全展示出來，各種顏色應有盡有，五光十色璀璨如錦。白衣少年笑道：「傳言非虛，公子眞可稱得上是最會養鴿子的人了。我也有養一、兩隻，公子願意觀賞嗎？」張公子聽了很高興，就跟著少年出門了。

月色朦朧，城郊野外一片荒蕪，張公子心裡暗自疑懼。少年指指前方說：「請再走幾步，我的住處就在前面不遠。」又走了幾步，見到一座道院，院內僅有兩間屋子。少年拉著張公子走進去，昏暗沒有燈火。少年站在院中學鴿子叫，忽然兩隻鴿子飛出來，看起來像尋常鴿子，但身上的羽毛純白。牠們飛到屋簷那麼高，邊叫邊鬥，每次離得近了必定翻筋斗。少年一揮胳膊，兩隻鴿子一齊飛走，他又噘起嘴唇，發出一種奇異的聲音，又有兩鴿飛出來，大的如一隻白鴨那般大，小的才如拳頭大小。兩隻鴿子並立臺階上，學起仙鶴跳舞，大

鴿異
振口何人作
異教
連翩雙鴿鬪
飛鳴
雁門食雁真
堪嘆
不惜珠禽付

的伸長脖頸，張開雙翅，作孔雀開屛樣，旋轉著邊叫邊跳，好像在逗小鴿；小鴿上下飛鳴，不時飛到大鴿子頭上，翅翼翩翩，如燕子飛落蒲葉上，聲音細碎又如敲擊小鼓；大的伸長脖頸不敢動，叫的聲音越急，聲音變得如同敲響一口罄一般，彼此應和，符合節拍。接著，小鴿飛起來，大鴿又重複先前的動作逗引牠。張公子讚賞不已，感到自己的鴿子委實比不上，不禁望洋興嘆起來。隨後他向少年行禮，希望少年割愛；少年不允，張公子不斷哀求。少年命兩隻鴿子飛去後，又發出先前的聲音，招來一開始那兩隻白鴿，伸手捉住，說：「若不嫌棄，就這兩隻，聊表心意吧。」張公子接過，細細觀看，鴿子兩眼在月光映照下呈琥珀色，通明透亮，好像中間沒有間隔般，黑眼珠圓潤一如花椒粒。掀起鴿子翅膀看，肋間肌肉晶瑩剔透，五臟六腑歷歷可數。張公子感到很詫異，仍意猶未盡，乞求少年再送他幾隻。少年說：「我還有兩種鴿子沒展示，現在不敢再請您觀賞了。」兩人正在討論間，家人點起火把來找張公子。他回頭看少年，對方竟已化作一隻白鴿，身形大如雞，衝天飛去。眼前的院落、房舍都消失了，只有一座小墳、兩棵柏樹。張公子與家人抱著白鴿，驚駭歎息而歸。回到家中，試著讓白鴿飛翔，仍和先前一樣溫馴，雖然算不上群鴿裡最好的品種，卻也是人世間絕無僅有的了。張公子因此對牠們愛惜備至。

過了兩年，這對白鴿生了雌雄各三隻子嗣，親朋好友如何向他求索，他都不肯割愛。他的父親有位朋友，是地方上的大官，一天見到張公子，問：「你養了幾隻鴿子？」張公子隨口敷衍幾句就告退，心裡卻開始想，某公也是喜愛鴿子的人，打算送他幾隻，但仍然難以割愛。轉念又想，長輩都開口要了，也不好拂逆，更不敢以尋常鴿子敷衍他，就選了兩隻白鴿，裝在籠子裡送過去，認爲這等同於千金都買不到的禮物。過了幾天，張公子見到某公，面上露出得意之色；某公卻一句感謝的話都沒說。張公子忍不住了，便問：「前幾天我送的鴿子您可滿意？」某公答：「挺肥美。」張公子驚訝地說：「大人把鴿子煮了？」某公答：「對。」張公子大驚道：「此非尋常鴿子！可是『鞑靼』品種的珍禽啊！」某公回想一下，說：「味道也沒什麼特殊的。」張公子嘆氣，懊惱悔恨地回家。當晚，他夢見白衣少年前來，責備他道：「我原以爲你是個愛惜鴿子的人，所以把子孫託付於你，你怎能送給不識貨的人，讓我的後輩遭受被烹煮的悲慘命運！今天我就把子孫都帶走了。」說完化作鴿子，張公子所養的白鴿悉數跟隨他，頭也不回地飛走了。天亮一看，果然白鴿都不見了。張公子的心中悔恨已極，索性把飼養的鴿子都分送給朋友們，沒幾日便分光了。

記下奇聞異事的作者如是說：「世間之物都會向愛好者聚攏，所以葉公喜歡假龍，眞龍就現身去他家中；更何況飽學之士交到良友，賢明的君主得到良臣，也是同樣道理。可是只有金錢這種東西。雖然喜歡它的人更多，而能夠聚集到財富的人卻很少。由此可見，鬼神憎恨的是貪婪而非癡迷的人。」

從前，有位朋友要送一種名貴的鯽魚給孫禹年公子，家裡沒有聰明伶俐的僕人，只好派老僕前去。老僕剛一出門，就倒掉水，把魚放在盤子裡托著送去了。等到了孫公子家，魚已經乾死了。孫公子笑著沒有說什麼，用酒犒賞老僕，並吩咐立即把魚煮了招待他。老僕回家後，主人問：「公子得到魚，高興嗎？」老僕答：「很高興。」主人又問：「你怎麼知道？」老僕說：「公子見到魚就高興地面帶笑容，馬上吩咐賜酒，還烹煮了來犒賞小人。」主人很驚訝，心想所贈送的魚品種並不差，何至於烹煮了賞賜下人呢？於是責罵老僕說：「一定是你愚蠢無禮，所以公子才遷怒到魚身上！」老僕揚手極力辯解：「小人本就見識少，也比較笨拙，可是也不能不把我當人看吶！我登門去給公子送魚，小心翼翼惟恐魚缸不雅觀，還特意要了個盤子，一條一條排整齊後才進奉給他，有什麼地方不周詳呢？」主人罵了一頓就把他遣走了。

靈隱寺有個僧人，以擅長茶道遠近聞名，煮茶和飲茶的器具都極爲精緻。他收藏的茶分爲幾個等級，總以來客身分的貴賤來決定用哪種茶葉來招待，其中最上等的茶葉，若不是貴客以及懂茶道的人，是絕不會拿出來的。一天，一位大官來到靈隱寺，這個僧人躬身謁見，非常恭謹，又取出好茶，親自煮好進獻，希望得到讚譽。可是大官沉默無言。僧人感到非常困惑，又用更上一等的好茶煮好奉上。茶快要飲完，仍無聽到一句稱讚的話，僧人耐不住性子，鞠躬問道：「您覺得這茶怎麼樣啊？」大官拿著茶杯，雙手作勢一拱說：「好燙。」這個故事與張公子贈鴿的故事相對照，足以使人同聲一笑。

聶政

懷慶潞王[1]，有昏德[2]。時行民間，窺有好女子，輒奪之。有王生妻，為王所睹，遣輿馬[3]直入其家。女子號泣不伏，強舁[4]而出。王亡去，隱身聶政[5]之墓，冀妻經過，得一遙訣。無何，妻至，望見夫，大哭投地。王惻動心懷，不覺失聲。從人知其王生，執之，將加搒掠[6]。忽墓中一丈夫[7]出，手握白刃，氣象威猛，厲聲曰：「我聶政也！良家子[8]豈容強占！念汝輩不能自由，姑且宥[9]恕。寄語無道王：若不改行，不日將抉其首[10]！」眾大駭，棄車而走；丈夫亦入墓中而沒。夫妻叩墓歸，猶懼王命復臨。過十餘日，竟無消息，心始安。王自是淫威亦少殺云。

異史氏曰：「余讀刺客傳[11]，而獨服膺於軹深井里也：其銳身而報知己也，有豫[12]之義；白晝而屠卿相，有鱄[13]之勇；皮面自刑，不累骨肉[14]，有曹[15]之智。至於荊軻[16]，力不足以謀無道秦[17]，遂使絕裾而去[18]，自取滅亡。輕借樊將軍[19]之頭，何日可能還也？此千古之所恨，而聶政之所嗤者矣。聞之野史：其墳見掘於羊、左[20]之鬼。果爾，則生不成名，死猶喪義，其視聶之抱義憤而懲荒淫者，為人之賢不肖何如哉！噫！聶之賢，於此益信。」

1 懷慶潞王：懷慶，古代府名，今河南省沁陽市。潞王，潞簡王，指明穆宗第四子朱翊，封於衛輝（今河南省衛輝市），懷慶則在衛輝府西南。

2 昏德：惡行，不良的行為。

3 輿馬：車馬。

4 舁：讀作「魚」，抬、扛舉。

5 聶政：戰國時韓軹縣深井里（今河南省濟源市東南。軹，讀作「止」）人。嚴仲子與韓宰相俠累有仇，重金禮聘聶政刺殺俠累，聶政因為母親尚在而不允。待母親逝世姊姊嫁人，因感恩於知己，於是刺殺俠累，替嚴仲子復仇。事成之後，恐連累其姊，乃毀容自盡。

6 搒掠：嚴刑拷打。搒，讀作「彭」。

7 丈夫：男人。

8 良家子：良家婦女。

9 宥：讀作「右」，容忍、寬容、寬恕。

10 抉其首：砍他的頭。抉，通「決」。處死。

11 刺客傳：指司馬遷所編纂的《史記．刺客列傳》。記敘春秋戰國時代刺客們為報主人恩義，不惜捨命刺殺仇家的故事。

12 豫：即豫讓。戰國時晉人。初事范中行氏，不為重用，又事知伯，知伯以國士待之。後知伯為趙襄子所滅，豫讓漆身為癩，吞炭為啞，使人不復識其容貌，欲刺趙襄子，為知伯復仇，事敗而亡。

13 鱄：讀作「專」。即鱄諸，亦作「專諸」。春秋吳堂邑（今江蘇省六和縣北）人。曾為吳公子光刺王僚，事成後為僚左右所殺。

14 皮面自刑，不累骨肉：指聶政自殺前，故意剝去臉皮毀容，以免牽累其姊。

15 曹：即曹沫，春秋時期魯國刺客。曹沫事魯莊公，在與齊交戰中多次失利，以致使魯國獻土求和。於是齊桓公與魯莊公會盟於柯（今山東省陽穀縣東北）。曹沫持匕首劫迫齊桓公，逼其退還侵地，從而取得外交上的勝利。

16 荊軻：字公叔，戰國時衛人。好讀書擊劍。燕王喜二十八年（西元前二二七年），帶著夾有匕首的地圖和秦將樊於期的首級入秦，欲刺秦王，結果事敗被殺。

17 無道秦：指秦始皇嬴政。秦王政二十六年（西元前二二一年）統一天下，建立中國歷史上第一個大一統帝國。

18 絕裾而去：指秦王割斷衣袖而逃。裾，讀作「居」。衣服的後襟。

19 樊將軍：指秦將樊於期。秦國將軍，獲罪逃至燕。秦以千金、萬家邑購其頭，荊軻為取得秦王信任，以達謀刺秦王的目的，而使樊於期自殺，借其首以獻秦。

20 羊、左：指戰國時期羊角哀、左伯桃。相傳左伯桃與羊角哀為友，聞楚王賢，一同赴楚。途中遇雪，衣薄糧少，勢難俱生。左伯桃即以衣食隔羊角哀，自入空樹中死。羊角哀至楚，為上卿。

◆**何守奇評點**：任俠所為，每不軌於中道。聶政此舉，庶今奮於義者。死為鬼雄，又何愧焉。

仰仗武力行俠仗義之輩，行事往往不合於常理規範。聶政鬼魂現身救王生夫妻，相近現今發揚義行之輩。縱然死了也是鬼中雄傑，又有什麼好慚愧的。

聶政
矦門一入悵分離悲慟
曾無計可施白刃凜
然墓中出神威想
見刺韓特

白話翻譯

明末的懷慶潞王，荒淫無德，經常到民間去，一發現有美女就搶奪。有個王生的妻子，被潞王看上了，便派遣車馬逕自闖進王家。王妻號啕大哭拚命反抗，仍被強行抬走。王生逃走，藏身聶政墓中，希望妻子經過此處時，能遠遠地和她訣別。不久，妻子經過此處，望見丈夫，便大哭趴倒在地，王生悲從中來，也不禁痛哭失聲。潞王的人知道他是王生，就上前抓住他，要痛打他一頓。忽然墳墓中冒出一個男人，手握利劍，氣勢威猛，厲聲道：「我是聶政！良家婦女豈容強佔！念在你們身不由己的份上，暫且饒恕，替我捎話給那個昏王，若再不改惡行，過兩天我就去把他的腦袋給割下！」眾人大驚，棄車而逃，男子也進入墳墓消失了。王生夫婦在墓前跪拜叩謝，回家後仍害怕潞王再派人來。過了十幾天，竟然毫無消息，才稍稍放心。潞王的淫威從此也有所收斂。

記下奇聞異事的作者如是說：「我讀《史記．刺客列傳》，最佩服的就是聶政。他捨生忘死報答知己，有豫讓的大義；光天化日之下刺殺當朝宰相，有鱄諸的勇敢；事成之後自毀容貌，不連累親姊姊，兼具曹沫的智慧。至於荊軻，能力不足以刺殺無道的秦王，才會讓秦王斷襟逃脫，自己卻失手被戮。他輕率地借了樊於期將軍的頭，何時才能償還他這份恩義？此千古遺恨，聶政若知道了也會覺得可笑。從野史上看到：荊軻的墳墓被羊角哀與左伯桃的鬼魂給刨開。若然如此，那荊軻就是活著的時候不能成名，死後還喪失了大義。這與聶政懷抱義憤懲治荒淫的行爲相比，爲人的賢良與不肖，又是怎樣的差距呢？唉，聶政高潔的人品，從此更加堅定不移了。」

餓鬼

馬永，齊人。為人貪，無賴，家卒屢空[1]，鄉人戲而名之「餓鬼」。年三十餘，日益窶[2]，衣百結鶉[3]，兩手交其肩，在市上攫[4]食。人盡棄之，不以齒[5]。邑[6]有朱叟者，少攜妻居於五都之市[7]，操業不雅。暮歲歸其鄉，大為士類所口[8]；而朱潔行為善，人始稍稍禮貌之。一日，值馬攫食不償，為肆人[9]所苦。憐之，代給其直[10]。引歸，贈以數百，俾[11]作本。馬去，不肯謀業，坐而食。無何，貲復匱[12]，仍蹈舊轍。而常懼與朱遇，去之臨邑[13]。暮宿學宮[14]，冬夜凜寒，輒摘聖賢顛上旒而煨其板[15]。學官知之，怒欲加刑。馬哀免，願為先生生財。學官喜，縱之去。馬探某生殷富，登門強索貲，故挑其怒；乃以刀自劙[16]，誣而控諸學。學官勒取重賂，始免申黜[17]。諸生因而共憤，公質縣尹[18]。尹廉得實，笞[19]四十，梏[20]其頸，三日斃焉。是夜，朱叟夢馬冠帶[21]而入，曰：「負公大德，今來相報。」既寤[22]，妾舉子。叟知為馬，名以馬兒。少不慧，喜其能讀。二十餘，竭力經紀[23]，得入邑泮[24]。後考試寓旅邸，晝臥牀上，見壁間悉糊舊藝[25]；視之，有「犬之性」[26]四句題，心畏其難，讀而志之。入場，適是其題，錄之，得優等，食餼[27]焉。六十餘，補臨邑訓導[28]。官數年，曾無一道義交。惟袖中出青蚨[29]，則作鸕鷀笑[30]；不[31]則睫毛一寸長，稜稜[32]若不相識。偶大令[33]以諸生小故，判令薄懲，輒酷掠如治盜賊。有訟士子[34]者，即富來叩門矣。如此多端，諸生不復可耐。而年近七旬，臃腫聾聵[35]，每向人物色黑鬚藥。有狂生某，剉茜[36]根給之。天明共視，如廟中所塑靈官[37]狀。大怒，拘生；生已早夜亡去。以此憤氣中結，數月而死。

1 屢空：常空乏，一無所有。後用以指貧窮匱乏。
2 窶：讀作「巨」。貧窮。
3 衣百結鶉：比喻衣衫襤褸。
4 攫：讀作「決」，用手抓取。
5 不以齒：瞧不起。
6 邑：此處指縣市。
7 五都之市：五大城市，歷代所指不同，此泛指繁華的都市。
8 士類所口：被知識分子所非議。
9 肆人：指店家。
10 直：通「值」，價值。
11 俾：使、導致。讀作「必」。
12 貲復匱：錢又花光。貲，通「資」，指財物、錢財。匱，缺乏、竭盡。
13 臨邑：此指鄰近縣城。臨，相鄰之意。
14 學宮：孔廟，亦為縣學所在地。
15 輒摘聖賢顛上旒而煨其板：就摘取聖人冠上的玉串以換取錢財，燒掉賢人手中的笏板以取暖。聖賢，此指孔子。顛，頭部。旒，讀作「劉」，指冕旒。冕是一種禮帽，旒則是禮帽前後端垂下的串玉絲繩。煨，焚燒。板，手板，也叫「笏」。古時大臣朝見君主時，用以記事或指劃，用玉、象牙或竹片製作。
16 劙：讀作「離」。割、劃。
17 申黜：革除功名。
18 縣尹：知縣。一縣的首長。
19 笞：讀作「癡」，鞭打。
20 梏：讀作「顧」。手銬。此處作動詞用，上手銬。
21 冠帶：頂冠與腰帶。是古代縉紳、官吏的服飾。
22 寤：讀作「物」，醒來、睡醒。
23 經紀：鑽營。
24 入邑泮：指考中秀才。泮，讀作「盼」，即「入泮」，俗稱考中秀才。古代學宮內有泮池（半月形的水池），故稱學宮為「泮宮」，童生入縣學為生員，即稱「入泮」。
25 藝：即時藝。指八股文，古代科舉考試所用的文體。
26 犬之性：出自《孟子．告子上》：「然則犬之性，猶牛之性；牛之性，猶人之性與？」孟子反駁告子「生之謂性」的說法。告子主張：「性，是生來就有的。」孟子說：「照你這麼說的話，狗的性，和牛的性是相同的，牛的性，就如同人的性一樣囉？」
27 食餼：領取官方的津貼。指明清時期領國家俸祿的生員。餼，讀作「系」。

28 訓導：古代官名。明清於府設教授，州設學正，縣設教諭，職司教育學生。其副職皆稱為「訓導」。

29 青蚨：傳說中的蟲名，也叫「魚伯」。一種蟲。形似蟬而稍大，可食用。取其子，母必飛來。蚨，讀作「福」。

30 作鸕鷀笑：以鸕鷀得魚而喜，形容貪財者之笑。鸕鷀，水鳥名，又名烏鬼，俗稱「水老鴉」，棲息河川、湖沼和海濱，善潛水捕食魚類，漁人常用以捕魚。鸕鷀，讀作「盧慈」。

31 不：通「否」。

32 稜稜：威嚴的樣子。

33 大令：古代對知縣的尊稱。

34 士子：此指秀才。

35 瞶：讀作「貴」。盲人、瞎子。此指眼睛看不清楚東西。

36 茜：茜草。根黃紅色，可作大紅色染料。

37 靈官：仙官。道教有王靈官，名善，司雷火，為護法監壇之神。

◆**何守奇評點**：前身為餓鬼，又生於操業不潔之家，無怪其然。

前世為餓鬼，投胎後又轉世在偷雞摸狗之輩的家中，難怪他的行為會如此遭人憤恨。

白話翻譯

馬永，山東人，爲人貪婪，不務正業。家產也給他敗個精光了，鄉人們都戲稱他餓鬼。三十幾歲後，生活更加貧困，只能身穿綴滿補丁的衣服，凍得雙手緊抱自己肩膀，餓了就去市集上搶食物吃。人們都看不起他，不把他當人看。本縣有個姓朱的老頭，年輕時帶著妻子住在繁華的大城市裡，做些偷雞摸狗的營生。老了回歸故鄉，頗受那些讀書人非議；然而朱老頭的行爲向來潔身自好，又行善積德，人們才開始漸漸尊重他。一天，他碰上馬永因搶奪食物不給錢，被店家爲難。朱老頭可憐他，就替馬永付帳，還帶他回家，贈他數百兩銀子，讓他做個小本生意。

馬永離開後，不肯好好拿那些錢去做生意，依然坐吃山空。沒多久把銀子都花光了，仍舊幹起他的老本行。他時常擔心遇到朱老頭，於是跑去臨縣，晚上住在孔廟裡。冬天寒風刺骨，他竟把至聖先師塑像帽子上的玉珠賣了換錢，更燒它手上的笏板來取暖。學官知道後，憤怒得要處罰他。馬永祈求學官赦免他，願意替先生另謀財路。學官很高興，就釋放他。馬永探聽到某生家中富裕，就登門去強索錢財，故意把某生激怒；然後拿刀刺傷自己，反誣某生蓄意害人，到學官處去告狀。學官乘機敲詐勒索，某生賄以重金，才沒革除他的功名。此事引起秀才們的公憤，大家一同到知縣處告狀。知縣查清眞相後，就把馬永抓去打四十大板，在他脖子上戴上枷鎖，三日後馬永就死了。當晚，朱老頭夢見馬永穿一身官服進來，說：「我辜負你大恩大德，如今前來相報。」他剛睡醒，小妾正好生了一個兒子。朱老頭知道是馬永來投胎，就給孩子取名叫「馬兒」。

馬兒從小就不聰明，幸好還肯讀書。二十多歲，透過多方鑽營，這才考中秀才。後來去府城參加歲試，投宿旅館，白天躺在床上，看到牆壁上貼的全是前人習作的八股文；他看到有一篇「犬之性，猶牛之性；牛之性，猶人之性與」爲題的文章，覺得很難，讀了幾遍，就把這篇文章記了下來。進入考場，恰好出的就是這題目，他把背誦的文章默寫出來，結果考了個優等，可以按月支領津貼。六十多歲時，馬兒才補了個臨縣訓導的職缺。爲官數年，沒有交到一個講道義的知己。只有在別人送他錢財時，才會露出笑容；否則他便雙眼緊閉，裝作不認識的樣子。秀才們偶爾犯點小錯，知縣判決，要馬兒略施薄懲，他卻施以重刑，有如處罰盜賊。如有人控告讀書人，那就是給他送來了生財門路。對於馬兒的種種惡行，秀才們眞是忍無可忍。他年近七十的時候，已是身體臃腫，耳聾眼花，還常常向人打聽染鬍子的藥。有個生性疏狂的秀才，就把茜草根剁碎拿去騙他。天亮後大家一看，馬兒的鬍子就和廟中的靈官一樣鮮紅。馬兒大怒，要拘捕那個秀才，但他早就逃跑了。爲此，他氣憤難消，積鬱成疾，沒幾個月就死了。

考弊司

聞人生，河南人。抱病經日，見一秀才入，伏謁牀下，謙抑盡禮。已而請生少步，把臂長語，刺刺[1]且行，數里外猶不言別。生佇足，拱手致辭[2]。秀才云：「更煩移趾[3]，僕有一事相求。」生問之。答云：「吾輩悉屬考弊司轄。司主名虛肚鬼王。初見之，例應割髀[4]肉，浼君一緩頰[5]耳。」生驚問：「何罪而至於此？」曰：「不必有罪，此是舊例。若豐於賄者，可贖也。然而我貧。」生曰：「我素不稔[6]鬼王，何能效力？」曰：「君前世是伊大父[7]行，宜可聽從。」

言次，已入城郭。至一府署，廨[8]宇不甚弘廠，惟一堂高廣，堂下兩碣[9]東西立，綠書大於栲栳[10]，一云「孝弟忠信」，一云「禮義廉恥」。躇階[11]而進，見堂上一扁[12]，大書「考弊司」。楹[13]間，板雕翠字一聯云：「曰校、曰序、曰庠[14]，兩字德行陰教化；上士、中士、下士[15]，一堂禮樂鬼門生。」游覽未已，官已出，鬈髮鮐背[16]，若數百年人；而鼻孔撩天，脣外傾，不承其齒。從一主簿吏，虎首人身。又十餘人列侍，半獰惡若山精。秀才曰：「此鬼王也。」生駭極，欲卻退。鬼王已睹，降階揖生上，便問興居[17]。生但諾。又問：「何事見臨？」生以秀才意具白[18]之。鬼王色變曰：「此有成例，即父命所不敢承！」氣象森凜，似不可入一詞。生不敢言，驟起告別；鬼王側行送之，至門外始返。生不歸，潛入以覵其變。至堂下，則秀才已與同輩數人，交臂歷指[19]，儼然在徽纆[20]中。一獰人持刀來，裸其股，割片肉，可駢三指許。秀才大嗥欲嗄[21]。生少年負義，憤不自持，大呼曰：「慘慘[22]如此，成何世界！」鬼王驚起，暫命止割，蹻履逆生[23]。生忿然已出，徧[24]告市人，將控上帝。或笑曰：「迂哉！藍蔚[25]蒼蒼，何處覓上帝而訴之冤也？此輩惟與閻羅近，呼之或可應耳。」乃示之途。

趨而往，果見殿陛[26]威赫，閻羅方坐；伏階號屈。王召訊已，立命諸鬼綰綫[27]提鎚而去。少頃，鬼王及秀才並至。審其情確，大怒曰：「憐爾夙世攻苦，暫委此任，候生貴家；今乃敢爾！其去若善筋，增若惡骨，罰令生生世世不得發迹[28]也！◆」鬼乃箠[29]之，仆[30]地，顛落一齒；以刀割指端，抽筋出，亮白如絲。鬼王呼痛，聲類斬豕[31]。手足並抽訖，有二鬼押去。生稽首[32]而出。秀才從其後，感荷[33]殷殷。挽送過市，見一戶，垂朱簾，簾內一女子，露半面，容妝絕美。生問：「誰家？」秀才曰：「此曲巷也。」既過，生低徊不能捨，遂堅止秀才。秀才曰：「君為僕來，而今踽踽[34]以去，心何忍。」生固辭，乃去。

生望秀才去遠，急趨入簾內。女接見，喜形於色。入室促坐，相道姓名。女自言：「柳氏，小字秋華。」一嫗出，為具肴酒。酒闌，入帷，懽[35]愛殊濃，切切訂婚嫁。既曙，嫗入曰：「薪水告竭，要耗郎君金貲[36]，奈何！」生頓念腰橐[37]空虛，惶愧無聲。久之，曰：「我實不曾攜得一文，宜署券保[38]，歸即奉酬。」嫗變色曰：「曾聞夜度娘索逋欠耶[39]？」秋華嚬蹙[40]，不作一語。生暫解衣為質。嫗持笑曰：「此尚不能償酒直[41]耳！」呶呶[42]不滿志，與女俱入。生慙[43]。移時，猶冀女出展別，再訂前約；久久無音，潛入窺之，見嫗與秋華，自肩以上化為牛鬼，目睒睒[44]相對立。大懼，趨出；欲歸，則百道歧出，莫知所從。問之市人，並無知其村名者。徘徊廛肆[45]之間，歷兩昏曉，悽意含酸，響腸鳴餓，進退無以自決。忽秀才過，望見之，驚曰：「何尚未歸，而簡褻若此？」生靦顏莫對。秀才曰：「有之矣！得勿為花夜叉所迷耶？」遂盛氣而往，曰：「秋華母子，何遽[46]不少施面目耶！」去少時，即以衣來付生，曰：「淫婢無禮，已叱罵之矣。」送生至家，乃別而去。生暴絕，三日而甦，言之歷歷。

◆**但明倫評點**：憐其夙世攻苦，而暫委之，豈知五日京兆，竟形同盜賊耶？去善筋，增惡骨，令生生世世不得發迹。前世因，今生壞之；今世因，來生受之矣。

閻王可憐他前世苦讀，暫時委以重任，怎知才當了沒幾天的官，竟幹起強盜的勾當來？挑去他的善筋，增添他的惡骨，令他生生世世永不得發達富貴。前世所造的善業，今生全給破壞了；今生所造的惡業，來生必將承受。

1 剌剌：話多的樣子。
2 致辭：道別。
3 移趾：請人移步恭敬的說法。
4 髀：讀作「碧」，大腿。
5 浼君一緩頰：請你幫我求情。浼，讀作「每」，拜託、請求。
6 稔：讀作「忍」。了解、熟悉。
7 大父：祖父。
8 廨：讀作「謝」，古時官吏辦公的處所。
9 碣：讀作「節」。刻有文字的圓形石碑，用以記載事蹟或頌揚功德等。此指石碑。
10 栲栳：讀作「考老」。竹製或柳條製，用以盛裝物品的器皿。
11 躇階：不依臺階等級，跨越數級而下。躇，讀作「除」。
12 扁：同「匾」，匾額。
13 楹：讀作「營」。廳堂前的直柱。後泛指柱子。
14 曰校、曰序、曰庠：皆指學校。
15 上士、中士、下士：指各種不同資質的人。
16 鬈髮鮐背：頭髮鬈曲，老態龍鍾的人。鮐背，比喻老年人氣色衰退，皮膚乾癟，背若鮐魚。鮐，讀作「台」。
17 興居：生活起居。
18 白：讀作「博」，告訴、告知。
19 交臂歷指：雙手被反綁，手指被捆束。
20 徽纆：捆綁犯人的繩索。纆，讀作「莫」。此處引申為牢獄。
21 嗄：讀作「煞」。聲音嘶啞。
22 慘慘：通「黲黲」。昏暗的樣子。
23 蹻履逆生：恭敬地來迎接聞人生。蹻履，恭敬或者小心翼翼的樣子。蹻，讀作「敲」，抬起腳來。逆，迎接。
24 徧：同今「遍」字，是遍的異體字。
25 藍蔚：天空的顏色。
26 陛：天子殿前的臺階。
27 絏：讀作「謝」。拘繫牽引用的繩索、韁繩。同「紲」。
28 發迹：翻身出頭。迹，蹤跡、行跡、痕跡。同今「跡」字，是跡的異體字。
29 箠：讀作「垂」。鞭打。
30 仆：讀作「撲」，倒臥、跌倒而趴在地上。
31 豕：讀作「使」。豬。
32 稽首：叩首的跪拜禮，表示極為敬重、隆重的禮節。稽，此處讀作「啟」。
33 感荷：感謝，感佩。
34 踽踽：孤單行走的樣子。踽，讀作「舉」。
35 懽：同今「歡」字，是歡的異體字。
36 貲：通「資」。指財物、錢財。
37 橐：讀作「陀」，袋子。
38 署券保：簽立字據，保證償還。
39 曾聞夜度娘索逋欠耶：你聽過妓女去討債的嗎？夜度娘，此指娼妓。逋欠，此指拖欠買春的錢。
40 嚬蹙：憂愁而皺眉的樣子。
41 酒直：酒錢。
42 呶呶：讀作「撓撓」。形容說起話來沒完沒了、囉嗦不停。
43 慙：同今「慚」字，是慚的異體字。
44 睒睒：光輝閃爍的樣子。睒，讀作「閃」。
45 廛肆：店鋪。廛，讀作「禪」，店鋪之意。
46 遽：就，至於。

白話翻譯

聞人生是河南人。有一次，他生病臥床，躺了一整天，見一個秀才走進來，跪在床下拜見，非常謙恭有禮。接著秀才請聞人生移步，挽著他的手臂邊走邊說，走了幾里路還不告別。聞人生佇足，拱手正要告辭。秀才說：「請您再走幾步，我有一事相求！」聞人生詢問何事？秀才說：「我們這些人都歸屬『考弊司』管轄。司主名喚虛肚鬼王。初次拜見他的人，按照慣例，都要從大腿上割下一塊肉，我想請您去替我求情！」聞人生驚訝地問：「犯了什麼罪要受這種刑罰？」秀才答：「不必犯罪，這是慣例。如果給鬼王送重禮，可以免去。但我家窮。」聞人生說：「我與鬼王素不相識，如何幫得上忙？」秀才說：「您前世是他的祖父輩，您說的話他應該能聽得進去。」

談話間，兩人已走進一座城市，來到一處衙門前。官衙的房屋不很寬敞，只有一間大廳甚為廣闊。大廳下東西兩邊立著兩塊石碑，刻著斗大的綠色字，一塊刻的是「孝悌忠信」，另一塊刻的是「禮義廉恥」。秀才帶著聞人生三步併兩步地登上石階，見大廳上方又懸掛一塊匾額，上書「考弊司」三個大字。兩旁柱子上，掛著一副綠色字體的對聯，上聯是：「曰校、曰序、曰庠，兩字德行陰教化，」下聯是：「上士、中士、下士，一堂禮樂鬼門生。」兩人還沒看完，一名官員已走出來。他的頭髮鬈曲，老態龍鍾，像有幾百歲的樣子，一對鼻孔朝天，嘴唇外翻，牙齒外露。隨從的一個師爺生得虎頭人身，又有十幾個人列隊兩邊伺候，大半都猙獰兇惡，長得像山精野怪。秀才說：「那就是鬼王。」聞人生嚇得魂不附體，轉身欲走。鬼王已看見他，忙從臺階上走下來，拱手邀他登堂，向他請安問候。聞人生只連連稱「是」。鬼王又問：「什麼事勞動您的大駕？」聞人生便把秀才的話轉達給鬼王。鬼王一聽，臉色驟變道：「這是慣例，就是我的父親親自前來，我也不敢聽從！」說完，面如冰霜，彷彿一句話也聽不進去。聞人生不敢再說，急忙起身告辭。鬼王恭恭敬敬地送他走，直把他送出門外才回去。

聞人生沒回去，又偷偷溜進來。來到大廳下，只見那名秀才和另外幾個人的雙手都被反綁在身後，如同囚犯一樣。一個面目猙獰的人，持刀子走來，脫下他們褲子，從大腿上割下一片足有三指寬的肉。秀才疼得大聲號叫，把嗓子都喊啞了。聞人生年輕氣盛，氣得忍不住，大喊道：「如此沒人性，成什麼世界了！」鬼王驚訝地站起來，命人暫緩割肉，恭敬上前迎接聞人生。但聞人生已氣憤地走出去，逢人就控訴鬼王的惡行，還說要去天帝那裡告狀。有人譏笑他說：「眞愚蠢啊！蒼天茫茫，到哪裡去找天帝申冤？這些鬼跟閻王倒親近，到閻王那裡告狀，或許還有回應！」便指路給他。

聞人生沿路趕去，果然看見一座宮殿，氣勢威嚴，閻王正坐在大殿上。聞人生跪到臺階下大聲喊冤，閻王召他來前去詢問原由，立即命幾個鬼拿繩索、提銅錘去捉鬼王來。不久，鬼王和秀才一起被羈押上殿。閻王審問一番，確定聞人生所言非虛，大怒道：「我可憐你生前苦讀，暫時指派你這個重任，等候投胎到富貴人家去；你居然敢做出這種傷天害理的事！我要剝去你的『善筋』，再給你添加『惡骨』，罰你生生世世永不翻身！」一個鬼卒便上前，將鬼王一錘子打得撲在地上，還掉了一顆牙；再用刀劃開鬼王指尖，抽出一條亮白如絲的筋。鬼王痛得像被殺的豬一般大聲喊叫。等到手筋、腳筋都抽完，才有兩個鬼卒押著他離去。

聞人生叩謝過閻王，退出了閻王殿。秀才跟在後面，表示很感激，挽著他的手臂，送他到街上。聞人生看見有戶人家門口掛紅簾，簾後有位女子露出半張臉，長得很是豔麗。聞人生問：「這是誰家？」秀才回答：「這是妓院。」經過那房子後，聞人生對那女子仍留戀不捨，於是堅決不讓秀才再送。秀才說：「您是爲我的事而來，讓您獨自回去，我於心何忍？」聞人生堅決推辭，秀才這才離去。

聞人生見秀才走遠，急忙返回那家妓院。那名女子立刻出來迎接他，喜上眉稍。進入室內，女子讓聞人生坐下，互道姓名。她說：「我姓柳，小名秋華。」一名老婦走出，爲他們準備酒菜。喝完酒，兩人上床，魚水交歡後，更情深意濃地訂下婚約。天亮後，老婦進來說：「家裡柴火糧食都沒有了，現在就要公子破費，眞是不好意思！」聞人生頓時想起腰包是空的，慚愧地一語不發。過了許久，才說：「我實在沒帶錢出門，我給你們立下字據，回去後立即償還。」老婦臉色大變，說：「你聽說過有妓女外出討債的嗎？」秋華也皺起眉頭，一聲不吭。聞人生只好脫下外衣，當作抵押。老婦接過衣服，譏笑說：「就這件東西，還不夠付酒錢呢！」嘴裡不停唸叨，極爲不滿地跟秋華進了內室。聞人生非常慚愧，但仍留在原地，盼望女子出來和他道別，重申訂下的婚約；等了很久都沒有動靜，他就偷溜進去觀看，見到老婦和秋華從肩部以上竟都變成牛頭鬼，目光閃爍地相對站立。聞人生很害怕，趕忙退出來；他想回家，可是岔路極多，不知走哪條路好。詢問街上的人，沒一個聽過他所住村子的名字。他在街上店鋪之間徘徊，過了兩天兩夜，辛酸悲傷，加上饑腸轆轆，眞是進退兩難。

秀才忽然經過，看見聞人生，驚訝地說：「你怎麼還沒回去，狼狽成這副模樣？」聞人生羞愧得無言以對。秀才說：「我知道了，你莫不是被鬼妓給迷住了吧？」說完，秀才便氣沖沖地朝那家妓院走去，說：「秋華母女，怎麼就不給點情面？」過了一會兒，秀才就把衣服拿回來，交給聞人生說：「那淫婢太無禮，我已經教訓過她了！」秀才把送聞人生回家，才告辭而返。聞人生在家中已僵死三天，這才甦醒過來，說起陰間的經歷，依舊歷歷在目。

閻羅

沂州①徐公星，自言夜作閻羅王。州有馬生亦然。徐公聞之，訪諸其家，問馬昨夕冥中處分②何事。馬言：「無他事，但送左蘿石③升天。天上墮蓮花④，朵大如屋」云。

1 沂州：古代州名，今山東省臨沂市蘭山區。
2 處分：處理，處置。
3 左蘿石：即左懋第，山東萊陽人。因其父死葬蘿石山，遂自號蘿石。明思宗崇禎四年（西元一六三一年）進士。明亡後，奉福王朱由崧即位於南京，官太常卿。後自請赴北京祭悼崇禎帝，即以兵部侍郎使清議和。結果被拘留於北京，不屈被害，時人以南宋文天祥譽之。
4 天上墮蓮花：謂左懋第得道成佛。蓮花，蓮花形的佛座，即蓮台。

白話翻譯

沂州徐星徐大人，自稱夜裡被陰司徵召，充任閻羅王。當地還有位馬生，也遇過同樣的事。徐大人聽說後，就去馬家拜訪，問馬生昨晚陰間處理過什麼事。馬生說：「沒什麼特別的事，只是護送左蘿石大人升天。天上降下一座蓮花台，大約有房屋那麼大。」

冷生

平城[1]冷生，少最鈍，年二十餘，未能通一經。忽有狐來，與之燕處[2]。每聞其終夜語，即兄弟詰[3]之，亦不肯洩。如是多日，忽得狂易病[4]：每得題為文，則閉門枯坐；少時，譁然大笑。窺之，則手不停草，而一藝成矣。脫稿[5]又文思精妙。是年入泮[6]，明年食餼[7]。每逢場作笑，響徹堂壁，由此「笑生」之名大譟。幸學使退休[8]，不聞。後值某學使規矩嚴肅，終日危坐堂上。忽聞笑聲，怒執之，將以加責。執事官[9]代白[10]其顛。學使怒稍息，釋之而黜其名◆。從此佯狂[11]詩酒。著有「顛草」四卷，超拔[12]可誦。

異史氏曰：「閉門一笑，與佛家頓悟[13]時何殊間[14]哉！大笑成文，亦一快事，何至以此褫革[15]？如此主司，寧非悠悠[16]！」

學師孫景夏，往訪友人。至其窗外，不聞人語，但聞笑聲嗤然，頃刻數作。意其與人戲耳。入視，則居之獨也。怪之。始大笑曰：「適無事，默溫[17]笑談耳。」邑[18]宮生，家畜一驢，性蹇劣[19]。每途中逢徒步客，拱手謝曰：「適忙，不遑[20]下騎，勿罪！」言未已，驢已蹶然伏道上，屢試不爽。宮大慚恨，因與妻謀，使偽作客。己乃跨驢周於庭，向妻拱手，作遇客語。驢果伏。便以利錐毒刺之。適有友人相訪，方欲款關[21]，聞宮言於內曰：「不遑下騎，勿罪！」少頃，又言之。心大怪異，叩扉問其故，以實告，相與捧腹。此二則，可附冷生之笑並傳矣。

1 平城：古代縣名。今山西省大同市東。
2 燕處：親密相處。
3 詰：讀作「傑」，問。
4 狂易病：精神失常的疾病。往往會暴怒或傻笑。
5 脫稿：完成原稿。
6 入泮：俗稱考中秀才。泮，讀作「盼」。古代學宮內有泮池（半月形的水池），故稱學宮為「泮宮」。童生入縣學為生員，即稱「入泮」。
7 食餼：領取官方的津貼。謂成為廩生。明清時期，領國家俸祿的生員。餼，讀作「系」。
8 學使：官名，指提督學政，掌管教育行政及各省學校生員的升降考核，又名文宗、學道、學政等。退休：離開考場，到內室休息。
9 執事官：負責處理試場各項事務的小官。
10 白：讀作「博」，告訴、告知。
11 佯狂：裝瘋賣傻。
12 超拔：出眾，高出一切。
13 頓悟：佛家語。快速直入究極之覺悟，稱為頓悟。
14 殊間：不同。
15 褫革：卸去秀才所穿戴帽子和衣服，指革除其生員身分。褫，讀作「尺」，脫下。
16 悠悠：不合理。
17 默淵：回味。
18 邑：此處指本縣。
19 性蹇劣：此指性情頑劣。蹇，讀作「簡」。
20 不遑：沒時間，沒空閒。
21 款關：敲門。
22 瞶瞶：形容愚昧無知。瞶，讀作「潰」。

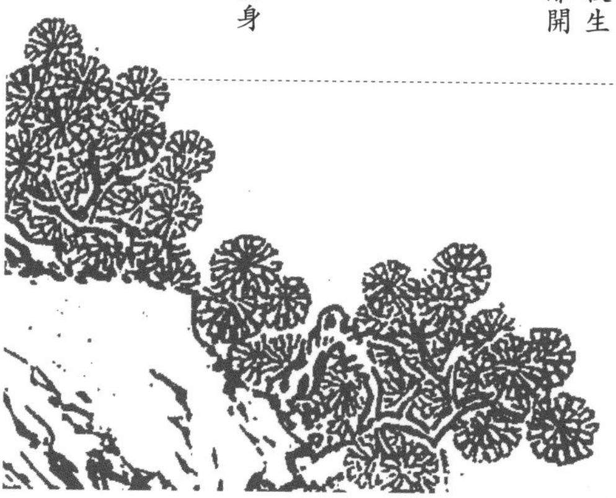

◆**馮鎮巒評點**：學使場規自宜嚴肅，然怒其笑，何不觀其文？文謬黜之，猶可說也，奇聞甚佳，因一笑黜之，此戴面具以嚇人者耳，主司愛才，豈忍出此？如此宗匠，無乃瞶瞶[22]？

學使考場的規矩自當嚴謹，但因冷生笑而憤怒，何不看他的文章再作定論？文章荒謬再革除功名，這還說得過去；文章甚佳，卻因一笑而被貶黜，這就是裝模作樣嚇唬人了。主考官愛惜有才之人，怎忍心如此處置？這樣的學使，難道不是愚昧無知嗎？

白話翻譯

平城有個姓冷的書生，年輕時很駑鈍，二十多歲還沒能通曉一部經書。忽然來了一隻狐狸，與他相處甚爲親密。人們經常聽到他們在一起終夜談話，即使是兄弟來問他，他也不肯洩露。如此過了數日，冷生忽然精神失常，每逢得到一個題目來要寫文章時，就先閉門呆呆坐著，不久哈哈大笑起來。家人過去偷看，只見他手不停筆，一篇八股文隨即完成，內容文思精妙，當年就中了秀才，第二年又補了廩生。冷生每當進入考場時便大笑，笑聲都能穿透牆壁，從此「笑生」之名大噪。幸好學使正巧進入內室休息，沒有聽到。後來，遇到某學使規矩嚴謹，終日端坐在大堂上。忽然聽到冷生的狂笑聲，憤怒命人將他捉起來，準備嚴加責罰。執事官代他說明冷生精神有毛病，學使的怒氣才稍稍平息，釋放之後革除他的功名。從此冷生便裝瘋賣傻，縱情詩酒。著有《顛草》四卷，內容超拔脫俗，值得一讀。

記下奇聞異事的作者如是說：「閉門一笑，就能下筆成文，與佛家所說的『頓悟』有何區別呢？在大笑中寫就文章，也是一件令人痛快的事，又何必因此革去冷生的功名呢？這樣的主考官，也太不近人情了。」

學師孫景夏有次去拜訪友人。走至朋友家窗外，沒有聽到說話聲，只聽裡面傳出「嗤嗤」的笑聲，短短時間就笑了好幾次。孫景夏以爲朋友正與人嬉戲，進屋一看，卻發現那個朋友獨自坐著。孫景夏覺得奇怪，朋友大笑著說：「正好閒來無事，我在回味一些笑話罷了！」

本縣有個姓宮的人，家裡養了一頭驢，性情頑劣。每逢在路上遇到徒步的客人，宮某會拱手道歉說：「我很忙，無暇下來，請勿怪罪！」話還沒說完，驢子就自己跪趴在路上，每一次皆如此。宮某很難爲情，就與妻子商量，讓她假扮路人，自己騎驢在庭院裡轉圈，向妻子拱手說些遇到路人時說的話。驢子果然又跪趴下，宮某就用錐子狠狠地刺牠。適逢友人來訪，正要敲門，就聽宮某在院子裡說：「無暇下驢，請勿怪罪！」不久，又說了一遍。客人心裡感到很詫異，叩門進來詢問原由。宮某如實相告，兩人不禁相對捧腹大笑。這兩則故事，可以附在冷生的笑聞後面廣爲流傳。

狐懲淫

某生購新第，常患狐。一切服物，多為所毀，且時以塵土置湯餅[1]中。一日，有友過訪，值生出，至暮不歸。生妻備饌供客，已而偕婢啜食餘餌。生素不羈，好蓄媚藥，不知何時狐以藥置粥中，婦食之，覺有腦麝氣[2]。問婢，婢云不知。食訖，覺慾燄上熾，不可暫忍；強自按抑，燥渴愈急。籌思家中無可奔[3]者，惟有客在，遂往叩齋。客問其誰，實告之。問何作，不答。客謝曰：「我與若夫道義交，不敢為此獸行。」婦尚流連。客叱罵曰：「某兄文章品行，被汝喪盡矣！」隔窗唾之。婦大慚，乃退。因自念：我何為若此？忽憶椀[4]中香，得毋媚藥也？檢包中藥，果狼藉滿案，盎琖[5]中皆是也。稔[6]知冷水可解，因就飲之。頃刻心下清醒，愧恥無以自容。展轉既久，更漏已殘。愈恐天曉難以見人，乃解帶自經[7]。婢覺救之，氣已漸絕。辰後，始有微息。客夜間已遁。生晡[8]後方歸，見妻臥，問之，不語，但含清涕。婢以狀告。大驚，苦詰[9]之。妻遣婢去，始以實告。生歎曰：「此我之淫報也，於卿何尤？幸有良友；不然，何以為人！」遂從此痛改往行，狐亦遂絕。

異史氏曰：「居家者相戒勿蓄砒鴆[10]，從無有戒不蓄媚藥者，亦猶之人畏兵刃而狎牀第[11]也。寧知其毒有甚於砒鴆者哉！顧蓄之不過以媚內耳，乃至見嫉於鬼神；況人之縱淫，有過於蓄藥者乎？」

某生赴試，自郡中歸，日已暮，攜有蓮實菱藕，入室，並置几上。又有藤津偽器一事[12]，水浸盎中。諸鄰人以生新歸，攜酒登堂，生倉卒置牀下而出，令內子經營供饌，與客薄飲。飲已，入內，急燭牀下，盎水已空。問婦。婦曰：「適與菱藕並出供客，何尚尋也？」生憶肴中有黑條雜錯，舉座不知何物。乃失笑曰：「癡婆子！此何物事，可供客耶？」婦亦疑曰：「我尚怨子不言烹法，其狀可醜，又不知何名，只得糊塗臠切[13]耳。」生乃告之，相與大笑。今某生貴矣，相狎者猶以為戲。

1 湯餅：湯麵。
2 麝氣：指樟腦和麝香。
3 奔：指女子主動與男子交歡。
4 椀：同今「碗」字，是碗的異體字。
5 盎：腹大口小的瓦盆。琖：讀作「展」，玉製的酒杯。此指杯子。
6 稔：熟知。
7 自經：自盡。
8 晡，讀作「補」的一聲。下午三點到五點這段時間。
9 詰：讀作「傑」，問。
10 砒鴆：泛指毒藥。鴆，讀作「振」。鴆鳥，其羽毛紫綠色，有劇毒，泡酒後可以毒死人。
11 第：床席。
12 藤津偽器一事：假陽具一件，指模仿男性生殖器官的情趣用品。
13 糊塗臠切：隨便切成小塊。臠，讀作「鑾」。切成小塊或小片的肉。

◆**何守奇評點**：媚藥甚於鴆，真為有識者之言。

春藥危害更甚於毒藥，真是有見地的言論。

白話翻譯

某生新買了一座宅院，經常有狐妖出來騷擾人。家中的服裝器物，大多被牠破壞過，時常還有塵土泡在湯麵裡。一天，有朋友來拜訪某生，正巧某生外出，到傍晚還未歸。某生的妻子準備飯菜招待客人，客人吃完，生妻就和婢女吃剩下的飯菜。某生一向放蕩不羈，喜好蓄存春藥，狐妖竟在不知何時把藥放入粥中。生妻吃粥時，覺得粥裡帶有樟腦和麝香氣味，問婢女爲什麼，婢女也不知情。生妻吃完就感到慾火中燒，難以忍耐；越是強自壓抑，越是燥熱難忍。想到家中沒有男人可以助她消除慾望，只有客人在，於是前去敲客人的房門。客人問是誰，生妻如實相告；又問意欲何爲，生妻不答。客人於是拒絕：「我與你丈夫以道義相交，不敢作這種禽獸之事。」生妻還是不肯離開。客人就斥責了：「某兄的學問、品行，都被你丟盡了！」還隔窗向她吐口水。生妻感到慚愧，這才離去。她心想：我爲什麼會有這種念頭？忽然想起粥碗中的香氣，便想到莫不是吃了春藥？一去檢查藥包，果然散落一桌，盆底杯中到處都是。她熟知此藥冷水可解，喝過幾口水後，頓時心中清明，羞愧得無地自容。婦人在屋裡反覆徘徊，天都快亮了，越想越覺得天亮之後沒臉見人，於是解下腰帶上吊自殺。婢女發現後把她救下，她已經快要斷氣，辰時過後才恢復微弱的呼吸。客人早已趁夜離開了，某生卻直到隔天傍晚才回家。見妻子躺在床上，問她怎麼了，生妻默不作聲，只是流淚。婢女把夫人上吊一事向他稟明，某生大吃一驚，不斷追問她上吊的原因。生妻把婢女支開，這才告訴他實情。某生慨歎

狐懲淫
疑雨疑雲恐
不禁陽窓來
啟逗琴心勸
君休蓄房中
藥猶恐真成
蕩婦唫

地說：「這是對我的報應啊！你又有什麼過失呢？幸好有這樣一位良友，不然，我還怎麼做人？」從此痛改前非，宅中的狐妖再也沒出來騷擾人。

記下奇聞異事的作者如是說：「一般住戶都會相互告誡，不要在家裡存放毒藥，卻從來沒有提醒不要存放春藥的，這就好像人們畏懼兵器而貪戀床笫之歡是同樣道理呀。哪裡知道媚藥的毒害遠遠超過砒霜與鴆酒呢！本來存放媚藥只不過是用來取悅妻子罷了，誰知卻因此被鬼神所厭惡；何況人們放縱淫欲的害處，遠遠超過存放春藥啊！」

某生去應試，從府城回來時，天已經黑了。他帶蓮子、菱角和蓮藕回家，進屋後，都放在桌上。又帶回一個假陽具，用水浸泡在水罐裡。鄰居們聽說某生剛從城裡回來，帶著酒來到他家為他接風洗塵，某生倉促間把水罐放到床底下，就出來招待客人，讓妻子準備酒菜，自己與客人們飲酒。飲完酒進入內室，急忙拿起蠟燭去床下一照，發現罐子是空的。問妻子，妻子說：「剛才和菱角蓮藕一起拿出來招待客人了，你怎麼還要找呢？」某生回想起剛才飲酒時，菜肴裡有種黑色條狀物夾雜在裡面，全座人都不知是什麼東西，不禁失聲大笑，對妻子說：「傻婆娘！那是什麼東西啊！怎麼能用它招待客人呢？」妻子也疑惑地說：「我剛才還埋怨你不告訴我烹煮的方法，那東西形狀醜陋，又不知叫什麼名字，只好隨便把它切成小塊煮了。」某生據實以告，兩人相對大笑。現在某生已經發跡顯貴，好友們仍舊時常拿這件事尋他開心。

山市

奐山山市[1]，邑[2]八景之一也。數年恆不一見。孫公子禹年，與同人飲樓上，忽見山頭有孤塔聳起，高插青冥[3]。相顧驚疑，念近中無此禪院。無何，見宮殿數十所，碧瓦飛甍[4]，始悟為山市。未幾，高垣睥睨[5]，連亘[6]六七里，居然城郭矣。中有樓若[7]者，堂若者，坊[8]若者，歷歷在目，以億萬計。忽大風起，塵氣莽莽然[9]，城市依稀而已。既而風定天清，一切烏有；惟危樓[10]一座，直接霄漢[11]。五架[12]窗扉皆洞開；一行有五點明處，樓外天也。層層指數；樓愈高，則明愈少；數至八層，裁[13]如星點；又其上，則黯然縹緲，不可計其層次矣。而樓上人往來屑屑[14]，或凭[15]或立，不一狀。踰時，樓漸低，可見其頂；又漸如常樓；又漸如高舍；倏忽如拳如豆，遂不可見。又聞有早行者，見山上人煙市肆[16]，與世無別，故又名「鬼市」云。

1 奐山：也作「煥山」。山東省舊淄川縣城西十五里。山市：山上的海市蜃樓。
2 邑：縣市之意。此指作者所在本縣。
3 青冥：天際。
4 飛甍：兩端翹起的房脊，像飛翔的樣子。借指聳立的樓閣。甍，讀作「盟」，房脊，屋簷。
5 高垣睥睨：高高低低的城牆。高垣，高牆。睥睨，又作「埤堄」，指城牆，即其上呈凹凸狀的矮牆，亦稱女牆。
6 連亙：連綿。
7 若：像、似。

8 坊：讀作「方」。牌樓。
9 莽莽然：廣大無邊的樣子。
10 危樓：高樓。危，高。
11 霄漢：天邊、天際。
12 架：兩根柱子之間。
13 裁：僅、只之意。通「才」字。
14 屑屑：忙碌的樣子。
15 凭：靠著。同今「憑」字，是憑的異體字。
16 肆：店鋪。

◆何守奇評點：與海市一樣變幻。

山市與海市蜃樓一樣變幻莫測。

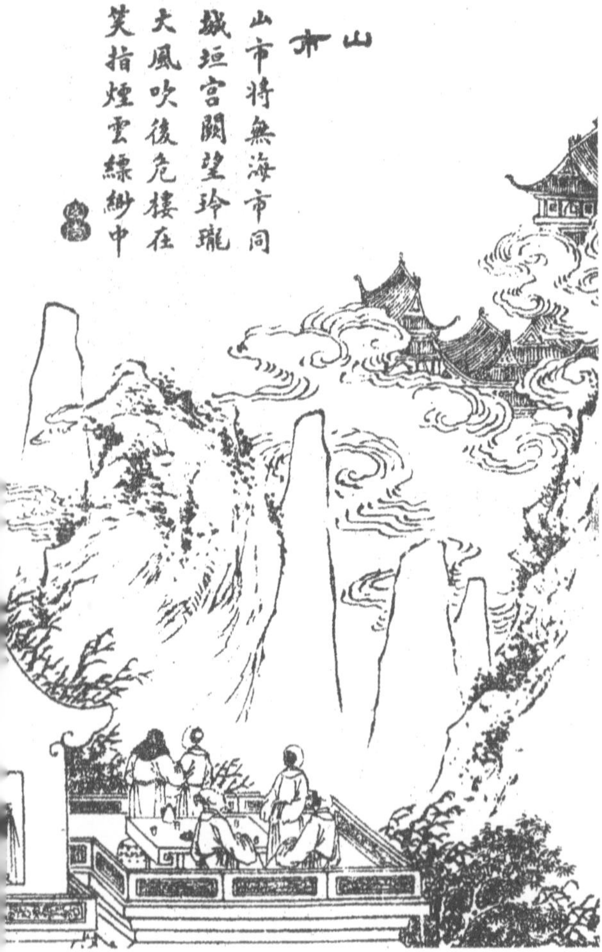
山市
山市將無海市同
城垣宮闕望玲瓏
大風吹後危樓在
笑指煙雲縹緲中

白話翻譯

奐山的山市是本縣著名景點之一，往往幾年難得一見。孫禹年公子和幾位朋友在樓上飲酒，忽見奐山山頂有座孤塔聳起，直入雲霄。在座的人都很驚訝疑惑，心想：附近並沒有這樣的禪院呀。不久，又看見幾十座高大的宮殿，碧綠色的琉璃瓦、飛翹的殿簷，大家才恍然大悟是看到山市了。隨即又出現一座高牆矮垛，連綿六、七里，儼然形成一座城市；城中有的似高樓，有的像堂殿，有的像牌坊，看得清清楚楚，宛若歷歷在目，多不勝數。突然間狂風颳起，塵土飛揚，城市若隱若現。轉眼間風停天清，一切消失不見，只剩一座高樓直入雲霄。每層樓有五扇窗都大大敞開，一排有五點亮光，是高樓外的天空。一層層指著數上去，樓層越高，亮點越小；數到第八層，亮點就只有星星那麼大了；又往上數，則亮光黯淡看不清楚，沒法計算層次。樓上的人熙來攘往，有倚窗的，有站立的，各有不同。過了一會，樓房慢慢低矮下來，可以看見樓頂，慢慢地像平常樓閣一樣了，漸漸地又像座高房子，瞬間縮回拳頭和豆粒那麼小，最後什麼也看不見。又聽說有起早趕路的人，看見山上有商店集市，和人世間沒有兩樣，所以又叫「鬼市」。

江城

臨江1高蕃，少慧，儀容秀美。十四歲入邑庠2。富室爭女之；生選擇良苛，屢梗3父命。父仲鴻，年六十，止此子，寵惜之，不忍少拂。初，東村有樊翁者，授童蒙4於市肆，攜家僦生屋5。翁有女，小字江城，與生同甲，時皆八九歲，兩小無猜，日共嬉戲。後翁徙去，積四五年，不復聞問。一日，生於隘巷中，見一女郎，豔美絕俗。從以小鬟，僅六七歲。不敢傾顧，但斜睨之。女停睇，若欲有言。細視之，江城也。頓大驚喜。各無所言，相視呆立，移時始別，兩情戀戀。◆生故以紅巾遺地而去。小鬟拾之，喜以授女。女入袖中，易以己巾，偽謂鬟曰：「高秀才非他人，勿得諱6其遺物，可追還之。」小鬟果追付生。生得巾大喜。歸見母，請與論婚。母曰：「家無半間屋，南北流寓，何足匹偶？」生言：「我自欲之，固當無悔。」母不能決，以商仲鴻；鴻執不可。生聞之悶悶，嗌不容粒7。母憂之，謂高曰：「樊氏雖貧，亦非狙儈8無賴者比。我請過其家，倘其女可偶，當亦無害。」高曰：「諾。」母託燒香黑帝祠9，詣之。見女明眸秀齒，居然娟好，心大愛悅。遂以金帛厚贈之，實告以意。樊媼謙抑而後受盟。歸述其情，生始解顏為笑。

逾歲，擇吉迎女歸，夫妻相得甚歡。而女善怒，反眼10若不相識；詞舌嘲啁11，常聒於耳。生以愛故，悉含忍之。翁媼聞之，心弗善也，潛責其子。為女所聞，大恚12，詬罵彌加。

生稍稍反其惡聲，女益怒，撻逐出戶，闔其扉。生嚁嚁[13]門外，不敢叩關，抱膝宿簷下。女從此視若仇。其初，長跪猶可以解；漸至屈膝無靈，而丈夫益苦矣。翁姑薄讓[14]之，女牴牾[15]不可言狀。翁姑忿怒，逼令大歸[16]。樊慚懼，浼[17]交好者請於仲鴻；仲鴻不許。年餘，生出遇岳，岳邀歸其家，謝罪不遑。妝女出見，夫婦相看，不覺惻楚。樊乃沽酒款婿，酬勸甚殷。日暮，堅止留宿，掃別榻，使夫婦並寢。既曙辭歸，不敢以情告父母，掩飾彌縫。自此三五日，暫一寄岳家宿，而父母不知也。樊一日自詣仲鴻。初不見，迫而後見之。樊膝行而請。高不承，諉諸其子。樊曰：「婿昨夜宿僕家，不聞有異言。」高驚問：「何時寄宿？」樊具以告。高赧謝曰：「我固不知。彼愛之，我獨何仇乎？」樊既去，高呼子而罵。生但俛首[18]，不少出氣。言間，樊已送女至。高曰：「我不能為兒女任過，不如各立門戶，即煩主析爨[19]之盟。」樊勸之，不聽。遂別院居之，遣一婢給役焉。月餘，頗相安，翁媼竊慰。未幾，女漸肆，生面上時有指爪痕；父母明知之，亦忍不置問。一日，生不堪撻楚[20]，奔避父所，茫茫然如鳥雀之被鸇驅[21]者。翁媼方怪問，女已橫梃追入，竟即翁側捉而箠[22]之。翁姑沸噪，略不顧贍[23]，撻至數十，始悻悻[24]以去。高逐子曰：「我惟避囂[25]，故析爾。爾固樂此，又焉逃乎？」生被逐，徙倚[26]無所歸。母恐其折挫行[27]死，今獨居而給之食。又召樊來，使教其女。樊入室，開諭萬端，女終不聽，反以惡言相苦。樊拂衣去，誓相絕。無何，樊翁憤生病，與嫗相繼死。女恨之，亦不臨弔，惟日隔壁噪罵，故使翁姑聞。高悉置不知。

生自獨居，若離湯火[28]，但覺淒寂。暗以金啗[29]媒媼李氏，納妓齋中，往來皆以夜。久之，女微聞之，詣齋嫚罵。生力白其誣，矢以天日，女始歸。自此日伺生隙。李嫗自齋中出，適相遇，急呼之；嫗神色變異，女愈疑。謂嫗曰：「明告所作，或可宥免；若猶隱祕，撮[30]毛盡矣！」嫗戰而告曰：「半月來，惟勾欄[31]李雲娘過此兩度耳。適公子言，曾於玉笥山[32]見陶家婦，愛其雙翹，囑奴招致之。渠雖不貞，亦未便作夜度娘[33]，成否故未必也。」女以其言誠，姑從寬恕。嫗欲行，又強止之。日既昏，呵之曰：「可先往滅其燭，便言陶家至矣。」嫗如其言。女即遽入。生喜極，挽臂促坐，具道飢渴。女默不語。生暗中索其足，曰：「山上一覲仙容，介介[34]獨戀是耳。」女終不語。生曰：「夙昔之願，今始得遂，何可覿面[35]而不識也？」躬自促火[36]一照，則江城也。大懼失色，墮燭於地，長跪觳觫[37]，若兵在頸。女摘耳提歸，以針刺兩股殆遍，乃臥以下牀，醒則罵之。生以此畏若虎狼；即偶假以顏色，枕席之上，亦震慴[38]不能為人。女批頰而叱去之，益厭棄不以人齒。生日在蘭麝之鄉，如犴狴[39]中人，仰獄吏之尊也。

女有兩姊，俱適諸生。長姊平善，訥於口[40]，常與女不相洽。二姊適葛氏。為人狡黠善辨，顧影弄姿，貌不及江城，而悍妒與埒[41]。姊妹相逢無他語，惟各以閫威[42]自鳴得意。以故二人最善。生適戚友，女輒嗔怒；惟適葛所，知而不禁。一日，飲葛所。既醉，葛嘲曰：「子何畏之甚？」生笑曰：「天下事頗多不解：我之畏，畏其美也；乃有美不及內人，而畏甚於僕者，惑不滋甚哉？」葛大慚，不能對。婢聞，以告二姊。二姊怒，操杖遽出。生見其兇，躧屣[43]欲走。杖起，已中腰膂[44]；三杖三蹶而不能起。誤中顱，血流如瀋[45]。二姊去，蹣跚而歸。妻驚問之。初以迕姨故，不敢遽告；再三研詰，始具陳之。女以帛束生首，忿然曰：「人家男子，何煩他撻楚耶！」更短袖裳，懷木杵，攜婢逕去。抵葛家，二姊笑語承迎。女不語，以杵擊之，仆；裂袴而痛楚焉。齒落脣缺，遺失溲便[46]。女返，二姊羞憤，遣夫赴訴於高。生趨出，極意溫卹。葛私語曰：「僕此來，不得不爾。悍婦不仁，幸假手而懲創之，我兩人何嫌焉。」女已聞之，遽出，指罵曰：「齷齪賊！妻子虧苦，反竊竊與外人交好！此等男子，不宜打煞耶！」疾呼覓杖。葛大窘，奪門竄去。生由此往來全無一所。同窗王子雅過之，宛轉留飲。飲間，以閨閣相謔，頗涉狎褻。女適窺客，伏聽盡悉，暗以巴豆[47]投湯中而進之。未幾，吐利不可堪，奄存氣息。女使婢問之曰：「再敢無禮否？」始悟病之所自來，呻吟而哀之。則綠豆湯已儲待矣。飲之乃止。從此同人相戒，不敢飲於其家。

王有酤肆[48]，肆中多紅梅，設宴招其曹侶[49]。生託文社[50]，稟白而往。日暮，既酣，王生曰：「適有南昌[51]名妓，流寓此間，可以呼來共飲。」眾大悅。惟生離席，興辭。羣曳之曰：「閫中耳目雖長，亦聽睹不至於此。」因相矢緘口。生乃復坐。少間，妓果出。年十七八，玉佩叮咚，雲鬟掠削[52]。問其姓，云：「謝氏，小字芳蘭。」出詞吐氣，備極風雅，舉座若狂。而芳蘭尤屬意生，屢以色授[53]。為眾所覺，故曳兩人連肩坐。芳蘭陰把生手，以指書掌作「宿」字。生於此時，欲去不忍，欲留不敢，心如亂絲，不可言喻。而傾頭耳語，醉態益狂，榻上臙脂虎[54]，亦並忘之。少選[55]，聽更漏已動，肆中酒客愈稀；惟遙座一美少年，對燭獨酌，有小僮捧巾侍焉。眾竊議其高雅。無何，少年罷飲出門去。僮返身入，向生曰：「主人相候一語。」眾則茫然，惟生顏色慘變，不遑告別，匆匆便去。蓋少年乃江城，僮即其家婢也。生從至家，伏受鞭扑。從此禁錮益嚴，弔慶皆絕。文宗下學[56]生以誤講降為青[57]。

一日，與婢語，女疑與私，以酒罈囊婢首而撻之。已而縛生及婢，以繡剪剪腹間肉互補之，釋縛令其自束。月餘，補處竟合為一云。女每以白足踏餅塵土中，叱生摭[58]食之。如是種種。母以憶子故，偶至其家，見子柴瘠，歸而痛哭欲死。夜夢一叟告之曰：「不須憂煩，此是前世因。江城原靜業和尚所養長生鼠[59]，公子前生為士人，偶游其地誤斃之。今作惡報，不可以人力回也。每早起，虔心誦觀音咒一百遍，必當有效。」醒而述於仲鴻，異之，夫妻遵教。虔誦兩月餘，女橫[60]如故，益之狂縱。聞門外鉦鼓[61]，輒握髮[62]出，憨然引眺[63]，千人指視，恬不為怪。翁姑共恥之，而不能禁。

忽有老僧在門外宣佛果[64]，觀者如堵。僧吹鼓上革作牛鳴。女奔出，見人眾無隙，命婢移行牀[65]，翹登其上。眾目集視，女如弗覺。踰時，僧敷衍[66]將畢，索清水一盂，持向女而宣言曰：「莫要嗔，莫要嗔！前世也非假，今世也非真。咄！鼠子縮頭去，勿使貓兒尋。」宣已，吸水噀[67]射女面，粉黛淫淫[68]，下沾衿袖。眾大駭，意女暴怒，女殊不語，拭面自歸。僧亦遂去。女入室癡坐，嗒然若喪[69]，終日不食，掃榻遽寢。中夜忽喚生醒。生疑其將遺，捧進溺盆。女卻之。暗把生臂，曳入衾。生承命，四體驚悚，若奉丹詔[70]。女慨然曰：「使君如此，何以為人！」乃以手撫捫生體，每至刀杖痕，嚶嚶啜泣，輒以爪甲自掐，恨不即死。生見其狀，意良不忍，所以慰藉之良厚。女曰：「妾思和尚必是菩薩化身。清水一灑，若更腑肺。今回憶曩昔所為，都如隔世。妾向時得毋非人耶？有夫妻而不能歡，有姑嫜[71]而不能事，是誠何心！明日可移家去，仍與父母同居，庶便定省。」絮語終夜，如話十年之別。昧爽[72]即起，摺衣斂器，婢攜簏[73]，躬襆被[74]，促生前往叩扉。母出駭問，告以意。母尚遲回，女已偕婢入。母從入。女伏地哀泣，但求免死。母察其意誠，亦泣曰：「吾兒何遽如此？」生為細述前狀，始悟曩昔之夢驗也。喜，喚廝僕為除舊舍。

女自是承顏順志，過於孝子。見人，則覥[75]如新婦。或戲述往事，則紅漲於頰。且勤儉，又善居積；三年，翁媼不問家計，而富稱巨萬矣。生是歲鄉捷。女每謂生曰：「當日一見芳蘭，今猶憶之。」生以不受荼毒，願已至足，妄念所不敢萌，唯唯而已。會以應舉入都，數月乃返。入室，見芳蘭方與江城對弈。驚而問之，則女以數百金出其籍矣。此事浙中王子雅言之甚詳。

異史氏曰：「人生業果，飲啄必報，而惟果報之在房中者，如附骨之疽[76]，其毒尤慘。每見天下賢婦十之一，悍婦十之九，亦以見人世之能修善業者少也。觀自在[77]願力宏大，何不將盂中水灑大千世界也？」

1 臨江：古代府名。今江西省樟樹市。
2 邑庠：古代科舉制度，對縣學的稱呼。庠，讀作「翔」，學校。
3 屢梗：屢次違逆。
4 童蒙：幼兒。
5 攜家僦生屋：攜家帶眷向高仲鴻租房子住。僦，讀作「舊」，租借、租賃。
6 諱：此做動詞用，隱瞞、掩藏。
7 嗌不容粒：食不下嚥。嗌，讀作「義」。
8 狙儈：粗俗鄙陋。
9 黑帝祠：供奉北方黑帝的廟宇。黑帝為道教五方上帝之一，又稱玄帝。
10 反眼：翻臉、反目。
11 詞舌嘲哵：猶言碎碎唸，嘮叨不休。
12 恚：生氣、憤怒。恚，讀作「惠」。
13 嚁嚁：讀作「灑灑」。忍受寒冷所發出的聲音。
14 讓：責讓、責備。
15 牴牾：讀作「底午」。頂撞。
16 大歸：將媳婦遣返回娘家，令她不得再返夫家。
17 浼：讀作「每」，拜託、請求。
18 俛：同今「俯」字，是俯的異體字。低頭。
19 析爨：各起爐灶，不再一同煮食，意即分家。爨，讀作「竄」。
20 撻楚：拿鞭子抽打。撻，讀作「踏」。
21 鷶驅：形容驚慌失措，恐懼不安的樣子。鷶，讀作「詹」。

22 箠：讀作「垂」。馬鞭。此處做動詞用，鞭打。
23 顧贍：支應、顧及。此指顧及顏面。
24 悻悻：憤怒怨恨的樣子。
25 嚻：喧鬧。
26 徙倚：逡巡徘徊。
27 行：將要。
28 湯火：比喻刀山火海，亦即能傷人性命的東西。
29 啗：讀作「旦」，吃。此指以利益誘惑他人。
30 撮：拔掉。
31 勾欄：妓院。
32 玉笥山：位於今樟樹市南面處。笥，讀作「四」。
33 夜度娘：指妓女。
34 介介：耿耿於懷。
35 覿面：見面。覿，讀作「迪」，見。
36 促火：點燈。
37 觳觫：讀作「胡素」。因恐懼而顫抖的樣子。
38 震慴：害怕恐懼得發抖。慴，讀作「哲」。害怕、恐懼。
39 犴狴：讀作「岸壁」。獅子、傳說中的凶獸，因為經常繪製在獄門上意喻看守，後引申為牢獄。
40 訥於口：不擅長講話。
41 埒：讀作「快樂」的「樂」。相等。
42 閫威：妻子盛氣凌人遠高於丈夫。閫，讀作「捆」。女子居住的內室，借指女子之意。
43 躧屣：來不及穿好鞋子，踩著就走，形容十分匆促。躧，讀作「喜」。
44 膂：讀作「呂」。同「呂」，背脊骨。

45 瀋：讀作「審」。汁、流水。
46 遺失溲便：即大小便失禁。
47 巴豆：即瀉藥。
48 酤肆：酒店。酤，讀作「辜」。
49 曹侶：朋友。
50 文社：文人定期聚會切磋詩文的社團。
51 南昌：今江西省南昌市。
52 雲鬟掠削：頭髮梳得很整齊。
53 色授：以眼神傳達心意。色，神色、眼神。
54 臙脂虎：比喻母老虎，諷刺兇悍的婦人。臙脂，同「胭脂」。
55 少選：不多時、沒過多久。
56 文宗下學：學政到各府城親自主持的生員考試。文宗，清朝「提督學政」的別稱，一般指主持各省生員考核的主考官員。
57 以誤講降為青：在科舉考試中解錯題目，因此被降等級。
58 摭：讀作「執」，撿起來。
59 長生鼠：養在廟裡的老鼠。古時出家人為表達慈悲為懷，會在廟裡飼養動物，或者信眾為行善積福報而出錢供養在廟裡。這些動物被稱為「長生畜」。
60 橫：蠻橫，即凶狠殘暴之意。
61 鉦鼓：敲鑼打鼓的聲音。鉦，讀作「爭」，銅鑼。
62 握髮：捉著頭髮。
63 引眺：伸長脖子眺望。
64 佛果：宣揚佛法，講述因果報應。
65 行牀：椅凳、腳凳。

66 敷衍：同「敷演」，宣導、講道論說之意。
67 噀：讀作「訊」。噴水。
68 粉黛淫淫：形容女子哭泣貌，淚水將臉上塗抹的脂粉溶解的樣子。
69 嗒然若喪：垂頭喪氣。嗒，讀作「踏」。
70 丹詔：天子的詔命。
71 姑嫜：公婆。嫜，讀作「章」。
72 昧爽：清晨。
73 簏：讀作「路」，圓形的竹箱。意指行囊。
74 襆被：整理行李。
75 覥：讀作「勉」，靦腆，害羞。同今「靦」字，是靦的異體字。
76 附骨之疽：附著在骨頭上的毒瘡，比喻難以擺脫的痛苦。
77 觀自在：觀世音菩薩。

◆**馮鎮巒評點**：本是好因緣，誰知後來卻成歡喜冤家。

本來是樁好婚事，誰知婚後竟然變成歡喜冤家。

白話翻譯

高蕃是江西人，年少聰穎，風姿秀美。十四歲就入縣學讀書，富豪門第爭著將女兒嫁給他。但是高蕃擇偶的標準很高，好幾次都違逆了父親的意思。高蕃的父親名喚高仲鴻，六十多歲，高蕃是他的獨生子，因此十分寵愛，不忍心勉強他做不願意做的事情。

原先，東村有個姓樊的老翁，在一家店鋪裡教兒童讀書，他向高蕃家租房子來住。樊翁有個女兒，乳名叫江城，和高蕃同齡，當時都只有八、九歲，兩人青梅竹馬，每天都玩耍在一起。後來樊翁搬走了，過了四、五年，兩家再沒有聯絡來往。

有一天，高蕃在小巷中看見一名女子長得豔麗無雙，身後跟著一個年僅六、七歲的小丫鬟。高蕃不敢正面與她對視，斜眼偷偷瞧她，女子也停下腳步注視他，欲言又止的樣子。高蕃仔細一看，這名女子原來就是江城，當下又驚又喜。兩個人相顧無言，呆立在路邊，過了一會兒才各自走開，卻都流露出依依不捨的神情。

臨走前，高蕃假意不小心遺落了一條紅巾，小丫鬟撿起來，高興地交給江城。江城將紅巾藏入衣袖中，換成自己的手帕，佯裝對丫鬟說：「高秀才不是外人，不要將他丟失的東西擅自藏起。你快追上去還他！」小丫鬟依言追上，將手帕交給高蕃。高蕃接過手帕很歡喜，回家後央求母親去提親。高母說：「江城家中沒有房產，在各地租房子住，怎配得上我們家呢？」高蕃說：「我只想要娶她爲妻，絕不後悔！」高母猶豫不決，和高仲鴻商量，仲鴻堅持不同意。

江城
好姻緣是惡姻緣
鼠子相逢宿孽纏
一旦忽歌樛木句
始知佛力竟無邊

高蕃心中悶悶不樂，食不下嚥。高母憂心忡忡，對高仲鴻說：「樊氏雖然貧窮，總比那些市井無賴來得好。我去他家看看，倘若他女兒配得上我們兒子，這門婚事也不是不可答應。」仲鴻說：「好。」高母於是假託到黑帝祠上香，途經樊家探訪，見到江城明眸秀齒，容貌娟秀豔麗，心中很是喜歡，拿出豐厚的錢財和綢緞送給樊家，表明求親的心意。樊母起初推辭，後來接受了婚盟。高母回家後述說經過，高蕃才展顏歡笑。

一年後，高蕃挑了個良辰吉日把江城娶過門，夫妻二人感情甚篤。然而江城脾氣不好，往往容易翻臉，又愛嘮叨不休，時常在高蕃耳邊囉嗦。高蕃因為喜愛她才忍了下來，他的父母聽說此事，心生不悅。有一次，他們私底下責罵兒子，被江城聽到了，她突然大怒，把高蕃痛罵一頓。他稍微反駁幾句，江城怒火更盛，用鞭子將高蕃毒打一頓並趕出屋外，關上房門。高蕃在門外受凍了也不敢敲門，抱著膝蓋睡在屋簷下，江城從此把高蕃視作仇人。以前小倆口吵鬧時，高蕃長跪就可以求得原諒，現在連這一招也不管用了，他遭受的痛苦日益增加。公婆稍微斥責江城幾句，江城就出言頂撞，魯莽難以用言語形容。公婆憤怒，把她遣返回娘家，令她不許再回來。樊翁心中慚愧，央求熟人替他向高仲鴻求情，仲鴻仍不肯回心轉意。

一年多後，高蕃一次外出碰巧遇到岳父。岳父邀他到家裡，不斷向他致歉，讓女兒打扮好出來見丈夫。夫妻相見，內心五味雜陳，樊翁就買了酒招待女婿，很殷勤地勸酒，到了傍晚又誠懇地挽留高蕃過夜。他把床鋪好，讓夫妻二人共寢，天快亮時，高蕃告辭回家，他不敢告訴父母實話，掩飾得很好，從此每隔三、五天就去岳父家住一晚，這件事一直瞞著父母。

某天，樊翁親自前去拜訪高仲鴻，仲鴻起初不肯相見，後來實在無法推託才答應。只見樊翁跪著上前，請求他讓女兒返回夫家，仲鴻不肯答應，推辭說兒子不樂意。樊翁說：「女婿昨晚在我家過夜，沒聽說過他有怨言。」仲鴻驚訝地問：「什麼時候在你家過夜？」樊翁實言以告，仲鴻羞愧地說：「我委實不知。既然他對江城一片癡心，我這做父親的又何必仇視媳婦呢？」樊翁離開後，仲鴻把兒子叫來，不斷嚴厲斥責，高蕃低頭不語。父子倆談話間，樊父已把江城送回來，仲鴻說：「我不能替子女承擔過錯，不如各自分家，就麻煩你做個見證。」樊翁勸阻，仲鴻執意如此。於是讓高蕃夫婦別院居住，派一名侍女服侍他們。過了一個多月，家中相安無事，高蕃的父母暗自感到欣慰。可是過了不久，江城舊態復萌，高蕃臉上時常有被手指抓破的痕跡。父母都心知肚明，也忍著不過問。

一天，高蕃實在難以忍受毒打，跑到父親的屋裡避難，神情惶恐不安，好像受到很大的驚嚇似的。父母正要開口詢問，江城已經拿著木棒追趕過來，竟然就在公婆面前抓住丈夫痛打一頓。公婆要她住手，江城一點面子都不給，一連打了幾十棍才憤怒地離去。高父把兒子趕走說：「我就是爲了躲避吵鬧，才和你分開住。你既然喜歡江城，爲什麼又逃回來呢？」高蕃被父親趕出門外，在屋外徘徊，無處可去。高母怕他一時想不開去尋死，就讓他自己住在一間屋子裡，供給他食物；又把樊翁叫來，讓他好生管教女兒。樊翁走進房中，好言勸說開導，江城還是不肯聽，反而對父親惡言相向。樊翁氣得拂袖而去，發誓跟女兒一刀兩斷。不久，樊翁因心中怨恨，臥病在床，和老妻相繼死去。江城心中怨恨父母，也不回娘家去弔唁，只是每天隔著牆壁謾罵，故意讓公婆聽見，高仲鴻都當作沒聽見。

高蕃獨居後，雖然遠離了刀山火海，卻感到孤獨淒涼，於是暗中聘請李媒婆，託她找了個妓女藏在書房裡，兩人只在夜晚來往。時間久了，江城也略微聽到風聲，她跑到書房中將丈夫痛罵一頓，高蕃發誓絕無此事，江城這才罷休。此後江城每天都故意找高蕃的錯處，有一次李媒婆從書房中出來，恰好遇見江城。江城急忙叫她，李氏神色驚慌，江城疑心更重，對李氏說：「實話相告，我或許可以寬恕你罪過。若是還敢隱瞞，就拔光你的頭髮！」李氏戰戰兢兢地說：「半月來，只有妓女李雲娘來過兩次。但是剛才公子說，曾在玉笥山遇見陶家媳婦，喜歡她那雙三寸金蓮，囑咐我將她帶來。她雖不是貞潔烈女，也未必願意前來，我不敢保證一定能撮合他們。」江城因爲她說出實情，姑且饒恕；可當李氏正要走時，江城又不允許，等到太陽西沉後喝斥她說：「你先去房中將蠟燭吹熄，說是陶家媳婦來了。」李氏只能按江城囑咐去辦。江城隨後立刻走進房中，高蕃喜出望外，挽著她的手臂拉她坐下，述說自己的愛慕之情。江城默不作聲，高蕃在黑暗中摸到她的腳，說：「山上一見娘子的仙姿，念念不忘的就是這雙腳。」江城始終一言不發。高蕃說：「以前的心願，直到今天才得以實現，爲什麼相見卻不相認呢？」他舉燈上前一照，原來那人是江城！高蕃嚇得失手掉了蠟燭，自己也跪在地上渾身發抖，好像一把刀架在脖子上那樣驚恐。江城揪住高蕃的耳朵提回房中，用針把他的雙腿都扎了一遍，才讓他去僕人的小床睡覺，一醒來還得被江城痛罵。高蕃從此見妻子如見虎狼，就算江城偶爾對他和顏悅色，高蕃也不能與她歡好。江城打他耳光，喝斥著把他趕走，更加厭惡他，不把他當人看。高蕃每天雖然都住在妻子的閨房中，卻如同監獄裡的犯人；而江城就像是獄卒，高蕃得看她臉色過日子。

江城有兩個姊姊，都嫁給了秀才。大姊心地善良，不擅言辭，與江城相不和睦。二姊嫁給姓葛的秀才，她生性狡詐善辯，喜歡搔首弄姿，雖然姿色不如江城，然兇悍妒忌與她不相上下。兩姊妹見面，各自敘述在家中如何懲誡訓夫而洋洋自得，因此兩人關係最好。高蕃拜訪親友，江城總是生氣憤怒；只有到葛家，她即便知道了也不阻止。一天，高蕃在葛家飲酒，已經喝得很醉了，葛生嘲諷他：「你爲什麼這樣懼內？」高蕃笑道：「天下事大多難以理解，我之所以害怕妻子，是因爲妻子的美貌；反而有那種妻子不如我家的美貌，卻比我更加懼內的人，這不是更奇怪嗎？」葛生聽了很慚愧，無法回答。丫鬟聽到了，回房稟告二姊，二姊大怒，立刻拿著木杖走出來。高蕃見她來勢洶洶，想要逃走卻已經遲了，木杖打在他的背脊骨上，一連挨了三杖，高蕃跌倒三次，再也爬不起來，又一杖落在頭上，血流如注。二姊離開，高蕃才步履蹣跚地回家。江城見了驚問緣由。高蕃怕觸怒二姊，不敢實說，江城再三追問，他才實言以告。江城包紮好高蕃的頭，憤怒地說：「別人的丈夫，何勞她管教呢！」就換上短袖衣衫，懷中藏著木棒，帶著丫鬟直接出門去了。到了葛家，二姊笑臉相迎，江城沒說話，一棒朝她身上打去，二姊倒在地上，褲子撕裂，十分痛苦，齒落唇豁，還尿在褲子上。江城回去後，二姊又羞又怒，派丈夫到高家算帳。高蕃急忙出來，好言勸慰一番。葛生小聲地說：「我這次來也是逼不得已。悍婦凶狠殘暴，幸好借尊夫人的手懲罰她，我倆何必為此鬧不愉快呢？」江城聽見，急忙出來，指著姊夫罵道：「無恥的東西！你的妻子吃虧，你反而與外人交好，這樣的男人，怎不該打死呢？」大聲喊人，要找木棍打他。葛生十分難堪，奪門而出。高蕃從此再無能拜訪的親友了。

同窗王子雅偶然登門拜訪，高蕃殷勤挽留他喝酒。飲酒間談了些閨閣中事，互相戲謔打趣，言語頗是猥褻。江城恰好前往迎客，聽見他們的談話，暗中在湯裡加入巴豆端去給客人喝。不久，王子雅上吐下瀉難以忍受，奄奄一息。江城派丫鬟問王子雅：「還敢無禮嗎？」王子雅才知這是江城暗中搞鬼，呻吟求饒。止瀉的綠豆湯早已準備好，喝下去的瞬間痊癒，然而從此之後，熟識的朋友互相告誡，不敢再到高家喝酒。

王子雅開了間酒館，院裡種植很多紅梅，他設宴款待朋友，高蕃騙江城要去文社會友才得以出席。太陽西落，酒意正濃，王子雅說：「剛好有個南昌名妓，流落在此，可招來共飲。」大家都非常高興，只有高蕃想要回家。眾人拉住他說：「你的妻子再神通廣大，也管不到這裡來。」他們都發誓不洩漏風聲，高蕃這才回座。過了一會兒，妓女果然來了，年約十七、八歲，佩戴的玉佩叮噹作響，頭髮梳得精緻整潔。問她姓名，她道：「姓謝，小字芳蘭。」說話談吐十足高雅，舉座的男子都為她痴狂。芳蘭對高蕃很中意，屢次以眉目傳情，被眾人發覺了，故意讓兩人並坐。芳蘭偷偷捉住高蕃的手，用手指在手掌上寫了個「宿」字。高蕃因此想走也不是，想留又怕妻子發怒，心如亂麻，不可言喻。兩人低著頭說悄悄話，高蕃喝醉後更加放肆，把自家床上的「母老虎」完全拋諸腦後。再喝一會兒，夜已深了，酒館中客人更少，只有遠座上一個美少年，對燭獨飲，有個小僮拿著巾帕侍奉在旁，大家私下議論少年氣質出眾。不久，少年喝完走出酒館，小僮卻返回，對高蕃說：「主人在前面等你，有話要對你說。」大家都迷惑不解，只有高蕃臉色大變，來不及和眾人告別便匆匆離去。原來那個少年就是江城，小僮是她的丫鬟。高蕃跟隨她回家後，就趴在地上挨鞭子。從此江城把他看管得更加嚴密，無論喪葬喜慶一率不准參加。後來提督學案來監考，高蕃又因解錯題目而丟失了功名。

一天，高蕃和侍女說話，江城懷疑二人私通，把酒罈罩在侍女頭上痛打。又把高蕃和這個丫鬟都綁住，用剪刀剪下兩人腹部的皮肉，再交換著補上，解開繩子後讓他們自己包紮。過了一個多月，縫補的地方竟然癒合了。江城更經常光著腳把餅踩碎，丟在沙土裡，喝斥高蕃撿起來吃下，用各式各樣的法子來折磨他。

高母思念兒子，偶然去探望他，見到兒子骨瘦如柴，回家後痛哭欲絕。晚上夢見一個老頭子告訴她：「不用憂慮，這是前世的因果報應。江城原是靜業和尚所養的長生鼠，公子前世是個學子，某一次到那座寺廟遊覽，不小心把長生鼠打死了。現在所受的惡報，無法用人力阻止。你每天早起，虔誠誦讀觀音咒一百遍，必定奏效。」高母醒後將此事告訴高仲鴻，兩人心中感到詫異，於是照著去做，虔誠念誦經咒。然而，江城仍像以前那樣殘暴蠻橫，甚至變本加厲，當門外傳來敲鑼打鼓的聲響，連儀容都沒打理過就跑出去看。眾人對她癡傻眺望的樣子指指點點，譏笑不已，她也不感到羞愧，公婆都為此感到丟臉，卻對她毫無辦法。

一天，有個老和尚在外宣揚佛法，圍觀的人擠得水洩不通，老和尚吹起鼓皮，發出像牛叫的聲音。江城聽到後連忙跑出去，一見沒有空隙，就叫婢女搬來腳凳，站到上面觀看。大家都回頭看她，她也毫不在乎。過了一會兒，老僧說法將要結束，拿起一盂清水，面對江城宣講：「莫要嗔，莫要嗔！前世也非假，今世也非真。咄！鼠子縮頭去，勿使貓兒尋。」說完，竟然吸了一口水就噴到江城臉上。江城臉上的妝都融化了，一直流到襟袖上，眾人大驚，以為這個悍婦肯定暴怒。江城卻一聲不吭，擦擦臉就自己回進屋裡，老僧也離開了。江城回到房中呆坐，悵然若失，一整天不吃不喝，整理好床鋪就直接睡下。半夜，江城忽然把高蕃叫醒，高蕃以為她要小便，捧來尿盆，江城卻不接，一把拉住高蕃的手臂，將他拉進被窩裡。高蕃明白她想做什麼，然而渾身發抖，像捧著聖旨般惶恐。江城感慨地說：「害你嚇成這樣，我怎麼配作人呢！」用手撫摸高蕃的身體，每摸到刀杖疤痕處就嚶嚶啜泣，用指甲掐自己，恨不得立即去死。高蕃見到這種情形，心中不忍，耐心地勸慰安撫。江城說：「我想那老僧必是菩薩化身，清水一灑，我就好像變了個人似的。現在回想起從前的所作所為，都宛如隔世。我從前莫非不是人嗎？有丈夫而不能同歡，有公婆而不能侍奉，這到底是什麼心態！咱們明天就搬回家去，和父母同住，方便早晚請安問候。」她絮絮叨叨說了一夜，如同述說十年離別之情。第二天，天還沒亮，江城就起身梳妝，打扮整齊後整理好傢俱，讓丫鬟帶著行李，她則親自抱起被褥，催促高蕃前往父母居處敲門。高母出門來，見到這般情形，十分驚訝地詢問，高蕃於是說明來意。高母仍在猶豫不決，江城已和丫鬟走進來，高母隨後進屋。只見江城跪倒地上，流淚哀求她的原諒。高母覺察她是眞心悔過，也哭著說：「媳婦怎麼一夜之間改頭換面了？」高蕃將事情經過對母親說了，高母才醒悟先前的夢非是虛言。她很高興，叫喚奴僕爲他們打掃以前住的屋子。

江城從此恭敬地侍奉公婆，不敢違逆他們的心意，比孝子還孝順。每當遇見陌生人，就害羞得像個新嫁娘；有人開玩笑講起從前的事，甚而馬上漲紅了臉。江城勤儉持家，公婆不過問家事，但僅僅三年，她已存了萬貫家財。高蕃這年更是鄉試大捷，考中舉人。江城常對高蕃說：「當日見過芳蘭一面，現在還是想念她。」高蕃因妻子洗心革面，不再妄想其他女人，只是點點頭而已。時值他趕到京城會考，幾個月後才返家。一進屋竟見到芳蘭正和江城下棋，高蕃驚問這是怎麼回事，才知江城用了幾百兩銀子替芳蘭贖身。關於江城的故事，浙中的王子雅知道得最爲詳盡。

記下奇聞異事的作者如是說：「人生行善作惡，件件都講求因果報應，只有夫妻之間的報應，就如同骨頭上生了惡疽，最令人痛苦不堪。天下賢慧的妻子不過十分之一，而刁蠻的悍婦要占十分之九，這也可以看出人世間眞正行善的人太少了。觀世音菩薩法力無邊，爲何不將盂中的甘露灑遍整個大千世界呢？」

孫生

孫生，娶故家[1]女辛氏。初入門，為窮袴[2]，多其帶，渾身糾纏甚密，拒男子不與共榻。牀頭常設錐簪之器以自衛。孫屢被刺劉[3]，因就別榻眠。月餘，不敢問鼎[4]。即白晝相逢，女未嘗假以言笑。同窗某知之，私謂孫曰：「夫人能飲否？」答云：「少飲。」某戲之曰：「僕有調停之法，善而可行。」問：「何法？」曰：「以迷藥入酒，紿[5]使飲焉，則惟君所為矣。」孫笑之，而陰服其策良。詢之醫家，敬[6]以酒煑烏頭[7]，置案上。入夜，孫釃別酒[8]，獨酌數觥[9]而寢。如此三夕，妻終不飲。一夜，孫臥移時，視妻猶寂坐，孫故作齁聲；妻乃下榻，取酒煨[10]爐上。孫竊喜。既而滿飲一盃；又復酌，約盡半杯許，以其餘仍內壺中，拂榻遂寢。久之無聲，而燈煌煌[11]尚未滅也。疑其尚醒，故大呼：「錫檠[12]鎔化矣！」妻不應，再呼仍不應。白身[13]往視，則醉睡如泥。啟衾[14]潛入，層層斷其縛結。妻固覺之，不能動，亦不能言，任其輕薄而去。既醒，惡之，投繯自縊[15]。孫夢中聞喘吼聲，起而奔視，舌已出兩寸許。大驚，斷索，扶榻上，踰時始蘇。◆自此殊厭恨之，夫妻避道而行，相逢則各俯其首。積四五年，不交一語。妻或在室中，與他人嬉笑；見夫至，色則立變，凜如霜雪。孫嘗寄宿齋[16]中，經歲不歸；即強之歸，亦面壁移時，默然就枕而已。父母甚憂之。一日，有老尼至其家，見婦，亟加贊譽。母不言，但有浩歎[17]。尼詰[18]其故，具以情告。尼曰：「此易事耳。」母喜曰：「倘能回婦意，當不靳[19]酬也。」尼窺室無人，耳語曰：「購春宮一幀[20]，三日後，為若厭[21]之。」尼去，母即購以待之。三日，尼果來。囑曰：「此須甚密，勿令夫婦知。」乃翦[22]下圖中人，又鍼[23]三枚、艾一撮，並以素紙包固，外繪數畫如蚓狀，使母賺[24]婦出，竊取其枕，開其縫而投之；已而仍合之，返歸故處。尼乃去。至晚，母強子歸宿。媪往竊聽。二更將殘，聞婦呼孫小字，孫不答。少間，婦復語，孫厭氣作惡聲[25]。質明，母入其室，見夫婦面首相背，知尼之術誣也。呼子於無人處，委諭之。孫聞妻名，便怒，切齒。母怒罵之，不顧而去。越日，尼來，告之罔[26]效。尼大疑。媪因述所聽。尼笑曰：「前言婦憎夫，故偏厭之。今婦意已轉，所未轉者男耳。請作兩制[27]之法，必有驗。」母從之，索子枕如前緘置訖，又呼令歸寢。更餘，猶聞兩榻上皆有轉側聲，時作咳，都若不能寐。久之，聞兩人在一牀上唧唧語，但隱約不可辨。將曙，猶聞嬉笑，吃吃不絕。媪以告母。母喜，尼來，厚饋之。孫由是琴瑟和好。生一男兩女，十餘年從無角口之事。同人私問其故。笑曰：「前此顧影生怒，後此聞聲而喜，自亦不解其何心也。」

異史氏曰：「移憎而愛，術亦神矣。然能令人喜者，亦能令人怒，術人之神，正術人之可畏也。先哲云：『六婆不入門[28]。』有見矣夫！」

1 故家：世代在朝為官的人家。
2 窮袴：有前後襠的褲子。袴，同今「褲」字，是褲的異體字。
3 剟：讀作「奪」。用刀刺或割。
4 問鼎：喻指覬覦王位，謀取政權。此指要求行房。
5 紿：讀作「戴」。欺誑、欺騙。
6 敬：慎重。
7 煑：同今「煮」字，是煮的異體字。烹煮食物。烏頭：帶有毒性的植物。
8 釃別酒：斟其他的酒。釃，讀作「絲」，斟。
9 觥：讀作「工」。用兕牛角（兕，讀作「四」）做成的酒器。
10 煨：用小火慢慢燒煮，使食物熟而軟。
11 煌煌：光明的樣子。
12 檠：讀作「情」。燈架、燭臺。
13 白身：裸身，赤身露體。
14 衾：讀作「親」，被子。
15 投繯自縊：上吊自殺。
16 齋：指學舍。
17 浩歎：長歎。
18 詰：讀作「傑」，問。
19 靳：讀作「進」。吝惜。
20 幀：讀作「正」。量詞。計算照片、字畫等的單位。
21 厭：讀作「壓」。即厭勝，以詛咒制人。此指作法化解。
22 翦：同今「剪」字，是剪的異體字。
23 鍼：同「針」。
24 賺：欺騙、哄騙，此指把人支開。
25 厭氣作惡聲：不耐煩罵人。
26 罔：沒有。通「無」。
27 制：裁治，對付。
28 六婆不入門：不與職業不高尚的婦女往來交際。六婆，指牙婆、媒婆、師婆、虔婆、藥婆、穩婆。古代都被視為非高尚職業的婦女。

◆**但明倫評點**：娶婦如此，殊難為情，亦難為計，難為力。

娶妻如此，很難為情，也無計可施，縱有計策也使不上力。

白話翻譯

孫生，娶了官宦人家的女兒辛氏爲妻。辛氏剛過門，穿著前後襠密閉的褲子，還用了很多結帶，全身上下纏得緊緊的，拒絕和孫生同床。床頭上經常放置錐子、簪子之類的尖銳物品用來自衛。孫生屢次被刺傷，只好到另一張床去睡，過了一個多月仍不敢和妻子共寢。兩人即使白天相逢，辛氏也從沒給過孫生好臉色看。

孫生有位同窗知道這件事後，私下對他說：「你夫人能喝酒嗎？」孫生答：「能喝一點。」他說：「我有個調停的辦法，絕妙可行。」孫生問：「什麼方法？」那人說：「把迷藥放在酒中，騙她喝下去，你就可以爲所欲爲了。」孫生笑了，卻暗自佩服這個主意很好。於是先去請教郎中，謹愼地用酒煨煮烏頭，放在桌上。到了夜晚，孫生自己斟上另一種酒，獨自喝了幾杯就睡下。如此過了三個晚上，妻子始終不飲。一晚，孫生在另一張床上躺下時，看到妻子還獨自坐著，孫生故意發出鼾聲。妻子於是下床，取酒放在爐子上煨熱。孫生心中竊喜，聽見妻子喝了一杯，又斟上第二杯，喝了半杯左右，把剩下的酒倒回壺中，收拾床鋪就寢。妻子過了很久都沒出聲，但燈火明亮仍未熄滅，孫生懷疑她還醒著，故意大喊：「燭火把錫燈臺燒融啦！」妻子沒有回答，再喊仍無應聲。孫生光著身子過去一看，妻子已爛醉如泥，睡得很熟。孫生揭開被子輕輕躺進去，層層割斷她身上的束結。妻子雖然察覺，身體卻不能動，也不能說話，只能任由他輕薄一番而去。妻子醒來後，心中憤恨不已，便上吊自殺了。孫生夢中聽到急促的喘聲，起來跑去查看，見妻子的舌頭已伸出約兩寸長。他大驚，割斷繩索，把人扶到床上，過了許久，妻子才甦醒過來。孫生從此也厭棄起妻子，夫妻繞道而行，相遇就各自低頭不見。過了四、五年，兩人沒說過一句話。妻子有時在家中正和別人談笑，一見丈夫來了，笑容立刻消失無蹤，臉上像是結了一層冰霜。孫生乾脆搬到縣學宿舍去住，整年不回家；即使強迫他回家，也始終面對牆壁，獨自躺下睡覺。孫生的父母對此非常憂慮。

一天，有位老尼來到孫生家，見了孫妻，稱讚有加。孫母沒有說話，只是長歎。老尼詢問緣由，孫母實情以告。老尼說：「此事易辦。」孫母高興地說：「倘若能使媳婦回心轉意，我不會吝惜酬金。」老尼窺探房中無人，低聲說：「先買一幅春宮圖，三天後我再來作法。」老尼離去，孫母就買好東西等著。過了三天，老尼果至，囑咐說：「此事須保密，不要讓夫妻二人知道。」剪下圖中人物像，又拿三枚針、一撮艾草，一併用白紙包好。老尼接著在紙包外繪上幾筆蚯蚓形狀的圖畫，讓孫母把媳婦騙出去，偷拿到她的枕頭，撕開線縫把那些東西放進去。然後照原樣縫好，放回原處，老尼這才離開。到了晚上，孫母強力要求兒子回家睡覺，並派一位老婦去房門外偷聽。二更將過，她聽到孫妻呼喚孫生小名，孫生不答。不久，孫妻再喚，孫生不耐煩，惡言相向。天亮後，孫母走進兒子房間，見夫妻二人背對著背，誰也不看誰，就知道老尼的術法是騙人的。孫母把兒子叫到無人處委婉勸說，但孫生一聽到妻子的名字便大怒，咬牙切齒。孫母怒罵兒子，孫生頭也不回地走了。第二天，老尼又來，孫母告訴她先前的辦法無效，老尼很是懷疑，老婦於是述說偷聽到的情形。老尼笑著說：「你之前只說你媳婦憎恨丈夫，所以只爲她作法。現在你兒媳婦已回心轉意，剩下你兒子還沒有。我這次就來個雙管齊下，保證一定管用。」孫母聽從，拿了兒子的枕頭像上回那樣準備好，又叫兒子回家睡覺。過了一更天，來探聽的僕婦聽到兩張床上好似翻來覆去睡不著的細響、時不時的咳嗽聲，夫妻倆夜不能眠。又過了一會兒，聽到兩人偎在同一張床上低聲說話，隱隱約約聽不清楚，但天快亮時，吃吃的嘻笑聲依舊不絕於耳。老婦把事情告知孫母，孫母大喜，老尼再訪時便贈予她豐厚的謝禮。

孫生和妻子由此琴瑟和好，生下一男兩女，夫妻十餘年中再沒有爭吵。朋友私底下詢問箇中原由，孫生笑道：「以前看到妻子的身影就發怒，後來聽到妻子的聲音就很高興，我自己也不能解釋這是什麼心情。」

記下奇聞異事的作者如是說：「能夠把憎惡變成喜愛，這法術也太神奇了。然而，凡事都有正反兩面。能夠讓人喜悅的，也能引人憤怒；江湖術士的神奇之處，也正是他們可怕的地方。先哲曾言『六婆不入門』眞是很有見地啊！」

八大王

臨洮[1]馮生，蓋貴介裔而陵夷[2]矣。有漁[3]鱉者，負其債不能償，得鱉輒獻之。一日，獻巨鱉，額有白點。生以其狀異，放之。後自婿家歸，至恒河[4]之側，日已就昏，見一醉者，從二三僮，顛跛而至。遙見生，便問：「何人？」生漫應：「行道者。」醉人怒曰：「寧無姓名，胡言行道者？」生馳驅[5]心急，置不答，逕過之。醉人益怒，捉袂使不得行，酒臭熏人。生更不耐，然力解不能脫。問：「汝何名？」囈然[6]而對曰：「我南都[7]舊令尹[8]也。將何為？」生曰：「世間有此等令尹，辱沒世界矣！幸是舊令尹；假[9]新令尹，將無殺盡途人耶？」醉人怒甚，勢將用武。生大言曰：「我馮某非受人撾[10]打者！」醉人聞之，變怒為懽[11]，踉蹌下拜曰：「是我恩主，唐突勿罪！」起喚從人，先歸治具[12]。生辭之不得。握手行數里，見一小村。既入，則廊舍華好，似貴人家。醉人醒[13]稍解，生始詢其姓字。曰：「言之勿驚，我洮水[14]八大王也。適西山青童招飲，不覺過醉，有犯尊顏，實切愧悚。」生知其妖，以其情辭殷渥，遂不畏怖。俄而設筵豐盛，促坐懽飲。八大王最豪，連舉數觥[15]。生恐其復醉，再作縈擾[16]，偽醉求寢。八大王已喻其意，笑曰：「君得無畏我狂耶？但請勿懼。凡醉人無行[17]，謂隔夜不復記者，欺人耳。酒徒之不德，故犯者十之九。僕雖不齒於儕偶[18]，顧未敢以無賴之行，施之長者，何遂見拒如此？」生乃復坐，正容而諫曰：「既自知之，何勿改行？」

八大王曰：「老夫為令尹時，沈湎[19]尤過於今日。自觸帝怒，謫歸島嶼，力返前轍者，十餘年矣。今老將就木[20]，潦倒不能橫飛[21]，故態復作，我自不解耳。茲敬聞命[22]矣。」

傾談間，遠鐘已動。八大王起捉臂曰：「相聚不久。蓄有一物，聊報厚德。此不可以久佩，如願後，當見還也。」口中吐一小人，僅寸餘。因以爪掐生臂，痛若膚裂；急以小人按捺其上，釋手已入革裏，甲痕尚在，而漫漫[23]墳起，類痰核[24]狀。驚問之，笑而不答。但曰：「君宜行矣。」送生出，八大王自返。回顧村舍全渺，惟一巨鱉，蠢蠢[25]入水而沒。錯愕久之。自念所獲，必鱉寶也。由此目最明，凡有珠寶之處，黃泉下皆可見；即素所不知之物，亦隨口而知其名。於寢室中掘得藏鏹[26]數百，用度頗充。後有貨故宅者，生視其中有藏鏹無算，遂以重金購居之。由此與王公埒[27]富矣。火齊[28]木難[29]之類皆蓄焉。

得一鏡，背有鳳鈕[30]，環水雲湘妃[31]之圖，光射里餘，鬚眉皆可數。佳人一照，則影留其中，磨之不能滅也；若改妝重照，或更一美人，則前影消矣。時肅府[32]第三公主絕美，雅慕其名。會主游崆峒[33]，乃往伏山中，伺其下輿，照之而歸，設置案頭。審視之，見美人在中，拈巾微笑，口欲言而波[34]欲動。喜而藏之。年餘，為妻所洩，聞之肅府。大怒，收[35]之。追鏡去，擬斬。生大賄中貴人[36]，使言於王曰：「王如見赦，天下之至寶，不難致也。不然，有死而已，於王誠無所益。」王欲籍[37]其家而徙[38]之。三公主曰：「彼已窺我，十死亦不足解此玷，不如嫁之。」王不許。公主閉戶不食。妃子大憂，力言於王。王乃釋生囚，命中貴以意示生。生辭曰：「糟糠之妻不下堂[39]，寧死不敢承命。王如聽臣自贖，傾家可也。」王怒，復逮之。妃召生妻入宮，將鴆[40]之。既見，妻以珊瑚鏡臺納妃，辭意溫惻。妃悅之，使參公主。公主亦悅之，訂為姊妹，轉使諭生。生告妻曰：「王侯之女，不可以先後論嫡庶也。」妻不聽，歸修聘幣[41]納王邸，齎[42]送者迨千人。珍石寶玉之屬，王家不能知其名。王大喜，釋生歸，以公主嬪[43]焉。公主仍懷鏡歸。

生一夕獨寢，夢八大王軒然[44]入曰：「所贈之物，當見還也。佩之若久，耗人精血，損人壽命。」生諾之，即留宴飲。八大王辭曰：「自聆藥石[45]，戒杯中物已三年矣。」乃以口齧生臂，痛極而醒。視之，則核塊消矣。後此遂如常人。

異史氏曰：「醒則猶人，而醉則猶鱉，此酒人之大都[46]也。顧鱉雖日習於酒狂乎，而不敢忘恩，不敢無禮於長者，鱉不過人遠哉？若夫己氏[47]則醒不如人，而醉不如鱉矣。古人有龜鑑[48]，盍以為鱉鑑乎？乃作『酒人賦』。賦曰：『有一物焉，陶情適口；飲之則醺醺騰騰，厥名為「酒」。其名最多，為功已久：以宴嘉賓，以速父舅，以促膝而為懽，以合巹[49]而成偶；或以為「釣詩鉤[50]」，又以為「掃愁帚[51]」。故麴生[52]頻來，則騷客之金蘭友[53]；醉鄉深處，則愁人之逋逃藪[54]。糟丘[55]之臺既成，鴟夷[56]之功不朽。齊臣遂能一石[57]，學士亦稱五斗[58]。則酒固以人傳，而人或以酒醜[59]。若夫落帽之孟嘉[60]，荷鍤之伯倫[61]，山公之倒其接䍦[62]，彭澤之漉以葛巾[63]。酣眠乎美人之側也，或察其無心[64]；濡首於墨汁之中也，自以為有神[65]。井底臥乘船之士[66]，槽邊縛珥玉之臣[67]。甚至效鱉囚[68]而玩世，亦猶非害物而不仁。至如雨宵雪夜，月旦花晨，風定塵短，客舊妓新，履舄[69]交錯，蘭麝香沉，細批薄抹[70]，低唱淺斟；忽清商[71]兮一奏，則寂若兮無人。雅謔則飛花粲齒[72]，高吟則戛玉敲金[73]。總陶然而大醉，亦魂清而夢真。果爾，即一朝一醉，當亦名教之所不嗔。爾乃嘈雜不韻[74]，俚詞並進；坐起歡譁[75]，呶呶[76]成陣。涓滴[77]忿爭，勢將投刃；伸頸攢[78]眉，引杯若鴆；傾瀋碎觥[79]，拂燈滅燼。綠酹[80]葡萄，狼藉不靳[81]；病葉狂花[82]，觴政[83]所禁。如此情懷，不如弗飲。又有酒隔咽喉，間不盈寸[84]；吶吶呢呢[85]，猶譏主吝；坐不言行，飲復不任[86]：酒客無品，於斯為甚。甚有狂藥[87]下，客氣粗[88]；努石稜，磔鬡鬚[89]；袒兩背，躍雙趺[90]。塵濛濛兮滿面，哇浪浪兮[91]沾裾[92]；口狺狺[93]兮亂吠，髮蓬蓬兮若奴。其籲地而呼天[94]也，似李郎之嘔其肝臟[95]；其揚手而擲足也，如蘇相之裂於牛車[96]。舌底生蓮者[97]，不能窮其狀；燈前取影[98]者，不能為之圖。父母前而受忤，妻子弱而難扶。或以父執之良友，無端而受罵於灌夫[99]。婉言以警，倍益眩瞑[100]。此名「酒凶」，不可救拯。惟有一術，可以解酩[101]。厥術維何？祇須一梃。縶[102]其手足，與斬豕等。止困其臀，勿傷其頂，捶至百餘，豁然頓醒。』」

1臨洮：古代縣名。今甘肅省岷縣。
2陵夷：衰頹、衰敗。意指家道中落。
3漁：捕捉、打漁。
4恒河：不可考，約位於臨洮境內。
5馳驅：此指匆忙趕路。
6嚶然：說話口齒不清。
7南都：古代地名。今河南省南陽市。
8令尹：戰國時代官名。此處應是虛構官名。
9假：假如。
10撾：讀作「抓」，敲打。
11懽：同今「歡」字，是歡的異體字。
12治具：準備酒席招待客人。治，置辦。具，指酒菜。
13酲：讀作「程」。醉酒。
14洮水：即洮河，黃河上游的主要支流。
15觥：讀作「工」。用兕牛角（兕，讀作「四」）做成的酒器。
16縈擾：糾纏。
17醉人無行：酒後失態。
18儕偶：同輩。
19沈湎：耽溺飲酒。
20老將就木：即行將就木。快要死亡。
21橫飛：平步青雲，做一番大事。
22聞命：遵命。
23漫漫：擴散貌。
24痰核：中醫疾病名稱。皮膚經絡麻木和皮裡膜外的腫塊。
25蠢蠢：原指蠕動，此處指緩緩的樣子。
26藏鏹：囤積、儲蓄的金錢。鏹，讀作「搶」。古代串銅錢的繩索，泛指錢幣。

27埒：相當、等同。讀作「快樂」的「樂」。
28火齊：玫瑰色澤的玉。
29木難：一種寶珠的名稱。
30鈕：銅鏡背面正中央突起的東西。
31湘妃：舜有兩名妃子，名喚娥皇、女英，後投湘江而死，後人稱湘妃。
32肅府：指明朝肅王府。肅王指朱元璋庶十四子朱楧（楧，此處讀作「養」）。
33崆峒：讀作「空童」。即崆峒山，位於甘肅省平涼市以西十一公里處。
34波：秋波，女子的眼神。
35收：逮捕。
36中貴人：即宦官。
37籍：沒收入官。
38徙：放逐。
39糟糠之妻不下堂：不可拋棄曾經共患難的妻子。典出《後漢書．宋弘傳》：「時帝姊湖陽公主新寡，帝與共論朝臣，微觀其意。主曰：『宋公威容德器，群臣莫及。』帝曰：『方且圖之。』後弘被引見，帝令主坐屏風後，因謂弘曰：『諺言貴易交，富易妻，人情乎？』弘曰：『臣聞貧賤之知不可忘，糟糠之妻不下堂。』帝顧謂主曰：『事不諧矣。』」漢朝光武帝想將長姊湖陽公主嫁給宋弘，問他的意思，宋弘表示貧賤時一起共患難的妻子不可拋棄，婉拒了這門婚事。
40鴆：毒藥。此處做動詞用，下毒。
41聘幣：即聘禮。
42賫：讀作「積」，贈送財物給人。
43嬪：皇帝宗室嫁女兒。

44 軒然：氣宇不凡貌。
45 藥石：比喻勸人改過的言語。
46 大都：大致上的情況。
47 夫己氏：某些人。
48 龜鑑：比喻引以為戒的教訓或供人效仿的榜樣。
49 合巹：古時成親夫婦要對飲合巹酒，指成婚。巹，讀作「錦」。
50 釣詩鉤：酒的別稱。因喝酒可以引發寫詩的靈感。
51 掃愁帚：酒的別稱。因喝酒可以消解心中煩悶憂愁。
52 麴生：酒的別稱。麴是釀酒所用的發酵物。
53 騷客之金蘭友：詩人志同道合的朋友。
54 醉鄉深處，則愁人之逋逃藪：那些心中煩悶憂愁的人，藉由喝酒逃避現實。逋逃藪，原意是窩藏逃亡罪犯之處，此指躲避痛苦的避風港。逋逃，逃亡的犯人。逋，讀作「補」的一聲。藪，讀作「叟」，人物聚集之處。
55 糟丘：酒滓堆成的山丘。
56 鴟夷：皮革製成的酒囊。鴟，讀作「吃」。
57 齊臣遂能一石：此指酒量好的人能喝到一石的酒。石，此處讀作「但」，容量單位，一石等於十斗。
58 學士亦稱五斗：普通的文人至少也能喝五斗的酒。
59 酒魄：因喝醉酒而出醜。
60 落帽之孟嘉：孟嘉因為喝醉酒，在重陽節登高時被風吹掉帽子而渾不自知。孟嘉，字萬年，東晉江陵（今湖北省荊州市）人。東晉時期名士，陶潛的外祖父。
61 荷鍤之伯倫：伯倫嗜酒如命，經常乘坐鹿車飲酒，且會命人拿鐵鍬隨侍在後，說他若是醉死就把他埋葬了。鍤，讀作「茶」，即鐵鍬。伯倫是晉代劉伶的字，與阮籍、嵇康等六人為好友，世稱竹林七賢。
62 山公之倒其接羅：山公即山簡（西元二五三年～三一二年），字季倫，西晉河內懷縣（今河南省武陟縣）人。山濤的兒子，官至征南將軍。性喜飲酒，荊州豪族習氏有佳園池，他常常去那裡遊玩，每次都喝醉才回來。事見《世說新語．任誕》。接羅，以鷺的羽毛裝飾的帽子。羅，讀作「梨」，頭巾。
63 彭澤之漉以葛巾：彭澤，指陶淵明（西元三六五年～四二七年），名潛，東晉潯陽柴桑人。陶侃的曾孫，一名淵明，字元亮，安貧樂道，不願「為五斗米而折腰」，出仕做官沒多久便退隱山林。曾作〈五柳先生傳〉以自喻，世稱「靖節先生」。所作《歸去來辭》表明不願作官同流合汙的心跡，是為傳誦千古的佳作。陶淵明常拿頭上的葛巾濾酒，濾完又把葛巾戴回。鄰居請他去飲酒，酒有渣滓，他就會取下頭巾來過濾。事見《宋書．隱逸傳．陶潛》。
64 酣眠乎美人之側也，或察其無心：典出《世說新語．任誕》：「阮公鄰家婦有美色，當壚（讀作「爐」）酤酒。阮與王安豐常從婦飲酒，阮醉，便眠其婦側。夫始殊疑之，伺察，終無他意。」阮籍鄰居家的婦人長得很美，以賣酒為業。阮籍與王安豐經常與她一起喝酒，阮籍喝醉了就睡在婦人身邊，婦人的丈夫懷疑他們私通，暗中窺伺許久，發現阮籍真沒有輕薄婦人的意思。阮公，即阮籍（西元二一〇年～二六三年），字嗣宗，阮瑀的兒子，三國魏國尉氏人，竹林七賢之一。喜歡喝酒，不拘禮俗。著有〈詠懷詩〉八十餘篇等。
65 濡首於墨汁之中也，自以為有神：張旭擅長寫草書，喜歡喝酒。喝醉以後把頭浸在墨汁中，拿筆一揮而就，下筆如有神助。事見《唐國史補》。張旭，生卒年不詳，字伯高，唐代吳（今江蘇蘇州）人，著名書法家，擅於草書，故有「草聖」之稱。

66 井底臥乘船之士：杜甫〈飲中八仙歌〉：「知章騎馬似乘船，眼花落井水底眠。」賀知章喝了酒，騎馬就像行船一樣東倒西歪，兩眼昏花墜進井底，就在裡頭睡著了。知章即賀知章（西元六五九年～七四四年），字季真，號石窗，晚年號四明狂客，唐代越州永興（今浙江蕭山）人，擅長詩歌創作，喜好飲酒。

67 槽邊縛珥玉之臣：相傳畢卓喜歡喝酒，得知鄰居家有新釀好的酒，夜晚前去偷喝被逮個正著，留待天亮一看，犯人竟是這位尚書大人。事見《晉書．畢卓傳》。畢卓，字茂世，晉代河南新蔡人。性格豪放，不拘小節，喜歡飲酒。晉元帝時曾任吏部郎。珥玉，借指尚書，原指尚書帽子上的裝飾物。

68 鱉囚：模仿鱉或囚犯被束縛住而行動不便的模樣來飲酒。形容極度放蕩不羈的飲酒方式。

69 履舄：讀作「旅系」，均指鞋子。

70 細批薄抹：將風月切碎來款待賓客。文人家境貧窮，無法款待賓客的玩笑話。此指享受風月等自然景色。

71 清商：此處借指美妙的音樂。

72 飛花粲齒：猶言舌燦蓮花。比喻能言善道，言辭宛如百花盛開般燦爛。

73 高吟則戛玉敲金：形容悅耳清脆的聲音或高雅絕妙的作品。戛，讀作「夾」，敲打。

74 不韻：不雅。

75 歡譁：喧譁。

76 呶呶：讀作「撓撓」。形容說起話來沒完沒了、囉嗦不停。

77 涓滴：小水滴。

78 攢：讀作「竄」的二聲。聚集。此指皺眉。

79 傾瀋碎觥：打碎酒杯，讓酒灑出來。

80 綠醑：美酒。醑，讀作「許」。

81 靳：讀作「進」。吝惜。

82 病葉狂花：猶言發酒瘋。比喻喝醉酒失態的樣子。

83 觴政：宴飲所玩的一種遊戲，如行酒令，用意皆是勸人飲酒。

84 酒隔咽喉，間不盈寸：酒和喉嚨的距離還不到一寸，暗指見到酒就狂飲。

85 吶吶呢呢：猶言囉嗦。形容話多的樣子。

86 不任：無福消受，承受不起。

87 狂藥：指酒。

88 客氣粗：氣勢洶洶。

89 努石棱，磔鬡鬚：形容瞪著眼睛，豎起眉毛。努，翹起。石棱，水晶石的稜角，此處借指眉毛。磔，讀作「哲」，張開。鬡鬚，鬍鬚散亂的樣子。鬡，讀作「寧」。

90 趺：讀作「夫」，腳。

91 哇浪浪兮：喝醉酒嘔吐不止。

92 裾：讀作「居」。衣服的後襟。

93 狺狺：讀作「銀銀」。形容狗吠之聲。

94 籲地而呼天：呼天搶地。形容極度哀傷與悲痛。

95 李郎之嘔其肝臟：指李賀刻苦用功讀書，把心肝都吐出來。事見《新唐書．文藝傳．李賀》。李賀（西元七九○年～八一六年），字長吉，唐河南福昌（今河南宜陽）人，有「詩鬼」之美譽。

96 蘇相之裂於牛車：蘇相即蘇秦。蘇秦被人暗殺，將死時以自身作餌，要求秦王判他車裂之刑示眾，引誘兇手出來。事見《史記．蘇秦列傳》。蘇秦（?～西元前三一七年），字季子，洛陽人，師事鬼谷子，與張儀是同窗。早年窮困潦倒，返鄉後被家人譏笑，後來遊說六國國君，以「合縱」策略得到六國認可，後佩六國相印，為合縱聯盟之主，使秦國不敢出兵函谷關長達十五年之久，後來客居齊國被殺身亡。裂於牛車，指車裂之刑，用牛車將人體拖裂。

97 舌底生蓮：猶言舌燦蓮花，指人能言善道。

98 燈前取影：擅長繪畫。蘇軾《題吳道子畫後》：「道子畫人物，如以燈取影，送往順來，旁見側出，橫斜平直，各相乘除，得自然之數，不差毫末，古今一人而已。」

99 灌夫：西漢潁陰（今河南省許昌市）人，本姓張，他的父親曾為潁陰侯灌嬰舍人而改姓灌，因平定吳楚之亂有功，任中郎將，人稱「灌將軍」。為人剛直得罪權貴，最後被誅殺。

100 眩瞑：因喝醉酒而頭暈眼花。

101 解酩：解酒。酩，酩酊大醉貌。

102 縶：讀作「直」，綑綁。

◆**何守奇評點**：天下無主之藏，正復不少，但恨不能德及魚鱉耳，於人乎何尤！

天下間沒有主人的寶藏，並不在少數，只恨不能施恩於魚鱉而已，又怎麼怪得了人呢！

白話翻譯

馮生是臨洮人，爲他做傳的人忘記他叫什麼名字，只知是個家道中落的富貴人家子弟。有個捉鱉的人，欠了他的錢無法償還，就把捉來的鱉都送給他抵債。一天，那個人獻給他一隻大鱉，鱉的額上有一顆白點，馮生察覺牠和其他的鱉都不同，於是放生了牠。後來他從女婿家回來走到恒河畔時，天色已近黃昏，他見到一個喝醉酒的人，後面跟著兩、三個隨從，踉踉蹌蹌地朝他走來。醉漢遠遠望見他就問：「你是什麼人？」馮生隨口回答：「路過的人。」醉漢惱怒道：「難道你沒有姓名嗎？怎麼胡亂說是過路人？」馮生急著趕路，不理會他，逕自走過去。那醉漢更加生氣，抓住袖子不讓他走，酒臭薰天。馮生更加不耐，想掙脫卻沒成功，於是問道：「那你叫什麼名字？」醉漢彷彿在醉夢中，答道：「我是南都前令尹，你欲待如何？」馮生說：「世間竟有這樣的令尹，眞是令世人蒙羞。幸好是從前的令尹，如果這樣的人是現任令尹，豈不要把路人都殺盡了嗎？」醉漢很憤怒，想要對馮生動武。馮生大喊：「我馮某人豈是隨便讓人打的！」醉漢聽了，轉怒爲喜，踉蹌下拜說：「原來是恩公！剛才冒犯了，請勿怪罪！」他命隨從先回去準備酒菜，馮生無法推辭，兩人握著手走了幾里路，見到一座小村落。一進去，只見房屋美輪美奐，好似富貴人家。醉漢稍微酒醒了，馮生才詢問他姓名。只聽那人說：「說出來請您切莫吃驚，我是洮水八大王。剛才西山青童請我去喝酒，不知不覺喝過頭，冒犯了您，實在慚愧。」馮生知道他是妖怪，但見言詞懇切，所以並不害怕。不久，筵席準備好了，八大王催促馮生坐下暢飲。八大王喝酒十分豪爽，連飲數杯。馮生擔心他喝醉了又要糾纏不休，於是假裝自己喝醉，要求留宿。八大王已經知曉他的意思，笑道：「您是怕我發酒瘋嗎？請不要怕。醉酒的人酒後失態，要說他第二天醒來全都忘了，那是騙人的。醉酒的人行為不檢點，明知故犯的十個中就佔了九個。我雖被同僚排擠，但絕不會對尊長做出無賴行為，您何必如此推辭呢？」馮生才又入座，正色勸說：「您既有自知之明，為何不改正自己的行為呢？」八大王說：「老夫擔任令尹時，耽溺喝酒比今時還過分。自從觸怒天帝，被貶回島上，我誓言要痛改前非十幾年了。如今行將就木，無法繼續在朝為官，所以舊態復萌，我自己都搞不懂為何會這樣。感謝您的教誨。」

兩人交談之際，遠方鐘聲響起。八大王站起來，抓住馮生手臂說：「我們相處的時間不多了。我藏有一物，可以回報您的恩情。這東西不能長期佩戴，得償所願後，再還給我。」八大王從嘴裡吐出一個小人，只有一寸多高，他用手指掐馮生的手臂，痛得像皮開肉綻一般。八大王立刻按住小人，等鬆手後，那小人已進入馮生的皮肉裡，指甲的抓痕猶在，而且緩慢突起，形如一個小腫塊。馮生驚訝地問這是什麼東西，八大王笑而不答，只說：「您該啟程了。」八大王送馮生出門，自己再折返。馮生回頭一望，村舍全不見了，只有一隻巨鱉，緩慢爬入水中消失。馮生錯愕許久，他想，他得到的東西一定是鱉精的珍寶。從那天開始，他的眼睛變得雪亮無比，凡是藏有珠寶的地方，就算埋在地底也都能夠看見；就算是他從來不知道的東西，也能隨口說出名號。有一次，他在寢室裡挖出數百兩銀子，拿來應付生活開銷綽綽有餘。後來有個人要賣舊房子，馮生看到裡面藏有屬不清的銀子，就用重金買下來住。從此，他和王公貴族一樣富有，明珠美玉、奇珍異寶，他的屋裡應有盡有。

馮生後來還得到一面鏡子，背面有突起的鳳紐，以及刻有湘妃身邊圍繞水雲的圖案。這面鏡子反射的光亮能照到一里外，假使人被照到，鬍鬚和眉毛都歷歷可數。美女一照，形貌就留在裡面，無法磨掉。如果重新妝扮再照，或者再換一位美人來照，之前的模樣就會消失。當時，肅王府的三公主生得美貌絕倫，馮生仰慕已久。正巧遇到三公主去崆峒山遊玩，他就先去山裡躲起來，等待三公主下車時，用鏡子照下她後返家。他把鏡子放在書桌上仔細觀視，見到美人在鏡中，拈巾微笑，張口欲言，秋波流轉，馮生高興地珍藏起來。

一年後，馮生的祕密被妻子洩露，此事傳到肅王府。肅王震怒，收押馮生，討來鏡子，要將馮生斬首。馮生賄賂王府宦官，請他們轉告肅王：「肅王若能赦免他的罪行，天下珍寶都將唾手可得；否則馮生就這樣死了，對肅王也沒有一點好處。」肅王想抄他的家，再把他流放邊疆。三公主說：「他已經看過我容貌，就算死了十次也難以洗清這個恥辱，還不如嫁給他。」肅王不答應。三公主賭氣絕食，足不出戶。王妃爲此感到很憂心，極力勸說肅王答允。肅王才將馮生釋放，命太監將公主的心意告知馮生。馮生推辭說：「我已經有了妻室，怎能拋棄她而另娶公主？我寧可死也不願從命。肅王如果准我用錢贖罪，即使傾家蕩產也無妨。」肅王大怒，又把馮生抓起來。王妃把馮生的妻子召進宮中想毒害她，但一見到面時，馮妻就送了一座珊瑚鏡臺給王妃，說話溫婉得體。王妃變得很喜歡她，讓她參見三公主。公主也喜歡她，兩人結爲姊妹，派人轉告馮生。馮生告訴妻子：「王侯家的女兒，可不是能用先來後到論定正房與偏房的。」馮妻不聽，回家後準備聘禮送到王府。送禮隊伍足有一千人，珍寶玉石不可勝數，就算是肅王府人也叫不出名字。肅王很高興，將馮生釋放回去，把三公主嫁給他。三公主仍然帶著鏡子嫁了過去。

一晚，馮生獨自就寢，夢見八大王氣宇軒昂地走進屋來，對他說：「我送給您的東西，要還給我了。您戴了太久，會耗盡精血，折損壽命的。」馮生允諾，想挽留八大王，設宴款待他。八大王推辭道：「自從聽了您的規勸，我已經戒酒三年了。」說完，用嘴一口咬住馮生手臂，馮生感到疼痛無比就驚醒了。一看，那個小腫塊已經消失。此後，他就和普通人一樣了。

記下奇聞異事的作者如是說：「清醒的時候像個人，喝醉的時候像隻鱉，這是嗜酒之人的通病。鱉雖然每天發酒瘋，卻不敢忘記恩德，不敢對尊長無禮，這不是比人好太多了嗎？不像某些酒鬼，清醒的時候不如人，醉酒的時候也不如鱉。古人有龜鑑，用來占卜吉凶，何不也來做個鱉鑑呢？於是我作了篇〈酒人賦〉。

「有個東西，可以陶冶性情，滿足味蕾，喝了就會有種飄飄然的感覺，這東西稱作『酒』。它的名稱很多，歷史悠久，可以作為款待佳賓、招待父舅、促膝暢談、助興之用，結婚時還能用作交杯酒；或者助長詩興，激發靈感，又說可以使人忘記煩惱。所以，不斷用酒麴釀出的酒，是詩人的結拜朋友，憂愁的人藉由喝醉酒，也能逃避現實。酒一旦釀成，那些裝酒的器具居功厥偉。酒量好的人可以喝一石，普通的文人也能喝五斗。酒因為人而傳為美談，人也因為酒而獻醜。嗜酒如命的人如孟嘉之輩，重九登高時醉得掉了帽子，伯倫經常乘坐鹿車飲酒，命人帶著鐵鍬尾隨在後，常說我若是醉死就把我埋葬了。山簡性喜飲酒，荊州豪族習氏有佳園池，他常常去那裡遊玩，每次都喝醉才回來。陶淵明喜拿頭上的葛巾過濾酒，過濾完又把葛巾戴回。鄰居請他去飲酒，若是酒有渣滓，他就取下頭巾來過濾。阮籍的鄰居家婦人長得很美，阮籍與王安豐常常和她一起喝酒，阮籍喝醉了就睡在婦人身邊。婦人的丈夫懷疑他們私通，暗中窺伺許久，發現阮籍真沒有輕薄婦人的意思。張旭喝醉會把頭浸到墨汁裡，拿筆一揮而就，自認下筆如有神助。賀知章喝醉了酒，騎馬騎得像船一樣搖搖晃晃，眼花墜進井底就睡著了。畢卓同樣貪杯，夜晚前去偷喝鄰居新釀好的酒被捉到，鄰居天亮一看才發現嫌犯是個大官。雖然這般酒後作為放浪形骸，畢竟也沒有做傷天害理之事。在下雨或下雪的夜晚、有月亮的晚上、清晨看到花開的景致、清風拂面的涼爽之時，舊客新妓，賓客滿堂，香味撲鼻，清風涼爽，妓女唱著小曲，賓客喝著好酒，忽聽一曲美妙音樂，四周寂靜無聲；舌燦蓮花地調笑戲謔，高歌一曲清脆悅耳，就算高興得大醉一場，也是神智清明而夢境清晰。果然如此，就算每天都大醉一場，那些保守的儒生也不敢加以指責。

「然而，酒品差的人，幾杯黃湯下肚就罵起髒話，一下坐著一下站起，大聲喧鬧、喋喋不休；為了一滴酒也要爭執不下，橫眉豎目像在喝毒酒；打碎酒杯，酒汁傾瀉，連燈也熄滅了。酒汁打翻，滿地狼藉，發酒瘋更是行酒令的禁忌，這樣丟人現眼的景象，還不如不要喝酒。看到酒就狂飲，還嘀咕主人吝嗇；喝醉了賴著不走，繼續喝又酒量不夠。沒品的酒客，沒有比這般情狀更過分的了。甚至才喝了幾杯酒，就變得氣勢洶洶，吹鬍子瞪眼睛的，裸露出前胸後背，暴跳如雷；滿面塵垢，連嘔吐物弄髒了衣服，像瘋狗一樣亂吠，像傭奴一般頭髮凌亂。呼天搶地的嚎泣，像李郎那樣要把臟腑都吐出來；手足亂舞的樣態，就像蘇秦被判處車裂之刑一樣。這種慘狀，能言善道之人難以細述，擅長繪畫的人也難以描摹。父母上前斥責，反而遭到頂撞；妻子想上前攙扶，卻無力為之。長輩好友關心慰問，反被酒徒謾罵一番；好言相勸，對方卻更加迷糊。這稱之為『酒後逞兇』，無法拯救。只有一個辦法可以解酒。什麼方法呢？只需要一棒子。先把他手腳綁起來，和殺豬前一樣。木棒只打他屁股，不要打傷頭，打到一百下，就自然清醒了。」

戲縊

邑1人某，佻健2無賴。偶游村外，見少婦乘馬來，謂同游者曰：「我能令其一笑。」眾不信，約賭作筵。某遽3奔去，出馬前，連聲譁曰：「我要死！」因於牆頭抽粱藍4一本，橫尺許，解帶挂其上，引頸作縊狀。婦果過而哂之，眾亦粲然。婦去既遠，某猶不動，眾益笑之。近視，則舌出目瞑，而氣真絕矣。粱幹自經5，不亦奇哉？是可以為儇薄6者戒。◆

1邑：縣市。此指蒲松齡的家鄉，山東省淄川縣，即今淄博市淄川區。
2佻健：讀作「挑踏」。輕薄放蕩。
3遽：讀作「劇」，就、遂。
4粱藍：高粱稈。藍，讀作「接」。同今「秸」字，是秸的異體字。禾粒打脫以後的莖。
5自經：自盡。
6儇薄：輕薄狡猾。儇，讀作「軒」。

◆**但明倫評點**：人之所欲，天必從之。彼婦笑矣，汝婦哭矣。

人想要得到的東西，上天必會允諾。他想逗的這位少婦笑了，他的妻子卻哭了。

白話翻譯

淄川縣有個男人，個性輕佻放蕩。一次，他偶然在村外遊玩，見一個少婦騎馬行來，他便跟同伴說：「我能讓她笑！」眾人不信，以此爲賭，賭輸的要請喝酒。那男人就跑到少婦馬前，連續叫嚷幾聲：「我要死！我要死！」說著，從牆頭抽出一根高粱稈，拉出一尺多長，再解下腰帶掛在上面，將脖子伸進去，做出上吊的樣子。少婦經過他身旁，果然被他逗笑了。大家也都笑起來。少婦走遠了好一會兒，那男人仍站在那裡不動，大家笑得更劇烈。走近一看，只見他舌頭伸出，眼睛緊閉，眞的吊死了！在高粱稈上自盡，這事不也太奇怪了嗎？足可給那些輕薄的人做爲警惕。

卷七

07

仙人有神力，道士有術法，
可以化險為夷，可使腰纏萬貫。
然而凡有希冀皆須講求機緣，
不若隨遇而安，所見所得更加浩渺壯麗。

羅祖

羅祖，即墨[1]人也。少貧。總族中應出一丁[2]戍[3]北邊，即以羅往。羅居邊數年，生一子。駐防守備[4]雅厚遇之。會守備遷陝西參將[5]，欲攜與俱去。羅乃託妻子於其友李某者，遂西。自此三年不得返。◆適參將欲致書北塞，羅乃自陳，請以便道省妻子。參將從之。羅至家，妻子無恙，良慰。然牀下有男子遺舄[6]，心疑之。即而詣李申謝。李致酒殷勤；妻又道李恩義，羅感激不勝。明日，謂妻曰：「我往致主命，暮不能歸，勿伺也。」出門跨馬去。匿身近處，更定卻歸[7]。聞妻與李臥語，大怒，破扉。二人懼，膝行乞死。羅抽刃出，已復韜[8]之曰：「我始以汝為人也，今如此，殺之汙吾刀耳！與汝約：妻子而受之，籍[9]名亦而充之，馬匹械器具在。我逝矣。」遂去。鄉人共聞於官。官笞[10]李，李以實告。而事無驗見[11]，莫可質憑，遠近搜羅，則絕匿名蹟。官疑其因奸致殺，益械[12]李及妻；逾年，並桎梏[13]以死。乃驛送其子歸即墨。後石匣營[14]有樵人入山，見一道人[15]坐洞中，未嘗求食。眾以為異，齎糧供之。或有識者，蓋即羅也。饋遺滿洞，羅終不食，意似厭囂，以故來者漸寡。積數年，洞外蓬蒿成林。或潛窺之，則坐處不曾少移。又久之，見其出遊山上，就之已杳；往瞰洞中，則衣上塵蒙如故。益奇之。更數日而往，則玉柱[16]下垂，坐化[17]已久。土人為之建廟；每三月間，香楮[18]相屬於道。其子往，人皆呼以小羅祖，香稅[19]悉歸之；今其後人，猶歲一往，收稅金焉。

沂水[20]劉宗玉向予言之甚詳。予笑曰：「今世諸檀越[21]，不求為聖賢，但望成佛祖。請遍告之：若要立地成佛，須放下刀子去。」

1 即墨：古代縣名。今山東省即墨市。
2 丁：成年男子。
3 戍：駐守。
4 守備：古代官名。明代鎮守邊防的五等將官，清代後被綠營統兵官取代，為五品武官，稱「營守備」。
5 參將：古代官名。明朝設置，位在總兵之下，駐守各地。清代沿襲之，地位次於副將，也稱為「參戎」。
6 舃：鞋子。讀作「系」。
7 更定卻歸：一更之後掉頭返家。
8 韜：讀作「滔」。劍套。此處作動詞用，將劍收回劍鞘中。
9 籍：指兵籍。
10 笞：讀作「吃」。鞭打。
11 驗見：指物證與人證。
12 械：動詞。用刑。
13 桎梏：讀作「至顧」。古代刑具，即腳鐐手銬。
14 石匣營：古代城名。今北京市密雲縣東北。
15 道人：此指和尚。
16 玉柱：傳說中修道之人死後，從鼻腔流出的分泌物，形如柱狀。
17 坐化：佛教用語。指跏趺（讀作「加夫」）端坐，安然亡逝。
18 香楮：香燭、紙錢等祭拜用品。楮，讀作「楚」。冥紙。
19 香稅：指信徒捐獻的香油錢。
20 沂水：今山東省沂水縣。沂，讀作「怡」。
21 檀越：施主。指以一般物質供養出家人或寺院的俗家信徒。出家人也會以此尊稱在家人。

◆**馮鎮巒評點**：三年中多少事在內。

三年中有多少事發生。

白話翻譯

羅祖是即墨人，小時候家裡貧窮。有一年，他們家族要選出一個人去北方戍守邊境，就派羅祖前往。羅祖住在北方邊塞數年，娶了媳婦，生了一個兒子。駐防的守備對他很器重。剛好守備升官，要去陝西當參將，打算把羅祖一同帶去。羅祖便把妻兒託付給一位姓李的朋友照顧，跟守備去了陝西，一去就是三年。某一天羅祖碰巧聽說參將想派人去北方邊塞送信，於是自動請纓，順道回家探望妻兒。參將答允。

羅祖回到家，見妻子安然無恙，很是欣慰，卻發現床底下有一雙男人的鞋，心中有所懷疑。他接著去向李某道謝，李某準備酒菜，熱情招待他，妻子也說了許多感謝李某的話，羅祖更加感激不盡。第二天，羅祖對妻子說：「我得替參將送信去，晚上回不來，不要等我了。」羅祖出門騎馬而去。他在附近躲起來，過了一更後掉頭返家，就聽見妻子跟李某躺在床上說話。羅祖勃然大怒，破門而入。妻子與李某很害怕，跪在地上爬到他面前，乞求速死。羅祖把刀抽出來，又收刀入鞘，說：「我以為你是個正人君子，既然如此，殺了你反而玷污了我的刀。我與你約法三章：我的妻兒給你，兵籍也由你充任，馬匹和武器都在這裡，我走了！」說完就走了。羅祖的街坊知道了此事，一齊告到官府。官府便將李某捉去，嚴刑拷問，李某如實招供。但除了李某的供詞，人證物證俱無，沒有充分證據可以判他刑。官府派人到處找羅祖，沒有他的任何蹤跡，便懷疑起李某因姦情殺了羅祖，對李某和羅妻施以重刑。過了一年，兩人都死在獄中，官府就把羅祖的兒子送回即墨。

石匣營村有位樵夫進山砍柴，看見一個和尚坐在山洞裡，沒見過他吃東西。大家都覺得很奇怪，帶了些食物去供養他。有人認出他就是羅祖，送來的食物放滿了山洞，羅祖始終不食。

看來他並不喜歡別人去打擾他，漸漸地就很少有人去了。又過了幾年，洞外的雜草長得像樹那麼高。偶爾有人偷偷溜進去觀視，就見羅祖不曾從打坐的地方挪動半分。又過了好久，有人見他在山上走動，待接近他時卻又消失。去山洞探視，發現他還在洞中坐著，衣服上往日的塵土依舊。大家更覺得奇怪，又過了幾天再去看，只見和尚垂著兩管鼻液，坐在原地圓寂已久。當地人爲他建了一座廟，每年三月來進香的人絡繹不絕。他的兒子也過去，人們都喊他小羅祖，香火錢都給了他。至今他的後代每年都還會去收香火錢。

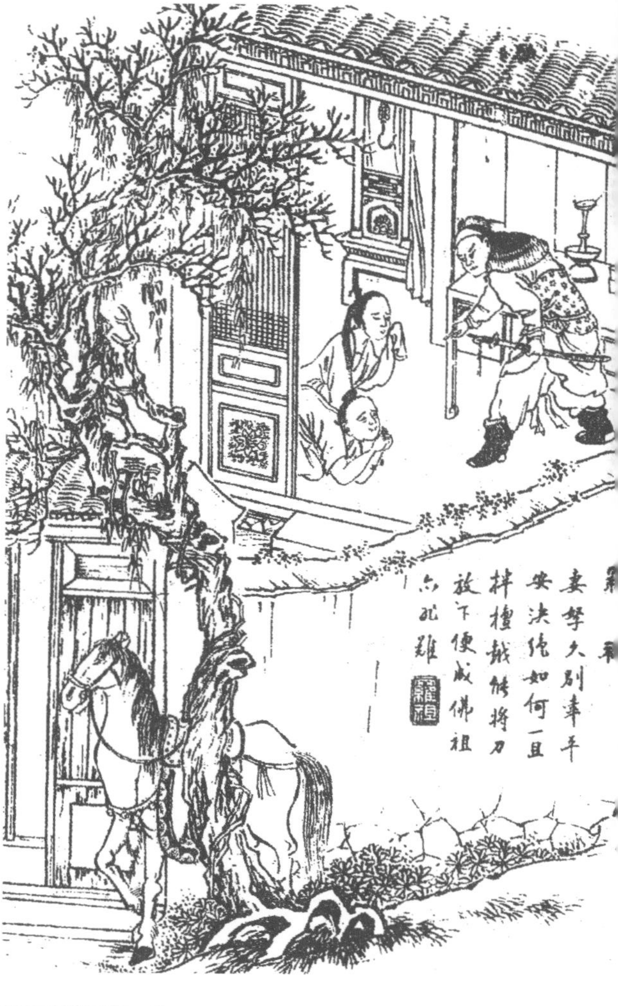

這個故事是沂水劉宗玉講給我聽的，很詳細。我笑著說：「當今世上諸位施主不想當聖賢，一心一意想修成佛祖。請告訴他們，要想立地成佛，必須先放下屠刀。」

鞏仙

鞏道人，無名字，亦不知何里人。嘗求見魯王[1]，閽人[2]不為通。有中貴人[3]出，揖求之。中貴見其鄙陋，逐去之；已而復來。中貴怒，且逐且扑。至無人處，道人笑出黃金二百兩，煩逐者覆中貴：「為言我亦不要見王；但聞後苑花木樓臺，極人間佳勝，若能導我一游，生平足矣。」又以白金賂逐者。其人喜，反命[4]。中貴亦喜，引道人自後宰門[5]入，諸景俱歷。又從登樓上。中貴方凭窗，道人一推，但覺身墮樓外，有細葛[6]絪[7]腰，懸於空際；下視，則高深暈目，葛隱隱作斷聲。懼極，大號。無何，數監[8]至，駭極。見其去地絕遠，登樓共視，則葛端繫櫺[9]上；欲解援之，則葛細不堪用力。遍索道人已杳矣。束手無計，奏之魯王。王詣視[10]，大奇之，命樓下藉茅鋪絮，將因而斷之。甫畢，葛崩然自絕，去地乃不咫耳。相與失笑。

王命訪道士所在。聞館[11]於尚秀才家，往問之，則出游未復。既，遇於途，遂引見王。王賜宴坐，便請作劇[12]。道士曰：「臣草野之夫，無他庸能。既承優寵，敢獻女樂[13]為大王壽。」遂探袖中出美人，置地上，向王稽拜[14]已。道士命扮「瑤池宴」本[15]，祝王萬年。女子吊場[16]數語。道士又出一人，自白「王母」[17]。少間，董雙成、許飛瓊[18]……一切仙姬，次第俱出。末有織女[19]來謁，獻天衣[20]一襲，金彩絢爛，光映一室。王意其偽，索觀之。道士急言：「不可！」王不聽，卒觀之，果無縫之衣，非人工所能制也。道士不樂曰：「臣竭誠以奉大王，暫而假諸天孫，今為濁氣所染，何以還故主乎？」王又意歌者必仙姬，思欲留其一二；細視之，則皆宮中樂妓耳。轉疑此曲，非所夙諳[21]，問之，果茫然不自知。道士以衣置火燒之，然後納諸袖中，再搜之，則已無矣。王於是深重道士，留居府內。道士曰：「野人之性，視宮殿如藩籠，不如秀才家得自由也。」每至中夜，必還其所；時而堅留，亦遂宿止。輒於筵間顛倒四時花木為戲。王問曰：「聞仙人亦不能忘情[22]，果否？」對曰：「或仙人然耳；臣非仙人，故心如枯木[23]矣。」一夜，宿府中，王遣少妓往試之。入其室，數呼不應；燭之，則瞑坐榻上。搖之，目一閃即復合；再搖之，齁聲作矣。推之，則遂手而倒，酣臥如雷；彈其額，逆指作鐵釜聲。返以白王。王使刺以針，針弗入。推之，重不可搖；加十餘人舉擲牀下，若千斤石墮地者。旦而窺之，仍眠地上。醒而笑曰：「一場惡睡，墮牀下不覺耶！」後女子輩每於其坐臥時，按之為戲：初按猶軟，再按則鐵石矣。

道士舍秀才家，恆中夜不歸。尚鎖其戶，及旦啟扉，道士已臥室中。初，尚與曲妓惠哥善，矢志嫁娶。惠雅善歌，絃索傾一時[24]。魯王聞其名，召入供奉，遂絕情好。每繫念之，苦無由通。一夕，問道士：「見惠哥否？」答言：「諸姬皆見，但不知其惠哥為誰。」尚述其貌，道其年，道士乃憶之。尚求轉寄一語。道士笑曰：「我世外人，不能為君塞鴻[25]。」尚哀之不已。道士展其袖曰：「必欲一見，請入此。」尚窺之，中大如屋。伏身入，則光明洞徹，寬若廳堂，几案牀榻，無物不有。居其內，殊無悶苦。道士入府，與王對弈。望惠哥至，陽[26]以袍袖拂塵，惠哥已納袖中，而他人不之睹也。

尚方獨坐凝想時，忽有美人自簷間墮，視之，惠哥也。兩相驚喜，綢繆臻至。尚曰：「今日奇緣，不可不誌。請與卿聯之[27]。」書壁上曰：「侯門似海久無蹤[28]。」惠續云：「誰識蕭郎今又逢[29]。」尚曰：「袖裏乾坤真箇大。」惠曰：「離人[30]思婦[31]盡包容。」書甫畢，忽有五人入，八角冠，淡紅衣，認之，都與無素[32]。默然不言，捉惠哥去。尚驚駭，不知所由。道士既歸，呼之出，問其情事，隱諱不以盡言。道士微笑，解衣反袂[33]示之。尚審視，隱隱有字蹟，細裁如蟣[34]，蓋即所題句也。後十數日，又求一入。前後凡三入。惠哥謂尚曰：「腹中震動，妾甚憂之，常以緊帛束腰際。府中耳目較多，倘一朝臨蓐[35]，何處可容兒啼？煩與翠仙謀，見妾三叉腰[36]時，便一拯救。」尚諾之。歸見道士，伏地不起。道士曳之曰：「所言，予已了了[37]。但請勿憂。君宗祧[38]賴此一線，何敢不竭綿薄。但自此不必復入。我所以報君者，原不在情私也。」

後數月，道士自外入，笑曰：「攜得公子至矣。可速把襁褓來！」尚妻最賢，年近三十，數胎而存一子；適生女，盈月而殤。聞尚言，驚喜自出。道士探袖出嬰兒，酣然若寐，臍梗猶未斷也。尚妻接抱，始呱呱而泣。道士解衣曰：「產血濺衣，道家最忌。今為君故，二十年故物，一旦棄之。」尚為易衣。道士囑曰：「舊物勿棄卻，燒錢許[39]，可療難產，墮死胎。」尚從其言。

居之又久，忽告尚曰：「所藏舊衲[40]，當留少許自用，我死後亦勿忘也。」尚謂其言不祥。道士不言而去。入見王曰：「臣欲死！」王驚問之，曰：「此有定數，亦復何言。」王不信，強留之。手談[41]一局，急起；王又止之。請就外舍，從之。道士趨臥，視之已死。王具棺木以禮葬之。尚臨哭[42]盡哀，始悟曩言蓋先告之也。遺衲用催生，應如響[43]，求者踵接於門。始猶以污袖與之；既而翦領衿，罔不效。及聞所囑，疑妻必有產厄[44]，斷血布如掌，珍藏之。會魯王有愛妃，臨盆三日不下，醫窮於術。或有以尚生告者，立召入，一劑而產。王大喜，贈白金、綵緞良厚，尚悉辭不受。王問所欲，曰：「臣不敢言。」再請之，頓首曰：「如推天惠[45]，但賜舊妓惠哥足矣。」王召之來，問其年，曰：「妾十八入府，今十四年矣。」王以其齒加長，命遍呼羣妓，任尚自擇；尚一無所好。王笑曰：「癡哉書生！十年前訂婚嫁耶？」尚以實對。乃盛備輿馬，仍以所辭綵緞，為惠哥作妝，送之出。

惠所生子，名之秀生。秀者袖也，是時年十一矣。日念仙人之恩，清明則上其墓[46]。有久客川中[47]者，逢道人於途，出書一卷曰：「此府中物，來時倉猝，未暇璧返[48]，煩寄去。」客歸，聞道人已死，不敢達王；尚代奏之。王展視，果道士所借。疑之，發其冢，空棺耳。後尚子少殤，賴秀生承繼，益服鞏之先知云。

異史氏曰：「袖裏乾坤◆，古人之寓言耳，豈真有之耶？抑何其奇也！中有天地、有日月，可以娶妻生子，而又無催科[49]之苦，人事之煩，則袖中蟣蝨，何殊桃源[50]雞犬哉！設容人常住，老於是鄉可耳。」

◆**何守奇評點**：道士之袖，可謂一芥納須彌矣。「袖裡乾坤大」，信然。

道士的袖子，可比擬為芥菜種子容納下整座須彌山。「袖裡乾坤大」，果真如此。

1魯王：明太祖朱元璋第十子朱檀的封號。
2閽人：守門人。
3中貴人：宮中宦官。
4反命：覆命，回稟。
5後宰門：指魯王府的後門。
6葛：一種莖部細長的藤類植物。豆科葛屬，花紫紅色，果實為莢果。
7緔：纏束。
8監：宦官。指王府宦官。
9櫺：讀作「淩」。窗戶框上或欄杆上雕花的格子。
10詣視：親自去探視。
11館：供賓客住宿的地方。此作動詞用，借宿。
12作劇：此指表演幻術。
13女樂：歌舞伎。
14稽拜：叩首跪拜。稽，讀作「起」。
15《瑤池宴》本：明代有《蟠桃會》、《八仙慶壽》等傳奇，故事敘述瑤池蟠桃結果後，西王母舉辦壽宴，邀請諸仙共赴瑤池盛會，為西王母祝壽。此處借此劇為魯王祝壽。瑤池，古代傳說西王母所居之地。本，劇本。
16吊場：戲劇在演出中必有分場或分段，在前後場間，為使演出銜接而不中斷，留下一些演員在場表演，以引出後場。
17王母：即西王母。古代傳說中的女神，相傳西王母住在崑崙山的瑤池，園裡種蟠桃，吃了可長生不老。
18董雙成、許飛瓊：都是中國神話中西王母的侍女，見《漢武帝內傳》。
19織女：中國古代神話中天帝的女兒。
20無縫之衣：指神仙所穿的衣服。《太平廣記》引《靈怪錄》，記載郭翰躺在庭院中，看見有一名少女從天而降，看她所穿的衣服，沒有縫合的縫隙。郭翰問其緣故，女回答：「天衣，本就不以針線縫製而成。」
21非所夙諳：不是以前所熟悉的。此處表達宮中樂妓並無演習過此歌曲。
22忘情：淡漠不動情。典出《晉書．卷四三．王戎傳》：「聖人忘情，最下不及於情。」
23心如枯木：比喻心如止水，不妄動情念。枯木，猶言槁木，出自《莊子．齊物論》：「形固可使如槁木，而心固可使如死灰乎？」原指道家一種修行境界，心擺脫了生命形軀的限制，達到與外物渾然一體的境界。
24絃索傾一時：指演奏技藝高超出眾。絃索，指演奏絃樂。
25塞鴻：唐傳奇《無雙傳》中的人物，故事敘述王仙客與無雙相愛，後因無雙被迫入宮為宮女。王仙客的僕人塞鴻設法讓兩人相見，並替無雙傳遞書信給王仙客。
26陽：同「佯」，假裝、偽裝。
27聯之：聯句成詩。每人各作一句詩，輪流吟誦，聯合而成的集體創作形式。
28侯門似海久無蹤：此指惠哥被召入魯王府就失去蹤跡。語出《雲溪友議．卷上．襄陽傑》，唐代詩人崔郊與其姑母的侍婢相戀，後來這個婢女被賣給連帥，寒食日崔郊與她再次相見，贈詩云：「公子王孫逐後塵，綠珠垂淚滴羅巾。侯門一入深如海，從此蕭郎是路人。」
29誰識蕭郎今又逢：意指誰曾想又與尚秀才再度相逢。蕭郎，本指未稱帝前的梁武帝蕭衍。後世詩詞中常借代為

女子對情郎的稱呼。

30 離人：出外離家的男子。

31 思婦：思念丈夫的婦人。

32 無素：平日沒有往來。

33 反袂：把袖子翻過來。

34 蟣：讀作「擠」。蝨的幼蟲。

35 臨蓐：臨盆，即將生產。蓐，讀作「入」，草蓆，或借指床。

36 三叉腰：指腰圍三叉。一叉，拇指與中指伸開後，兩指之間的距離。

37 了了：明白、清楚。

38 宗祧：家族相傳的世系、宗嗣。祧，讀作一聲「挑」。

39 錢許：約莫一錢的量。錢，重量量詞。許，表達大略估計的數量。

40 舊衲：此指生產時被血濺到弄髒的道服。衲，讀作「納」，指道士或僧侶的衣服。

41 手談：用手交流，意指下圍棋。語出南朝宋劉義慶《世說新語．巧藝》：「王中郎以圍棋是坐隱，支公以圍棋為手談。」

42 臨哭：哭弔。

43 應如響：比喻非常靈驗。

44 產厄：生產時的災禍。

45 天惠：上天的恩賜，此指魯王的恩賜。

46 上其墓：到他的墳前祭拜掃墓。

47 川中：指四川。

48 璧返：敬語，完好無缺地歸還所借之物。

49 催科：催繳租稅，古代將田賦和各種稅款統稱為租稅。

50 桃源：東晉陶淵明所作〈桃花源記〉，文中描述武陵漁人遇見一群人因避秦亂世，而生活在與世隔絕的地方。

白話翻譯

有一個道士姓鞏，不知何名，不知何許人士。有一次，他去求見魯王，守門人拒絕替他通報，這時有位宮中的宦官走出來，道士便求他引見。宦官見他一副窮酸樣，就將他打發走了。道士立刻又回來，宦官很生氣，派人一邊打一邊趕。趕到無人處，道士笑著拿出二百兩黃金，請追趕的人回覆宦官，說：「就說我只想進王府遊覽一番，並不想覲見魯王。我聽說王府後花園的一草一木、亭臺樓閣是世間絕無僅有的美景，如果能親自一觀，此生足矣。」接著又拿出些銀子給他，那人很高興地回去稟報。宦官聽完也很高興，領著道士從王府後門進去，遊覽過所有景點。道士又跟著登上樓臺，宦官走到窗前眺望，冷不防被道士一推，只覺得身子從樓上墜落，腰被細藤纏住，懸掛在半空中。往下一看深不見底，頭暈目眩，細藤也隱隱發出格崩的斷裂聲。他心裡非常害怕，大聲呼救，有幾個內監聽到聲音連忙趕來，見狀驚恐萬分。見他離地很高，上樓一看，細藤拴在窗櫺上，想拉起藤蔓救他，又怕藤蔓經不起使力，一扯就斷。一群人到處尋找道士，卻不見蹤影，無計可施，只好稟報魯王。魯王親自去看，同樣感到十分驚奇，就令人在樓下鋪上茅草和棉絮，然後將細藤割斷。樓下剛鋪墊好，細藤「砰」一聲斷開，才發現宦官其實離地不到一尺。大家都忍不住笑起來。

魯王命人去尋訪這位道士，得知他住在尚秀才家，便派人去打聽，得知他出遊尚未歸來。僕役回府途中正巧碰上道士，便領他去見魯王。魯王設宴款待，請道士表演幻術，道士說：

「我只是個鄉野村夫，無甚本領，承蒙您盛情款待，就獻上一群歌女爲大王祝壽吧。」說完，他就從袖子裡拿出一個美人放在地上。那美人向魯王叩拜。道士命美人表演「瑤池宴」爲魯王祝壽，美人說了幾句開場白，道士又拿出一人，那人自稱是王母娘娘。不久，董雙成、許飛瓊等仙女先後出場，最後更有織女出來拜見，並獻上一件天衣，宮裡頓時光芒耀眼，一片光明。魯王懷疑天衣是仿冒的，想要取來一觀，道士急忙說：「不可！」魯王不聽，取來一看，果然是無縫天衣。道士很不悅地說：「我誠心向大王祝壽，才從天孫那兒暫借天衣，如今天衣已被俗氣染污，讓我如何歸還呢？」魯王相信這些舞姬是眞的仙女，想留下一兩個，仔細一看，原來都是自己宮中的歌妓。他懷疑剛才唱的曲子並非她們所熟練的，一問之下，那些歌妓的確也不知先前怎麼會唱那樣的歌。

道士燒了天衣，把灰燼放入袖中，再搜查他的袖子卻空無一物。魯王從此對道士十分尊敬，挽留他在王府中居住，道士說：「我雲遊慣了，王府就如同牢籠，不如住在秀才家裡自在。」此後道士經常出入王府，每次都不留宿；但有時堅決留他，偶爾也會住一兩次。道士常在宴席上表演，讓不合節令的花卉綻放。魯王問他：「聽說仙人也有男女之情，眞是如此嗎？」道士答：「或許吧，我畢竟不是仙人，故心如槁木。」一天夜晚，道士在王府留宿，魯王派年輕貌美的歌妓前去試探他。歌妓進了房門，連喚數聲，皆無人答應，點了燈一看，道士像死人一樣閉眼坐在床上。搖晃他的身體，稍一睜眼隨即閉上；再搖他，他就打起鼾來。推他的身體，他便順勢倒下，躺在床上睡著了，酣聲如雷。歌妓用手彈他額頭，彈出像敲擊鐵器般的聲音，於是急忙去回稟魯王。魯王命人用針刺他，針扎不進去；用手推他，重得推不動。召來十幾個人把他舉起扔下床，彷彿一塊千斤大石掉在地上。天亮以後前往一觀，道士仍然睡在地上，醒後笑道：「睡得眞熟，掉到床底下來也不知道！」後來這些歌妓經常在道士打坐睡覺時去推他或搖晃他，道士的身軀剛觸碰時都還柔軟，再觸碰就硬得像石頭一樣。

道士寄居在尚秀才家，經常半夜不歸。有時尚秀才把門上鎖，等天亮打開房門一看，道士已經躺在房裡睡覺。先前，尚秀才和一個名喚惠哥的歌妓交好，兩人已經到談婚論嫁的地步，惠哥的歌聲十分悅耳動聽，演奏樂器也是超群出眾。魯王聽說惠哥的名氣很響亮，就將她召入宮內侍奉。從此，惠哥和尚秀才再無往來，但即便分隔兩地，兩人也經常互相思念。然而礙於王府宮牆深鎖，他們想見一面都難。一晚，尚秀才問道士：「你在宮中可曾見過惠哥嗎？」道士說：「我見過王府中的歌妓，但不知你說的惠哥是誰？」尚秀才描述起惠哥的年齡長相，道士知道他說的是誰了。尚秀才央求他帶句話給惠哥，道士笑道：「我是個修道人，可不能替你傳情書呀。」尚秀才再三哀求，道士只好展開袖袍說：「你如果想見惠哥一面，就鑽進我的袖子裡。」尚秀才朝袖子裡張望一番，裡頭竟然大得像間屋子，就鑽了進去。袖中十分光亮，寬敞有如廳堂，傢俱一應俱全，待在裡面一點也不覺得悶。道士像往常一樣進入王府，與魯王下棋。他見惠哥走過來，假裝用袍袖拂塵，把惠哥也裝進袖子裡，別人都沒有發覺。

尚秀才正獨坐沉思時，忽見從屋簷掉下一個美女，一見是惠哥，兩人又驚又喜，相互擁抱，十分親熱。秀才說：「今日奇緣，實在值得記錄下來。不如聯句作首詩吧。」說完就在牆壁上寫：「侯門似海久無蹤，」惠哥續寫：「誰識蕭郎今又逢。」秀才寫道：「袖裡乾坤眞箇大，」惠哥又寫：「離人思婦盡包容。」才剛題完，有五個人忽然進入，頭戴八角帽，身穿淡紅衣衫，不知他們是何人。那五人一聲不吭，把惠哥帶走了。尚秀才嚇得魂不附體，不知究竟發生何事。道士回到秀才家，把秀才叫出來，問他在裡面發生了什麼事。秀才隱瞞了一些，沒有和盤托出。道士微笑著把衣袖翻過來給他看，秀才見上面隱約有字。小得像蝨卵一樣，仔細一看，原來是他所題的詩句。過了十多天，尚秀才又央求道士帶他去王府一趟，先後共去了三次。惠哥告訴秀才：「我已懷有身孕，腹中常有胎動，我怕被人察覺，暫時用帶子纏住腰。然而王府耳目眾多，若是有一天臨盆，嬰兒一哭鬧，還能藏在何處？麻煩你和鞏道士商量，見到我的腰有三叉寬時，請他設法救我。」尚秀才應允。回去後見了道士就跪地相求，道士扶起身，說：「我知道你要說什麼。請你寬心，你尚家就靠這一點骨血傳宗接代，我怎敢不盡力呢？但從現在起你不能再進王府了。我所能報答你的，本不在兒女私情呀！」

幾個月過後，道士從外面回來，笑道：「我把你兒子帶來了，快拿襁褓來！」尚秀才的妻子很賢慧，年近三十，生了幾胎只有一個兒子存活。雖然最近又生了個女兒，但是剛滿月就夭折了。聽尚秀才這麼說，驚喜地走出來。道士從衣袖中拿出嬰兒，臍帶也還沒剪斷，睡得正酣。秀才的妻子接過來抱在懷裡，嬰兒才呱呱啼哭起來。道士脫下衣服說：「產血濺在衣服上，是道家最忌諱的事。今天爲了你，只好把這身跟著我二十年的衣服給扔了！」尙秀才給道士拿來一件新的衣袍，道士囑咐他：「舊衣服不要丟掉，用火燒掉，把灰燼取來約一錢多的量，服下後可治難產、墮死胎。」尙秀才銘記於心。

道士在尙秀才家又住了一陣子，有一天對秀才說：「你收藏的那件舊衣服，應當留下一些自己用，我死了你也別忘了！」尙秀才覺得道士的話很不祥。道士轉身就走，進王府對魯王說：「我快要死了！」魯王很驚訝，道士說：「人的生死都是註定好的，還有什麼可說的呢？」魯王不信，非要將他留下。道士和魯王剛下了一盤棋，急忙起身要走，魯王又把他拉住；道士請求到外屋休息，魯王答應了。魯王去看時，才發現道士已經過世，便準備好上等棺木，按當地禮節將他下葬。尙秀才到道士墳前去弔唁，這才想起道士先前說的話。道士留下的舊衣用來催生十分靈驗，前來求尙秀才醫治的人絡繹不絕。剛開始只是剪下被產血弄髒的袖子給人，後來衣袖用完了，又剪起領子布料來用，無不靈驗。他想起道士叮囑過的事，懷疑妻子日後可能會難產，就剪下巴掌大的一塊血布收藏起來。後來魯王有個愛妃臨盆三天仍無法順利生產，所有大夫都束手無策。有人稟報魯王說尙秀才可以治，魯王立刻召他進府。那妃子只服了一劑就順利分娩了，魯王很高興，贈給尙秀才很多金銀珠寶，尙秀才全部婉拒。魯王問他想要什麼，秀才答：「我不敢說。」魯王准許他說，秀才跪地叩頭，說：「若王爺眞要賞賜我，就請把歌妓惠哥賜給我，我也就心滿意足了。」魯王把惠哥召來，問她年齡，惠哥說：「我十八歲入府，至今已十四年。」魯王覺得惠哥太老，就將所有歌妓都召來，任憑尚秀才挑選。尚秀才卻只要惠哥，魯王笑道：「眞是個書呆子！莫非是十年前就有了婚約？」尚秀才這才說了實話。魯王備好車馬，把原本要賞給尚秀才的銀錢、綢緞改賞給惠哥當嫁妝，把他們送回家中。

惠哥生的兒子名喚秀生，取與「袖」同音之意，這年秀生十一歲。尚秀才全家都不忘鞏仙人的恩惠，每逢清明都到他墳上祭拜掃墓。

有個外地人長年旅居四川，途中遇見鞏道士。道士拿出一本書，對他說：「這是王府的東西，我來時匆忙沒來得及歸還，麻煩你幫我還回去。」外地人回來後聽說道士已仙逝，不敢貿然去見魯王。尚秀才知道後替他回稟，魯王打開書一看，果然是先前借給道士的那本。魯王懷疑道士沒死，挖開墳墓一看，剩一副空棺材埋在裡面。後來，尚秀才的大兒子年紀輕輕就夭折，全靠秀生打理家中產業，並爲尚家傳宗接代。尚秀才從此更欽佩鞏道士的先見之明了。

記下奇聞異事的作者如是說：「袖子裡面別有洞天，只不過是古代寓言而已，難道這世上果眞有這回事嗎？眞是神奇啊！袖子裡面有天地、有日月，還可以娶妻生子，又沒有徭役催繳賦稅，沒有人間應酬瑣事。我想，住在袖子裡面的跳蝨蟲蟻，跟桃花源裡面的雞鴨貓狗眞是沒兩樣啊！假若可以在那裡長住，在袖子裡終老也是個不錯的選擇。」

劉姓

邑[1]劉姓，虎而冠者[2]也。後去淄居沂[3]，習氣不除，鄉人咸畏惡之。有田數畝，與苗某連壠[4]。苗勤，田畔多種桃。桃初實，子往攀摘；劉怒驅之，指為己有。子啼而告諸父。父方駭怪，劉已詬罵在門，且言將訟[5]。苗笑慰之。怒不解，忿而去。時有同邑李翠石作典商於沂，劉持狀入城，適與之遇。以同鄉故相熟，問：「作何幹？」劉以告。李笑曰：「子聲望眾所共知；我素識苗，甚平善，何敢占騙。將毋反言之也！」乃碎其詞紙，曳入肆[6]，將與調停。劉恨恨不已，竊肆中筆，復造狀，藏懷中，期以必告。未幾，苗至，細陳所以，因哀李為之解免。言：「我農人，半世不見官長。但得罷訟，數株桃，何敢執為己有。」李呼劉出，告以退讓之意。劉又指天畫地，叱罵不休；苗惟和色卑詞，無敢少辯。

既罷，踰四五日，見其村中人，傳劉已死，李為驚歎。異日他適，見杖而來者，儼然劉也。◆比至，殷殷問訊，且請顧臨。李逡巡[7]問曰：「日前忽聞凶訃[8]，一何[9]妄也？」劉不答，但挽入村，至其家，羅漿酒[10]焉。乃言：「前日之傳非妄也。曩[11]出門，見二人來，捉見官府。問何事，但言不知。自思出入衙門數十年，非怯見官長者，亦不為怖。從去，至公廨[12]，見南面[13]者有怒容，曰：『汝即某耶？罪惡貫盈，不自悛[14]悔；又以他人之物，占為己有。此等橫暴，合置鐺[15]鼎！』一人稽簿曰：『此人有一善，合不死。』南面者閱簿，其色稍齎[16]。便云：『暫送他去。』數十人齊聲呵逐。余曰：『因何事勾我來？又因何事遣我去？』吏還祈明示。』吏持簿下，指一條示之。上記：崇禎十三年，用錢三百，救一人夫婦完聚。吏曰：『非此，則今日命當絕，宜墮畜生道。』駭極，乃從二人出。二人索賄。怒告曰：『不知劉某出入公門二十年，耑[17]勒人財者，何得向老虎討肉喫耶！』二人乃不復言。送至村，拱手曰：『此役不曾嗽[18]得一掬水。』二人既去，入門遂甦，時氣絕已隔日矣。」李聞而異之，因詰[19]其善行顛末[20]。

初，崇禎十三年，歲大凶，人相食。劉時在淄，為主捕隸[21]。適見男女哭甚哀，問之，答云：「夫婦聚裁[22]年餘，今歲荒，不能兩全，故悲耳。」少時，油肆前復見之，似有所爭。近詰之。肆主馬姓者便云：「伊夫婦餓將死，日向我討麻醬以為活。今又欲賣婦於我。我家中已買十餘口矣。此何要緊？賤則售之，否則已耳。如此可笑，生來纏人！」男子因言：「今粟貴如珠，自度非得三百數，不足供逃亡之費。本欲兩生，若賣妻而不免於死，何取焉？非敢言直[23]，但求作陰騭[24]行之耳。」劉憐之，便問馬出幾何。馬言：「今日婦口，止直百許耳。」劉請勿短其數，且願助以半價之資。馬執不可。劉少負氣，便謂男子：「彼鄙瑣[25]不足道，我請如數相贈。若能逃荒，又全夫婦，不更佳耶？」遂發囊與之。夫妻泣拜而去。劉述此事，李大加獎歎。劉自此前行頓改，今七旬猶健。去年，李詣周村[26]，遇劉與人爭，眾圍勸不能解。李笑呼曰：「汝又欲訟桃樹耶？」劉芒然[27]改容，吶吶斂手而退。

異史氏曰：「李翠石兄弟，皆稱素封[28]。然翠石又醇謹[29]，喜為善，未嘗以富自豪，抑然

[30]誠篤君子也。觀其解紛勸善，其生平可知矣。古云：『為富不仁。』吾不知翠石先仁而後富者耶？抑先富而後仁者耶？」

1 邑：此處為本縣，指蒲松齡的家鄉山東省淄川縣（古名「般陽」），即今淄博市淄川區。
2 虎而冠者：猶言衣冠禽獸。
3 沂水：今山東省沂水縣。沂，讀作「怡」。
4 連壠：田畝相接。壠，同今「壟」字，是壟的異體字。田埂。
5 訟：打官司。
6 肆：市集的店舖。
7 逡巡：此處解作委婉、迂迴的語氣。
8 凶訃：噩耗。訃，讀作「富」。報喪的訊息。
9 一何：多麼。一，語氣詞，無義。
10 羅漿酒：張羅酒菜。
11 曩：讀作「囊」的三聲，以前、昔日之意。
12 廨：讀作「謝」，古時官吏辦公的處所。
13 南面：原指帝王，古時以坐南朝北為尊，此處指堂上官員。
14 悛：讀作「圈」。悔改。
15 鐺：讀作「撐」。古代一種有腳的鍋。
16 其色稍霽：他的臉色稍微緩和。霽，讀作「季」，和顏悅色。
17 耑：讀作「專」。同「專」。專門。
18 噉：同今「啖」字，是啖的異體字。吃。
19 詰：讀作「傑」，問。
20 顛末：始末。
21 主捕隸：即捕頭。
22 裁：僅、只之意。通「纔」、「才」二字。
23 直：通「值」。價錢。
24 陰騭：陰德、陰功。騭，讀作「智」。
25 鄙瑣：膚淺小氣。
26 周村：今山東省淄博市周村區。
27 芒然：通「茫然」。
28 素封：指無官爵封邑卻財產富裕的人。
29 醇謹：樸實敦厚，言行不苟。
30 抑然：謹慎謙恭的樣子。

◆馮鎮巒評點：《聊齋》總不用順敘平敘。

蒲松齡寫《聊齋》，總是喜歡先說結果再解釋原因，不用平鋪直敘來說故事。

劉姓
荒年夫婦賴完全三百青銅
壽可延我願世人知此意積
功原不在多錢

白話翻譯

山東淄川縣有個姓劉的人，生性兇狠蠻橫，是衣冠禽獸。後來這人從淄川搬到沂縣，仍未改掉惡習，鄉里都怕他，厭惡他。劉某有幾畝地，和苗某的地接連。苗某很勤快，在兩家交界處又種了很多棵桃樹。桃樹剛結果時，苗家的兒子爬樹去摘，劉某憤怒地驅趕走他，說那些樹是他的。苗某的兒子哭著回家告訴父親，苗某正在詫異，劉某已到他家門前大罵起來，甚至揚言要告到官府去。苗某和顏悅色地勸慰他，劉某怒氣不減，忿忿而去。這時，劉某同鄉李翠石在沂縣開當鋪，劉某拿著狀紙進城，恰好和他相遇。因是同鄉又彼此相熟，李翠石便問他：「你要做什麼？」劉某就把進城打官司的事告訴他。李翠石笑道：「你的名聲，眾所周知；我和苗某，則是素來相識。他生性善良，怎敢侵占欺騙你呢？你不要將話說反了啊！」說完撕碎他的狀紙，拉他進了當鋪，說以後給他倆調解調解。

劉某此時仍然忿忿不平，暗中拿當鋪裡的筆，重新寫好狀紙藏在懷中，決心要告到底。不久，苗某來了，將事情經過詳細告訴李翠石，哀求李翠石爲他排解這場糾紛。苗某說：「我是個種田的，半輩子沒進出過衙門。只要不打官司，幾棵桃樹，哪敢占爲己有呢！」李翠石叫劉某出來，告訴他苗某退讓之意。劉某又指天畫地，大罵不休；苗某低聲下氣，陪著笑臉站在一旁，一句話也不敢辯駁。

這件事後，過了四、五天，李翠石碰見村裡人，說劉某死了。李翠石聽了很震驚，歎息不止。後來李翠石外出，見迎面走來一個拄拐杖的人，認出他就是劉某。待人走到跟前，劉某很親切地向他問候，邀請他去家裡作客。李翠石委婉地問：「前幾天有傳言說你去世了，怎麼訛傳得這麼離譜呢？」劉某不答，只挽著他的手進村。到家後備妥酒菜，才向他說：「日前的傳言，並非虛妄。我先前出門，見兩個人迎面走來，要捉我去官府。問什麼事，他們只說不知道。我思忖起來，出入衙門十幾年，我並非那種怕見官的人，也不覺得害怕，遂跟他倆前去。到了衙署，見坐在堂上的官爺面有怒容，說：『你就是劉某嗎？惡貫滿盈，不知悔改；又把別人的東西占爲己有，像你這種蠻橫兇暴的人，合當處以鼎鑊之刑！』旁邊一人稽查生死簿，說：『這個人做過一次善事，可以免死。』官老爺看過簿冊，臉上的怒氣稍微和緩，便道：『暫時送他回去。』幾十個人齊聲吆喝，要趕我出去。我說：『爲了什麼事把我捉來？又爲了什麼事放我離開？還請明示。』衙役拿簿冊走下台階，指著一行文字給我看。上面寫：崇禎十三年，花三百兩銀子，拯救一對夫妻，使他們得到團聚。衙役說：『若無這一條，今日命當絕，應該打入畜生道。』聽完後，我很害怕，就跟隨抓我來的那兩個人出來。兩人向我索賄，我憤怒地說：『你們不知道我劉某出入衙門二十年，專門勒索別人的錢財，怎麼竟敢向老虎討肉吃呢！』兩人不敢再要，把我送到村口，向我拱手說：『出這一趟差，連一口水都沒喝到。』兩人走後，我進門就甦醒過來了，這時才知道我已經斷氣兩天了。」李翠石聽後覺得很奇怪，就問劉某做那件善事的經過。

原來，崇禎十三年，天上掉下大災荒，出現人吃人的情景。劉某那時在淄川擔任捕頭，遇見一男一女哭得很傷心，便上前詢問。他們答：「我們夫婦成親才一年多，今年遇上災荒，不能一塊兒活下去，只好悲傷哭泣呀。」不久，又在油店門前遇上他倆，好像在和店主爭什麼。劉某走上前詢問。姓馬的店主就說：「他們夫妻快餓死，每天都向我要麻油渣滓餬口。今天又想把妻子賣給我，我家裡已經買了十多個。這也不是什麼要緊事物，便宜我就買，太貴就算啦。可他又硬纏著要人買，你說可不可笑！」那男子說：「如今米糧也貴得珍珠，若賣不了三百錢，也不夠逃難的路費。本想賣掉老婆使我們都活下來，但如果賣了妻子我還是死路一條，我又爲何要賣？我也不敢講價錢，只求你行個好，積個陰德罷了。」劉某很同情這對夫妻，便問馬店主出多少錢。馬店主說：「如今一個婦人最多值一百錢。」劉某請馬店主不要殺價，他願出一半，馬店主卻堅決不答應。劉某年輕氣盛，便對那男子說：「這個人膚淺小氣，不值得再和他討價還價。我送你三百錢，你既能逃難，夫妻又不必分開，豈不是更好嗎？」於是慷慨解囊，把錢給了他們，夫妻倆哭著向劉某拜謝後離去。劉某講完這件事，李翠石對他大加讚歎。

自此以後，劉某痛改前非，如今的他已七十多歲，身體還很健朗。去年李翠石去周村，碰上劉某和人爭吵，許多人圍著勸慰他，他也不聽。李翠石笑著對他說：「你又想告桃樹的狀嗎？」劉某一聽，頓時收斂怒氣，結結巴巴地收手離開。

記下奇聞異事的作者如是說：「李翠石兄弟，都是地方上的大財主。李翠石又醇厚恭謹、樂善好施，未嘗以財富自豪，是一個謙抑的誠篤君子。看他排解糾紛勸人爲善，他的爲人可想而知。古人說『爲富不仁』，倒也不知翠石是先仁而後富的？還是先富而後仁的呢？」

參考書目

王邦雄，《莊子內七篇．外秋水．雜天下的現代解讀》（台北：遠流出版社，2013 年 5 月）
王邦雄等著，《中國哲學史》（台北：里仁書局，2006 年 9 月）
牟宗三，《中國哲學十九講》（台北：台灣學生書局，1999 年 9 月）
馬積高、黃鈞主編，《中國古代文學史 1-4 冊》（台北：萬卷樓圖書股份有限公司，2003 年）
張友鶴，《聊齋誌異會校會注會評本》（台北：里仁書局，1991 年 9 月）
郭慶藩，《莊子集釋》（台北：天工出版社，1989 年）
樓宇烈，《王弼集校釋．老子指略》（台北：華正書局，1992 年 12 月）
盧源淡注譯，蒲松齡原著，《聊齋志異》（新北市：台科大圖書股份有限公司，2015 年 3 月）
何明鳳，〈《聊齋誌異》中的「異史氏曰」與評論〉，《文史雜誌》2011 年第 4 期
馮藝超，〈《子不語》正、續二書中殭屍故事初探〉，《東華漢學》第 6 期，2007 年 12 月，頁 189-222
楊清惠，〈論《聊齋志異》王士禎評點的小說敘事觀〉，《彰化師大國文學誌》第 29 期，2014 年 12 月
楊廣敏、張學豔，〈近三十年《聊齋志異》評點研究綜述〉，《蒲松齡研究》2009 年第 4 期
邱黃海，《從「任勢為治」說的形成論韓非思想的蛻變》，國立中央大學哲學研究所博士論文，2007 年 7 月

電子工具書

中央研究院漢籍電子文獻 https://hanji.sinica.edu.tw/
百度百科 http://baike.baidu.com/
佛光大辭典 https://www.fgs.org.tw/fgs_book/fgs_drser.aspx
教育部重編國語辭典修訂本 http://dict.revised.moe.edu.tw/cbdic/
教育部異體字字典 http://dict.variants.moe.edu.tw/
漢語大辭典 http://www.guoxuedashi.net/
維基百科 https://zh.wikipedia.org/zh-tw/

好讀出版　圖說經典30

聊齋志異七：天仙下凡

原　　著／(清)蒲松齡　　文字編輯／林泳誼、簡綺淇
編　　撰／曾珮琦　　美術編輯／許志忠
繪　　圖／尤淑瑜　　行銷企劃／劉恩綺
總 編 輯／鄧茵茵　　圖片整輯／鄧語葶

發 行 所／好讀出版有限公司
台中市407西屯區工業30路1號
台中市407西屯區大有街13號（編輯部）
TEL:04-23157795　FAX:04-23144188
http://howdo.morningstar.com.tw
(如對本書編輯或內容有意見，請來電或上網告訴我們)
法律顧問／陳思成律師

讀者服務專線：(02)23672044 / (04)23595819#230
讀者傳真專線：(02)23635741 / (04)23595493
讀者專用信箱：service@morningstar.com.tw
晨星網路書店：http://www.morningstar.com.tw
郵政劃撥：15062393（知己圖書股份有限公司）
如需詳細出版書目、訂書，歡迎洽詢

初版／西元2022年2月15日
定價／299元
ISBN 978-986-178-580-6
如有破損或裝訂錯誤，請寄回台中市407工業區30路1號更換（好讀倉儲部收）

國家圖書館出版品預行編目資料

聊齋志異.七 / (清)蒲松齡原著；曾珮琦編撰 —— 初版 —— 臺中市：好讀出版有限公司，2022.02
面：　公分. ——（圖說經典；30）
ISBN　978-986-178-580-6（平裝）
857.27　　110021536